U0015599

有妳的日子，
就是我嚮往的人生。

希澄——著

Chapter 1

目光迎上時，何煦見到一雙深褐色的眼眸。

兩人相隔一面玻璃窗，眼神交會的瞬間極為短暫，卻深深地烙印在何煦的小腦袋瓜裡。

真好看的眼睛，何煦想。

「妳是何同學嗎？」

何煦身子微顫，一回頭便看到一位綁著高馬尾、身形清瘦的女人朝自己親切一笑，「是來面試嗎？」

何煦呆了下，回過神來連忙回答：「對！我約一點面試。」現在十二點五十分，她早到了。

女人笑了笑，「那先進來坐吧！我是這間咖啡廳的店長。妳想喝什麼？」

何煦乖巧地跟著店長走進咖啡廳，站在櫃檯看著寫滿餐點的黑板，一時有些眼花撩亂，猶豫片刻才點了杯伯爵拿鐵。

店長邊套上工作圍裙邊說：「妳先隨意坐，我等會兒就過去。」

何煦依照店長的話坐到靠近大門的空位，從包包拿出履歷放到桌面上，睜著一雙圓滾滾的眼睛四處張望，最後視線落在窗旁角落的位子上。

是剛剛目光對到的姐姐。

坐在窗旁的女人自帶筆電，桌上有杯喝到一半的咖啡，她神情專注，似乎正在處理公務。

座位相隔有些遠，五官無法看仔細，何煦注意到對方有一頭漂亮的黑長直髮。

「久等了。」

何煦手邊多了一杯飲料，她連忙向店長道謝。

店長坐到何煦對面，見她似乎有些緊張，便露出親切溫和的笑容，「放輕鬆，就當跟我聊天就好。」

何煦點點頭，深吸口氣再緩緩吐出，主動將履歷拿給店長。接過履歷後，店長認真地看了一遍，放下履歷表，抬眼直視何煦。

對上店長的視線，何煦不禁屏氣凝神，不斷回想昨晚跟室友的練習，面試常問的問題何煦全演練過，只怕自己太過緊張，什麼都忘光了。

「妳喜歡喝什麼飲料？」

何煦一愣，這……這問題昨天沒練習到啊……

瞧何煦露出困惑茫然的表情，店長不知怎麼地，忍不住想笑，好像看到小動物似的。

「這問題很難嗎？」

「不不！」何煦有些尷尬，不太流利地回答：「呃……有加牛奶的我都很喜歡……像是這個。」何煦指著那杯她很想但不敢貿然拿來喝的伯爵拿鐵，眼神透露一絲渴望，「我喜歡喝。」

店長噗哧一笑，「那妳喝，儘管喝啊。」

聞言，何煦眼睛一亮，拿起玻璃杯快速地喝了幾口，露出滿足的表情，她兩眼瞇瞇的很可愛。

店長微笑看著何煦的反應，覺得有趣。

「好喝！」何煦笑逐顏開，頻頻誇讚：「真的很好喝！」奶香濃郁、茶味順口不苦澀，兩者比例剛好，完美搭配。要不是在面試，何煦可能會忍不住一下子就喝完。

店長單手支著下頷，看著何煦道：「妳是A大的新生嗎？」

「對，升大一，前天才剛搬進社區。」何煦老實回答。

「自己租屋嗎？怎麼不住學校宿舍？」

「我跟高中同學一起合租，至於為什麼不住學校宿舍……」說到這個，何煦就覺得有些沮喪，「因為……我讀的科系離宿舍太遠了，每天早上要走二十五分鐘去上課……」

何煦苦著臉的樣子生動又可愛，店長忍不住笑了幾聲。

確實，這個社區是電梯大樓，又鄰近A大，下樓三分鐘就能走到學校，換作是她大概也會選擇在外租屋。

店長十分親切，談話間，何煦漸漸放鬆，變得侃侃而談。兩人相談甚歡的聲音，吸引了坐在窗邊的女人。

她是這間咖啡廳的常客，與店長、老闆娘都熟，但店長對面的女孩子她沒見過。

是新人嗎？

她先注意到了女孩的笑容，她笑起來時，像是有道陽光灑下，讓人不自覺想多看一眼。

談話似乎告一段落，店長與女孩雙雙起身，她也悄悄收回視線，瞥了眼手機，拿起來放到耳邊。

「什麼事？」

一貫冷淡的嗓音並未逼退電話另一端的熱情，對方免不了抱怨幾句：「妳怎麼老是對我這麼冷淡啊？靳小雪。」

靳雪一時有些無語，嘆了口氣，「我不記得自己的名字中間有個『小』字。你要是想講廢話我就掛了。」

「別別別，我是來講正事的！」電話中好聽的男性嗓音，焦急地阻止她。

靳雪揉揉眉心，忍住掛斷電話的衝動，「什麼事？」

「我這次拍攝結束後有個空檔，我會去妳那裡蹭飯，先通知妳一聲啊！」

靳雪壓了壓唇角，知道自己沒辦法拒絕，就算拒絕，這傢伙還是會死皮賴臉地出現在家門口，到時只會更麻煩。

「知道了。」

話落，靳雪立刻摁掉手機，放回桌面上。她剛闔上電腦，手邊便多了一盤精緻小點。

靳雪抬頭，見到店長站在桌旁笑道：「今天多炸的，當招待。可能有點涼了，剛剛面試新人忘記先給妳，希望妳不介意。」

「沒事，妳太客氣了。」靳雪點點頭，臉上表情沒有太大變化，但眼裡流露感激，「謝謝。」

店長微微頷首，就走回吧檯繼續招呼客人，靳雪拿起叉子插了一塊雞塊送入嘴裡，想著方才店長無意間透露的訊息。

所以……或許還有機會見到那個女孩嗎？

靳雪優雅地享用小點，轉頭望向窗外，姿勢就像稍早那樣。

不同的是，直到離開咖啡廳前，靳雪都沒再見到那雙圓滾滾、炯炯有神的眼睛。

好像……小狗狗似的眼睛。

八樓一到，何煦與好友戴語筑一同走出電梯，兩人各抱著一個紙箱走到門前，戴語筑將沉重的箱子放到地上，忍不住哀號抱怨：「我的天！我們兩家到底寄了多少東西上來……」

何煦跟著苦笑，「大概我們的爸媽都怕我們在台北餓死吧？」

「我也這麼覺得。」嗶卡進門後，兩人合力將箱子放到房裡，安置好後，何煦說道：「還有一個小箱子我下去拿就好，妳在房間等我。」

戴語筑應道：「好，妳小心點。」

何煦走出房門再次走進電梯裡，往B1管理室領取包裹。

雙手掂了掂，紙箱的重量讓何煦心裡踏實了些。

搬進這個社區第三天了，但今天早上醒來，還是有那麼點不習慣。考上A大之前，何煦一直住在家裡，鮮少有機會出門長住。

何煦是興奮中帶點忐忑，可何家兩老就不是這樣了，似乎怕女兒隻身在外這裡缺、那裡少，知道包裹該寄哪後，塞了一大箱不夠，又寄了一小箱，彷彿何煦不是去念大學，而是去避難。

拿完包裹走到電梯前，何煦發現沒有多餘的手按電梯，剛要放下箱子，後面有道聲音傳來。

「妳要去幾樓？」

本來彎著腰的何煦立刻打直身體，一抬頭迎上一雙深褐色的眼眸，正凝視自己。

電梯門開啟，那人走進電梯，何煦也趕緊跟上，「八樓，謝謝！」

電梯門關上後，一陣安靜，何煦站在門邊，背對方才遇上的人，注意力全放在身後的人身上。

儘管對方戴著口罩，但那雙眼睛，何煦覺得自己見過。

站在電梯角落的靳雪同樣注意到門邊的何煦，視線由上而下看了看，隨後稍閉起眼，頭靠牆壁休息。

到了五樓，門一打開，何煦想也沒想就走出去，靳雪同一時間睜開眼，便見到這哭笑不得的一幕。

「等等，我、我八樓！」差點沒發現走錯的何煦，注意到廊上擺設和格局與所住的八樓不同，又紅著臉走回電梯裡。

這次，何煦不想再擋在門邊，退到後面，恰巧站到靳雪身旁。自覺丟臉的她垂著頭，髮間露出通紅的小耳朵。

挺可愛的。靳雪注意到何煦似乎有些拿不住箱子，挑起眉梢，主動伸手拿過了箱子。

「我也八樓。」略低的嗓音靠在耳邊，何煦怔怔地看著眼前的姐姐，一時有些手足無措，想拿回，又聽到靳雪說：「順手而已。」

「噢……」大概是姐姐的氣場太強，何煦乖乖收回手，後知後覺地意識到：不對啊，自己的東西怎麼能麻煩陌生人……

何煦看上去懊惱而茫然，靳雪不知道她小腦袋瓜裡想些什麼，將視線直視前方，抵達八樓時長腿跨出電梯。

「哪一間？」

蘄雪側過頭，黑長直髮自然散落在肩上，瞬間何煦猛然想起眼前這個比自己高半顆頭、一臉冷淡的姐姐是誰。

「忘記自己住哪一間？」

何煦沒膽問兩人是不是見過，立刻指著自己房門口，「那間，我拿過去就好，謝謝妳。」

蘄雪將箱子交給何煦時，兩人指尖不經意碰在一塊，一股涼意蔓延至何煦掌心。

蘄雪轉頭走向長廊末端，在電梯裡她並沒說客套話，她是真的也住八樓，而且是最後面那間大房。

「等等！」

忽然，何煦叫住了她，蘄雪停下，轉頭卻發現何煦不見了，不知道跑去哪兒。蘄雪微微皺眉，雙手抱臂站在原地。

不一會兒，何煦慌慌張張從自己房裡急忙跑出來，手上多了一瓶罐裝可可。她站定到蘄雪面前，將可可遞給她。

「這個請姐姐喝，謝謝妳幫我拿東西！姐姐的手有點冰……」

蘄雪戴著口罩，一張精緻美顏藏著大半，看不出表情，但那雙眼睛，何煦覺得似乎變得柔和，少了些凌厲。

「謝謝。」蘄雪接過可可，轉身走往房間。

何煦好奇地看了看，發現姐姐就住在裡邊那間，不禁微愣。

那房間……戴語筑說過，是房東在住的！

發現這個事實，何煦匆匆回到房間，一開門就直問坐在地上整理行李的戴語筑。

「妳不是說房東是一個大帥哥嗎？」

不知道發生什麼事的戴語筑啊了聲，臉上浮現「莫名其妙」四個字。

「就是，之前妳自己來看房的時候，妳不是說房東是男生嗎？」何煦認為自己應該沒記錯。

至於為什麼是好友戴語筑獨自來看房，是因為何煦不巧得了腸病毒。

約好看房的前兩天，何煦上吐下瀉，整個人懨懨地去看醫生，得知這個病症時，何煦呆呆地問：「不是腸胃炎嗎？」

「不是。」何煦還記得自家母親在旁憋笑，而醫生一臉淡定的樣子，「腸病毒跟腸胃炎不一樣，妳這是腸病毒。」

戴語筑知道後，同情而有義氣地說：「好，那我自己先去看看，要是房間沒什麼問題就直接訂了。」

房間很好、房東人也好，但戴語筑那時拚命強調房東顏值多高、長得多像雜誌模特兒，何煦不禁猜想，戴語筑根本是因為房東的長相才下訂的。

「是男生啊。」戴語筑一臉茫然，「不然妳看到女生喔？妳怎麼確定那是房東？搞不好是房東女友，住在一起不奇怪吧？」

這麼一想，何煦覺得挺有道理的，但戴語筑被她弄糊塗了，抓著她問清來龍去脈。何煦便從打工面試開始說起。

「所以，妳從下禮拜開始上班嗎？六跟日？」戴語筑問。

何煦點點頭，「對啊，我是應徵假日班，他們好像也只缺假日工讀生，而且店長說要回家那週提早說一聲就好，不會不給請假。」

兩個準備迎接大學新生活的女孩，關上門便嘰嘰喳喳地聊天，另一邊的靳雪進門後，則是面對空蕩無人的家裡。

大學開始在外讀書的她，已習慣了獨居，若忽然多了一分關心，反而不自在。

靳雪拿起手中的可可看了看，另一手輕揉自己的下腹。每次生理期來時，她總是安靜承受悶痛，也沒打算買甜食、熱飲緩解生理痛。

但是……

轉了轉手中的可可，拉開拉環，靳雪喝了口，舔了下嘴角。

感覺也不壞。

☀

初秋之際，徐風微涼。

何煦剛進咖啡廳時，老闆娘秋姐望著外頭有些陰暗的天氣，關心道：「外面會不會很涼？妳穿這樣會不會太少了？」

何煦低頭看了看身上的薄長袖，搖搖頭，「還好，反正都在室內，晚上下班我也不會到處亂跑。」

秋姐點點頭，領著何煦認識店內的環境跟工作內容，與面試時店長韓芷晴所說的大致相同。

「一開始，我不會要求妳馬上學會調配這些飲料，但要先學會使用POS機跟送餐。」

何煦認真地聆聽，不時低頭作筆記，深怕把人生第一份打工搞砸。

開店半小時後，客人陸續上門，韓芷晴也來到店裡，協助教導何煦這個第一天上班的小菜鳥。

店裡坐滿八成後，韓芷晴拿了個訂位牌，請何煦幫忙放到靠窗的座位上，何煦乖巧地照做，走回吧檯時好奇問：「有人訂位嗎？」

「沒有。」韓芷晴趁著出餐空檔跟何煦介紹店裡不成文的規定，「但有一位靳小姐從開幕第一天就來光顧，之後幾乎每週假日都會來，而且都坐那個位子，久而久之我跟秋姐就習慣為她保留了。」

原來是這樣，何煦理解地點點頭。

韓芷晴忍不住逗她，「那妳知道是哪個『靳』嗎？」

何煦沒料到會被反問，呆呆地看著韓芷晴，支支吾吾好半晌都沒能想出來，困窘的樣子逗笑了韓芷晴。

「一個『革』加一個『斤』，讀音跟『進來』的『進』一樣。」

還沒熟悉店內事務的小工讀發出長長的哦一聲，巧的是，正推開玻璃門的客人，正是韓芷晴口中的「靳小姐」。

何煦趕緊就定位，朝戴著口罩的靳雪揚起笑容，「今天想喝什麼？」

見到那如陽光般的溫暖笑容，靳雪的眼神柔和了一些，淡淡道：「焦糖鹽之花，冰的。」

「還需要別的嗎？」

「不用，謝謝。」

靳雪點完餐後，走到常坐的靠窗座位上，拿出筆電處理公事。自從咖啡廳在社區開幕後，靳雪已習慣來這坐一個下午，除非假日有聚餐邀約，或是得進辦公室加班，不然她都往這跑。

就是為了這一杯焦糖鹽之花。

在何煦送上飲品時，靳雪停下打字的動作，將桌上的訂位牌交給何煦，視線不自覺隨著這位小工讀生的背影移動。

應該是大學生，靳雪想。

她摘下口罩，喝了口焦糖鹽之花，口感依舊細膩，這間咖啡廳的老闆娘手藝精湛，煮得一手好咖啡，她希望這間店能一直在社區營業。

忽地，靳雪對上一雙黑溜溜的大眼睛。

那雙眼睛眨啊眨的，稚嫩的臉蛋看上去似乎有點慌張，眼神東飄西移，最後忽然對自己露出大大的笑容。

靳雪覺得……這小朋友怎麼笑得有點傻？

她微抬眉梢，先移開了視線，注意力重新放回筆電，何煦也跟著收回視線，忙著給其他客人送餐。

咖啡廳從中午十二點營業到晚上八點，經過忙碌的下午後，何煦才得以喘口氣。

薄暮時分，夕陽斜斜地照進店內，橘紅色的暖光灑在靳雪身上，整個人彷若灑上一圈金粉，將精緻冷淡的五官襯得有些暖意。

靳雪對何煦招了招手。

何煦一愣，立刻起身走向對方，不由得有些緊張。

可究竟緊張什麼，何煦自己也不太清楚，她走到靳雪身邊，微彎下腰問：「需要什麼嗎？」

這是偶遇數次以來，何煦第一次看清楚靳雪的長相，她的五官近看時不損半分美麗，那雙褐色的眼睛十分迷人，高挺的鼻梁、脣形優美的薄脣與白皙的肌膚，每一處都令人覺得精緻好看。

但大概是姐姐自帶的冷淡氣場讓人產生距離感，何煦覺得有點想後退。

「一杯伯爵拿鐵，熱的。」

何煦回過神，點點頭，趕緊轉身回到櫃檯點餐。

靳雪單手支著下巴，望著認真忙碌的小朋友，心情悄悄變得輕快。

她有點笨手笨腳，笑得也有點傻，卻讓人討厭不起來，還有點可愛。

當伯爵拿鐵送上時，靳雪叫住了何煦：「等等。」

何煦一回頭，就看到姐姐把那杯伯爵拿鐵推向自己，抬眼迎上靳雪冷淡的眼睛。

「可可的回禮，給妳喝。」

何煦詫異，壓根沒想過那飲品是點給自己的，只見靳雪站起身，拎起筆電包走向門口，沒多做解釋，也不打算給何煦推辭。

何煦眼巴巴地看著斬雪走出店門，邁開大長腿往E棟走去，然後回頭向韓芷晴投以求救的眼神。

「妳就喝啊，我又沒說不行。」韓芷晴失笑，邊擦拭杯子邊說：「我剛剛就覺得奇怪，斬小姐平常不喝咖啡以外的飲品，怎麼忽然多點一杯伯爵拿鐵，原來是給妳的。」

何煦眨眨眼，得到店長首肯後，喜孜孜地拿過伯爵拿鐵大口大口地喝著。

何煦想，姐姐的內在似乎不像外貌那樣冰冷……

☀

開學後的日子過得充實而忙碌，何煦白天在A大上課，晚上回家跟戴語筑閒聊，假日則是到樓下咖啡廳打工。

在靠窗座位上放訂位牌變成何煦的固定工作之一，為斬雪點餐也是。只要店裡的何煦見到斬雪經過窗邊，就會先到收銀台前站著，斬雪一推門，何煦總會給她一個大大的笑容。

雖然斬雪仍冷冷淡淡的，但這並不妨礙何煦對她萌生好感。

「焦糖鹽之花嗎？」

「嗯，謝謝。」

幾週過去，兩人的對話仍止於此，何煦送上咖啡時，斬雪會將訂位牌交給何煦，這時兩人的眼神才會對上。

但也只有這樣。

不論見到靳雪幾次，何煦都覺得這姐姐長得真好看，卻從未想過進一步認識，只是下班回去都會跟戴語筑說上一遍。

而戴語筑每次都這麼回何煦：「妳要是覺得人家好看，不會主動攀談嗎？」

「可是我沒有想跟她當朋友啊。」何煦語氣坦然，「那就像看到明星一樣，覺得她好看，但不會想跟她進一步認識。」

日後靳雪知道這件事後，捏著何煦的臉頰，面色很冷，氣得想把這小傢伙扔出去，不過這是後話了。

開學一段時間，一切塵埃落定後，何家兩老便要何煦回家一趟，一起吃飯。

「妳看看妳多久沒回來了？」何母在電話另一頭抱怨：「我上次買的土雞放冰庫都要凍壞了。」

何煦失笑，她搬來就忙打工，開學後又忙系上的事，確實一陣子沒回家了。

「我這週就回去，我要喝雞湯！」

母女倆相談甚歡，聊了一陣子才掛電話。何煦回頭跟老闆娘秋姐請假，再訂回家車票。

戴語筑洗好澡走出浴室，得知何煦這週要回家，她也嚷嚷著想回家，兩人便說好一起搭車回去。

「我覺得我媽會塞水果給我。」戴語筑看著爆滿的冰箱，有點憂慮地說：「而且是強塞，不能拒絕的……」

何煦想了想，身體一抖，「我也覺得我媽會塞東西給我帶回來……」

兩人互看一眼，相視大笑，說著到時再想辦法解決云云。

☀

假日午後，忽然下起了雨。

靳雪剛將碗盤放進洗碗機，聽見雨聲走往窗邊，撥開窗簾一看，見到綿綿細雨。

她沉思片刻，想著是否要去樓下的咖啡廳。

靳雪不愛在雨天出門，她極度厭惡衣著被雨水弄溼貼在肌膚上的觸感，或是皮膚直接碰觸雨水，會讓她一整天的心情都非常糟。

所以每逢雨天，只要能請假，靳雪就不踏出家門。

但不出門就見不到那個笑容傻乎乎的小傢伙了。

靳雪難得猶豫，自己是不是該出門一趟？

在客廳來回踱步，想到這週沒去就得再等一週……靳雪一手拎起筆電，另一手拿傘走出家門。

走到咖啡廳前收傘時，靳雪隨意往裡頭一望，沒見到站定位的小朋友，心生疑惑，推門而入時，也沒見到熟悉的陽光笑容，本就憂鬱的靳雪心中一沉。

韓芷晴聽見門上風鈴作響，趕緊從後方廚房走到前台，看見來人是靳雪，親切一笑，「今天一樣是焦糖鹽之花嗎？」

靳雪遲疑地點了頭，莫名的失落藏在口罩下，有禮地說了謝謝，語氣不免有些冷。

心細的韓芷晴發現靳雪的視線四處張望，主動道：「我們家小工讀這兩天請假不在。」

靳雪面色不改，輕輕哦了聲，聽上去似是不在意，但眼神柔和許多。

靳雪走到屬於自己的位子，拿出筆電卻沒心思處理公務，她不知道心中的煩躁是因為沾上溼氣的長褲，或者其他什麼。

喝完咖啡後，靳雪離開咖啡廳，趁著雨停的空檔回到住處。電梯門一開，經過何煦房門前，靳雪停下，焦躁的情緒莫名湧上。

在門前站了一會兒，她才邁開腳步走往盡頭的房間。

外面的天氣很糟，她的心情也不太好。

☀

星期日晚上，何煦跟戴語筑分別回台北。

一回到台北，何煦便收到店長的訊息：「店裡有我多做的甜點，妳回來再過來一趟。」

捷運上的何煦差點歡呼出聲，連忙貼了幾個可愛的感謝貼圖傳過去，可她想到自己的行李果真被何母塞得滿滿的，又傳訊息道：「但我可能要先回家放行李再過去拿。」

「不急，妳慢慢來。」

「好，謝謝店長！」

下捷運後，何煦心情歡快地走向住處，將行李放回房間，立刻朝著咖啡廳走去。

何煦到店裡時，已過了咖啡廳的營業時間。推門而入，韓芷晴便拿著兩個小紙盒給她，「這裡面各有兩塊蛋糕，一個給妳跟妳室友分著吃，另一個，能請妳拿去給靳小姐嗎？」

何煦微愣，呆呆道：「靳小姐？」

「是啊，今天靳小姐沒有來，但這蛋糕是她喜歡的口味，我留了一份給她。」

何煦點點頭，「好啊！剛好我跟她住同一層。」

韓芷晴感激一笑。

何煦離開後，老闆娘秋姐從裡頭探出頭來，走近韓芷晴，親暱地摟了一下她的腰。

「我說，妳又再想什麼？」

「沒有啊！我哪有想什麼。」韓芷晴答得飛快，靠在愛人的懷裡，望向何煦離開的方向，眼裡多幾分笑意，「我只是覺得很有趣而已。」

秋姐輕咳一聲，揉揉愛人的頭髮，正經地說：「注意點，妳的皮快掉了。」這個看似無害親切的人，切開來裡面是什麼顏色，秋姐比誰都清楚。

韓芷晴瞅她一眼，哼笑一聲，從秋姐懷中掙脫，走進廚房邊道：「那妳今天晚上就別碰我了。」

「欸，等等——」

另一邊的何煦剛走出電梯，到靳雪房間前，想起了離開新竹前，媽媽塞給她的米粉，便先走回自己房裡。何煦從行李中翻出幾包米粉，再一手拿米粉，另一手提蛋糕，走到靳雪家門前按下門鈴。

叮咚！

聽見門鈴聲時，靳雪摘下耳機，微微蹙眉。

這時間會是誰？知道她住處的人不多，除了家人跟大學的孽緣閨密，她想不到還有誰會來。

叮咚！

門鈴又被按了一下，靳雪站起身，略帶防備地走向門口，將門開了一小縫，見到那如陽光的溫暖笑容，靳雪一愣。

「我來幫店長送東西！」

已習慣看穿著正裝的靳小姐，何煦頭一次見到她穿居家服，覺得有些新奇。

靳雪很快地斂起驚訝，看了看她手上的蛋糕，還有……米粉？

「哦對！」注意到對方的視線，何煦才想到自己還沒說明，「我這週回家，我媽塞了米粉給我，就想拿一包給妳。」

「不客氣！」

靳雪面上仍然淡薄，可眼神溫和，她伸手接過，「謝謝。」

見到何煦的笑容，這兩天的陰鬱似乎也跟著一掃而空。

何煦離開前，靳雪叫住了她：「等等。」

何煦停下，轉過頭，一臉疑惑。

「妳叫什麼名字？」

何煦微愣。

其實連靳雪也不知道自己為什麼這麼做，或許是，她想多看一眼，彌補這兩天的失落。

「我叫何煦，就是——」

「陽光和煦的和煦？『何』是人字邊？」

何煦直點頭，眼睛亮晶晶的，「對對！就是這樣！」

靳雪笑了。

何煦的笑容僵在嘴角，表情轉為驚奇詫異。

那笑容眨眼即逝，快得讓她以為是錯覺。

靳雪收起笑容，淡淡道：「謝謝妳，晚安。」

話落，大門隨即關上，何煦還呆站原地，一時間有些不明白發生什麼事……心跳有點加快。

她突然想起一事，懊惱地嘆氣，她忘了反問靳小姐叫什麼名字……覺得自己錯失機會，何煦喪氣地走回房間。

何煦躺到床上，腦海盡是方才難得看見的笑容，她不禁想，靳小姐的名字……是不是跟人一樣美呢？

何煦邊想，邊迷迷糊糊地睡著了。

Chapter 2

拉開座位旁的窗簾時，窗外的陽光灑進辦公室，照亮斬雪的眉眼。何煦。

見到溫暖的陽光時，那個人的名字不自覺浮現腦海，斬雪的心情也跟著愉快許多。

「呦，我們BOSS今天心情不錯喔！假日有約會呀？」

略帶調侃的嗓音響起，斬雪雙手抱臂，對著那人微抬眉梢，「妳這個睡到滾下床的人，今天怎麼這麼早？」

被提起羞恥往事的任任臉上一陣紅、一陣白，嗔她一眼，「還敢提！」

「妳敢調侃我，我怎麼就不敢提了？」

任任舉起雙手作勢投降，她嘴上鬥不過斬雪，從大學時期就是如此。話鋒一轉，就轉到了正事上。

「妳也知道的，我會提早來，肯定是見廠商。」任任打個哈欠說道。

身為斬雪公司旗下的知名YouTuber，粉絲將破百萬的任任，擁有正面陽光的形象，加上真誠討喜的圈粉個性，粉絲黏著度相當高，在YouTuber影響力日漸強大的時代，任任無疑是業主眼裡的合作首選。

而斬雪的職務是擔經理角色，在幕後扶植這些YouTuber，並四處找尋有潛力的YouTuber簽約加以培養。

其中之一便是任任，也是她的大學閨密。

「所以，真的有約會？」任任眨眨眼，毫不掩飾自己的八卦。

素日在公司裡，兩人互動平常，只有私下兩人單獨時，任任才會表現出與斬雪的交情，也才敢明目張膽地調侃她。她怕明面上與斬雪交好，不易公事公辦，讓斬雪為難。

這點兩人有共識，公事上保持著不冷不淡的距離，共事的兩年相安無事，友誼仍在。

「沒有。」斬雪語氣淡然，頓了下，又說：「只是最近認識一個……有趣的小朋友。」

這一聽就沒戲，任任咕了聲。同事陸續進辦公室後，任任回到位子上，找自己的經紀人閒聊。

斬雪坐回位子，將精神投入到工作之中。

週一早晨的好心情沒有維持太久，週間發生了突發狀況需緊急處理，作為公司高階主管，旗下YouTuber除非出了大事，通常會先由各自的經紀人協助處理，斬雪不會親自出面，但若自家YouTuber上了新聞版面就不同了。

新聞在社群平台被瘋傳，斬雪第一時間便翻遍各大具影響力的論壇，掌握風向後，擬了幾份公關稿，再找當事人與經紀人一同開會。

折騰一下午，才由YouTuber發出聲明貼文回應新聞，並在斬雪指示下著手拍影片。

「影片拍完後傳給我。」離開公司前，斬雪冷冷地留下指示。

走出公司，斬雪揉揉眉心，決定去台北車站逛一會兒，她不想頂著糟糕的心情回到住處。

逛台北車站，是斬雪不為人知的興趣。

台北車站有三條地下街，分別是公仔、扭蛋與模型的Y區，誠品商圈的K區，以及鄰近K區的Z區。斬雪最常獨自去逛的是Y區地下街。每到Y區地下街，她總會將手上的千鈔換成零錢。

每個月，斬雪都會安排其中一週的週五，下班後來逛逛與轉扭蛋。

經過一排又一排的扭蛋機，斬雪選了一台無人排隊的小動物扭蛋機。

這是一組回眸造型的小動物扭蛋，有柴犬、比熊、八哥、臘腸與柯基，斬雪看了看，想要轉柴犬造型的。

將零錢放入卡槽，斬雪動手一轉，聽著扭蛋落下的聲音心情頓時變得輕鬆，打開扭蛋殼，她拿出一看，原本緊皺的眉目放鬆了些。

是柴犬的。

將扭蛋殼扔入回收桶，斬雪拆開塑膠套，放在掌心端詳，低聲給了一句評語：「油炸過的。」

「斬小姐？」

聞聲，斬雪猛地往旁一看，見到一雙圓滾滾的大眼睛，她愣住。

看清對方的正面，何煦一掃遲疑，開心地打招呼：「真的是妳，還好沒認錯！」

正巧走出模型店的何煦，餘光瞥見熟悉的黑色長髮，她瞧了瞧對方，越看越熟悉，忍不住出聲詢問。

從未在Y區地下街被熟人遇上的斬雪，一時之間不知道該如何反應，而掌心那隻小柴犬吸引何煦的注意，她忍不住驚呼：「我剛才也想轉柴犬！但我轉到柯基……唔，雖然柯基也很可愛！」

何煦邊說邊喜孜孜地掏出自己的「戰利品」，拿到斬雪面前，「這是小柯基的。」

斬雪回過神，看著那雙圓滾滾的眼睛，再看看掌心的小柴犬，她不自覺拿高小柴犬，移近何煦臉邊，視線在兩者間來回掃視，目光變得柔和。

不明白發生什麼事的何煦，呆呆地看著斬雪，迎上斬雪的視線時，堆起滿臉笑容。

笑起來有點傻氣，跟小柴犬……實在很像。

「我喜歡柯基的。」斬雪逕自拿過何煦手中的柯基，再將柴犬放到何煦手上，「交換。」

「咦？可以嗎！」見到心心惦念的小柴犬就在自己手上，何煦眼睛一亮，「真的可以嗎？」

「嗯。」斬雪微微點頭，雖然撒了個小謊，不過……她得到了比柴犬扭蛋更吸引她的東西。

看著何煦開心的樣子，彷彿有什麼微微扯了下她的胸口，斬雪伸出手，摸上何煦的頭。蓬鬆柔軟的觸感令她忍不住輕輕摸了幾下，像順著一隻毛色柔亮的小狗狗。

何煦一愣，沒躲開，微垂著頭，心思從扭蛋轉移到了斬雪手上。

下班時分人潮洶湧，何煦不慎被路人的後背包推了下，重心不穩之際，斬雪先一步拉住她，何煦瞬間撲進斬雪懷裡。

好香……這是何煦腦中出現的第一個想法，一股偏冷調的淡香縈繞鼻尖，是她從未聞過的香氣。

「還好嗎？」

聽見清冷的聲音從上方傳來，何煦趕緊往後跳開，忙不迭地道歉：「對不起！不小心被——」

「沒關係。」斬雪輕拉著何煦往旁邊走，讓她遠離人多的店門口，免得再發生同樣的意外。

「謝謝……」何煦垂著頭，臉有點紅，她摸摸鼻子，覺得有些丟臉，但在靳雪眼裡卻顯得可愛。

「那……我先走了。」想鑽洞躲起來的何煦，一眨眼就消失在靳雪的視線裡。

望著她離開的方向，靳雪看看手上換來的小柯基，回憶指尖的觸感，輕輕一笑。

有點想再摸一下的。靳雪想。

何煦離開Y區地下街後，鼓譟的心跳才逐漸回穩。

她剛剛……是被靳小姐摸頭了嗎？

意識到這點，何煦忍不住雙頰發熱，她有點手足無措，卻不會感到厭惡……

何煦陷入思考，走得有些快，還因此走錯路，繞了一大圈才走到K區地下街。

雙腿的痠麻讓她暫時忘記稍早發生的事，她走進誠品書店，好奇地東瞧西望。

趁著下午沒課的空檔，何煦獨自坐捷運到台北車站逛逛。來到台北後，她不禁感嘆捷運的便捷，想買書、轉扭蛋、夾娃娃、買唱片，都能在台北車站一塊解決。

高中在新竹念書時，總得挑個假日特意出門到市區，轉搭公車再走一段路到商圈才能一次滿足所需。雖然那段與三、兩同學相約逛街的日子挺美好，但交通就是沒有台北方便。

對不太敢騎車只敢開車的何煦來說，捷運確實便利許多。

逛了一會兒，何煦買了一本剛上市的新書便離開誠品，再從Z4出口走到新光三越，她決定到附近買張唱片再搭捷運回住處。

這是何煦高中時的習慣，每個月她都會找一個假日去市區，用存下的零用錢買書與唱片，就這樣持續了三年。

升大學後，依舊維持這種習慣，這是她的愛好，而扭蛋跟小公仔們，則是到台北才有的興趣。只是何煦沒想到，這興趣讓她在咖啡廳以外的地方碰到靳小姐。思及此，何煦忍不住揚起嘴角。

何煦雀躍地走下窄窄的樓梯，走到位於地下室的唱片行隨意逛著。

最後，她挑了一張梁靜茹的唱片走向櫃檯想結帳，就看見櫃檯前熟悉的清瘦背影，望著那人的黑色長髮，何煦頭一歪，正想著不可能這麼巧時，就聽到店員與那人的對話。

「靳小姐，這是您訂的唱片。」

「好，我要刷卡。」

這個聲音是……何煦一愣，本以為在Y區碰到已經很巧了，居然又在這邊遇上！

對旁人視線一向敏感的靳雪，轉過頭一看，跟著一愣。

「妳……」

「我來買唱片……」何煦一臉不可思議地說：「好巧……」

靳雪從店員手中接過紙袋，往旁一站，讓出結帳位置給何煦。

何煦連忙上前，將唱片交給店員，心跳紊亂。

靳雪站在一旁，視線拂過何煦臉上每一吋，停在何煦無意識輕咬的下唇。

結完帳後，何煦一轉頭便迎上靳雪的目光，想起稍早的互動，臉倏地紅了。

「真的很巧。」相較何煦的緊張，靳雪感到新奇，沒想到同一天會碰上兩次，如此奇妙的巧合，令靳雪主動提議：「我在想，如果妳也喜歡逛地下街、誠品跟唱片行，或許以後我們可以一起來。」靳雪自然地掏出手機，「妳的LINE條碼開給我吧。」

「啊？哦、哦！好！」何煦連忙找手機，沒發現手機就在手上。

靳雪微抬眉梢，好笑地看著何煦，纖細修長的手輕巧地從何煦手上拿過手機，自己解決了加好友這件事。

何煦呆站一旁，回過神來手機已回到手上，通訊錄多了一位好友。

靳雪低頭點開何煦的頭像，正打字改名時，機身突然一震。

她瞥了眼通知欄的訊息內容，略感無奈地說：「我臨時有事，可能要先走了，下次約。」

「啊？好……」

望著靳雪上樓消失，何煦的小腦袋瓜卻沒跟上，沒想明白她怎麼忽然有了靳小姐的聯絡方式……

而且，以後還有機會約出來一起逛街！

何煦連忙點開對方的頭像，她心心惦念的疑問有了解答。

——靳雪，靳小姐的名字是靳雪。

何煦不禁在心中讚歎人如其名，雖然冷冷淡淡的，卻又像雪花般美麗。

收起手機，何煦心情歡快地走出店外，搭捷運回住處。

「你在哪兒？」

當靳雪冷冷的嗓音從電話另一端響起時，開著寶藍色轎車的男人隨即打開車門，跨出駕駛座，朝對街的靳雪揮手。

靳雪瞧見了，冰著一張臉走向男人，彷彿自帶冰雪暴風似的，讓男人縮了下，在靳雪走近時他弱聲抗議：「這麼久不見，妳用不著表情如此恐怖吧……」

靳雪不悅地瞇起眼，「誰要你偏偏這時候出現，晚一天甚至晚幾小時都可以。」

偏偏是在她想約何煦一起搭捷運回去的時候，收到了這人在附近的訊息。

男人摸摸後頸，簡單的動作都讓路人忍不住多瞄幾眼，以為是哪個明星在拍片。

男人相當習慣旁人投來的目光，隨即露齒一笑，那雙桃花眼就是無意也像在勾著人。

靳雪受不了地打開車門坐進副駕駛座，男人趕緊也坐進車裡，好聲好氣地出聲安撫靳女王。

「我這次有帶禮物來，妳別這麼不開心啊。」

長得好看是有優勢，但看這張臉二十幾年的靳雪早已免疫。她瞄一眼對方，冷哼了聲，「算了，不然你又要跟媽告狀，說我對你不好。」

瞥了眼男人得意的笑容，靳雪揉揉眉心，不禁想，有一個風流無邊的哥哥真麻煩……

「誰叫妳勉強會聽媽的話，連爸都要讓妳三分。」靳宇抱怨，邊踩下油門開到大路上，朝著靳雪住處駛去。

「我是怕媽碎碎念。」靳雪繫上安全帶，向後靠著舒適的椅背，瞇起眼淡淡說道：「早上心情很差，剛剛才轉好，現在又被你破壞了。」

聽出字句中的關鍵字，靳宇豎起耳朵探問：「誰有這能耐能讓我妹妹心情好？」

靳雪睜開眼，瞥他一眼，知道自己要是不回答，依靳宇的個性會纏得沒完沒了，為避免被煩死，靳雪先道：「最近認識一個……小朋友，挺可愛的。」

「等等，先讓我確認一下。」紅燈前，靳宇轉頭看向靳雪，「是小『朋友』還是小『弟弟』。」

沒人說朋友只限於女生，要是其實是小弟弟，靳宇明天就會推掉所有朋友邀約，親自去會一會這個小弟弟。

對靳宇來說，任何接近自己妹妹的異性，都是敵人。

「是女生。」靳雪無奈地道：「是八樓的房客。」

「噢。」

靳宇頓時沒了興趣，收回視線直視前方。話鋒一轉，轉到了靳母身上。

「對了，媽問妳什麼時候回家跟紀文旭吃飯？」

聞言，靳雪微抬眉梢，「我雙十連假會回家，但並不代表我想跟紀文旭吃飯，況且他不是交女朋友了？」

靳宇聳聳肩，「分手了。」

「又分手了？」靳雪語調微揚，比起訝異，更多的是無奈。

靳宇瞥了自家妹妹一眼，臉上寫著「妳知道原因」的表情，讓靳雪嚥下到舌尖的話語。

知道緣由，不代表會欣然接受。

這事所有人心知肚明，紀文旭對靳雪的喜歡太過張揚，眾人皆知，而靳雪的態度一直很淡然，沒把對方的感情放在心上，誰都看得出這是一場無果的單戀，紀文旭也知道。

這幾年，紀文旭的對象一個換一個，每一個都有那麼一點像靳雪，可每一個終究都不是靳雪，每一段戀情都無疾而終。

不只紀文旭沒放棄靳雪，靳母也從來沒有放棄讓紀文旭做自己的女婿，卻又怕做得太多會讓靳雪生氣，只敢敲邊鼓，從旁探探靳雪堅若磐石的心有沒有稍微因為紀文旭的深情而鬆落。

幾年下來，靳雪的態度沒變，紀文旭的喜歡也是，日復一日，旁人看得著急，當事人倒是一點也沒放在心上。

任務暫且達成，靳宇將話題帶開，沒繼續在紀文旭身上繞，就怕等會兒靳雪不高興，會把自己扔出家門，今晚就得餐風露宿。

「這次我大概會待半個月。」靳宇愉快地說。

靳雪皺眉，沒打算掩飾自己的嫌棄，「也太久。」

「半個月耶！才半個月！」靳宇抗議道：「下次見到我可能都十一月了！」

「也太快。」

「……」靳宇險些吐血身亡，還好他一向很會自娛娛人，也已習慣靳雪的毒舌。

轎車駛進停車場，停好下車時，靳雪將包包扔給靳宇，靳宇嘴上抱怨，還是乖乖替冰山妹妹拎包上樓。

在不知道兩人關係的旁人看來，靳雪與靳宇就像登對的情侶。

晚間，準備下樓買宵夜的何煦跟戴語筑，正巧在電梯入口碰上靳雪與靳宇。何煦的身影映入眼簾時，靳雪的目光不自覺柔和幾分，她微微頷首。看眼前兩個小朋友似乎是靳雪熟識的人，靳宇露齒一笑，「妳們好啊！」何煦與戴語筑一愣，趕緊出聲打招呼，靳雪與靳宇走出電梯後，兩人才走進電梯裡。

正跟戴語筑聊天的何煦，沒發現靳雪回頭看了她一眼。

電梯門關上後，戴語筑不禁嘆道：「房東跟他女朋友真的是我見過最高顏值的情侶檔。」

何煦回想方才見到兩人站在一起的樣子，外型確實登對，看上去感情也很好，同意地點點頭。

「對了，我們剛剛說到哪了？哦對——系烤妳要去嗎？」戴語筑問。

大學四年就屬大一活動最多，學長姐也會特別關照剛入學的小大一。中秋佳節後，系上舉辦了烤肉活動。

提及此，何煦的笑容多了幾分無奈，「我原本不想去的……上一整天的課好累，但是……我答應雅芳要陪她去。」

好人緣又好說話的何煦，本來不想參加，可被隔壁同學纏著多問幾句便勉強答應了。

對於何煦會去系烤，戴語筑有些驚訝，但想想何煦耳根子軟，就不太意外了，「那妳自己注意安全，早去早回啊。」

何煦知道戴語筑跟自己一樣，不太愛參加這些社交活動，所以沒有央求她陪自己去，點點頭，苦笑地說：「希望肉很好吃。」

兩人都心知肚明，系烤的重點不在食物上，而是在認識新朋友。

到了一樓，兩人走出大樓，到附近買了炸物回去當宵夜。

靳宇一進到靳雪家，第一件事就是撲到沙發上，軟爛地趴在那兒。

靳雪嫌棄地瞥他一眼，將外套掛到衣架上，再將包包放進房裡，一切整齊而有秩序。

靳宇抱著沙發上的麻糬抱枕，朝剛踏出房門的靳雪說道：「剛剛碰到的那兩個女生，我對其中一個有印象。」

「你怎麼會有印——」靳雪忽然想起暑假期間，有次她臨時出公差，於是讓靳宇代替她帶房客看房。她改口問：「你對哪個有印象？」

「綁著馬尾，身高比較高的那一個。」

那就不是何煦了。靳雪淡淡地嗯了聲，想了一下又問：「那你記得當時跟她說了什麼嗎？她們……應該是『同學』沒錯？」

靳雪漂亮的臉蛋仍然冷淡，可語氣透出一絲急迫，讓靳宇覺得相當新奇，靳雪不僅長得高冷，個性也是，對工作以外的人都沒什麼興趣，沒想到今天竟會多問一句。

靳宇回憶道：「我記得……當時她說她們兩個是高中同學，後來都考上A大，所以決定一起租房。」

然後睡在同一張雙人床上。

不知怎麼地，靳雪腦中閃過這個想法。

對於七、八樓的每一間房的格局布置，靳雪都瞭若指掌，什麼都成雙成對，就是只有一張雙人床。何煦住的那間本來是預設租給情侶，傢俱從書桌到衣櫃都是兩人份，只有床不是。

只是同學會要好到同睡一張床嗎……

靳雪覺得自己的猜想很荒謬，但就是有點在意。

她轉身走進房裡，把摸不著頭緒的靳宇留在客廳裡。

這件事情，靳雪想要親自問一問……

「對了，下午唐突地加妳好友，妳男友會不會介意？」

吃雞塊吃到一半的何煦聽到手機震動，見到發訊人是靳雪，她手一抖，手機掉進了炸物袋裡。

「何煦！妳髒不髒！」戴語筑尖叫，何煦趕緊拿起手機一邊道歉：「抱歉、抱歉！」

戴語筑邊碎念邊擦拭桌子，何煦則是拿下沾油的手機殼放到一旁，先回覆靳雪。

「男友？我沒有男友(｀•ω•´)我母胎單身=(｀•д•´)」

拿著手機等待回覆的靳雪見到訊息後，看著那顏文字，嘴角不自覺向上勾起。

「那就好，我怕我冒犯了。」

「不會！(。◕∀◕。)」後面又再加一個小柴犬的表情貼，那手舉高高的樣子，讓斬雪想到之前轉到的扭蛋……真可愛。

斬雪沒有再回覆，將手機放到桌面上，拿出筆電、戴上眼鏡開始處理自家YouTuber捅出的簍子。

道歉影片審核完畢後，斬雪讓經紀人將影片上傳，希望風波能盡快平息。

經營網路媒體公司，掌握線上消息也是斬雪的工作之一，她隨意瀏覽YouTube頻道，注意到有位YouTuber近期的影片時常登上發燒排行。

斬雪點進簡介看了看，再點開對方的粉專與IG，又花了些時間調查各大論壇對這名YouTuber的討論，發現他的知名度確實很高。

不過，斬雪並不打算貿然將人簽進公司，而是將這個YouTuber的資訊先轉給幾位組長，讓他們可先評估。

叩叩。

深夜，房門忽然被敲了兩下，斬雪摘下眼鏡，見到斬宇推開門，探出一顆頭來。

「妹，我要睡了。」

「嗯。」斬雪揉揉酸澀的眼睛，「我也要睡了。」

兄妹倆又聊了一會兒後才互道晚安。

關燈前，斬雪想起何煦的訊息，她拿起手機，看著今晚簡短的對話，眼神柔和，傳了兩個字過去後才關上手機。

即將入睡的何煦聽到床頭櫃上的手機震動一下，邊打哈欠邊拿起手機，指腹滑開螢幕，見到了斬雪的訊息。

「晚安。」

手機的藍光照亮何煦的笑臉，她也傳了個晚安過去，握著手機，帶著笑容入睡。

那是何煦搬進社區後，睡得最好的一晚。

系烤辦在一週後的禮拜四晚上。

五點下課後，何煦向戴語筑投以欲言又止的眼神，而戴語筑則愛莫能助地看著她。

「妳結束後再跟我說，我幫妳開門。」戴語筑說。

何煦點點頭，剛跟戴語筑道別，正想點開斬雪的訊息時，便聽到吳雅芳在叫她。

何煦先收起手機，站起身揹著包包向外走，跟吳雅芳一同去系烤地點。

一路上，兩人聊得算熱絡，健談的吳雅芳與總是認真傾聽的何煦搭在一起，氣氛並不尷尬，但何煦心裡一直惦記著要看斬雪的訊息。

這週，她與斬雪持續有互動。起初，何煦會在課堂上偷偷回斬雪，斬雪發現後便制止她，提醒她好好上課，下課才能回，何煦乖乖照做。

「好乖。」

靳雪的回訊，令她臉紅了紅，嘴角忍不住上揚。雖然靳雪的文字跟人一樣冷冷淡淡，但何煦發現自己就是喜歡跟靳雪聊天。

稍早，何煦曾抽空傳了一個熊貓張嘴的貼圖，那隻胖熊貓看上去憨傻可愛，想讓人揉揉抱抱。

靳雪回：「跟妳有點像。」

像？哪裡像？何煦低頭看看自己的身體，沒有這麼圓潤吧！

她在這端苦惱來台北後是不是真的比較放肆，靳雪則在手機另端看著訊息，心情愉快。

後來，靳雪又發了一個訊息過去，這個訊息不是日常閒聊，而是一個邀約。

明天是週五，靳雪想問何煦要不要一起去地下街逛逛，可沒等到回覆，連已讀都沒有。

何煦五點下課，這週她不曾超過半小時還不讀訊息，這是第一次。

持續幾天的訊息來往，靳雪對時間格外敏感，何煦一改平日的積極，她難免覺得奇怪。

靳雪翻出何煦的課表，那是她關心她課會不會很多時，何煦主動傳來的。

「每天都有早八(´;ω;`)」

靳雪順手就把課表存了，也因此得知何煦是A大廣告系。對於何煦的事情，她的在意日漸濃厚。

六點了，何煦怎麼還不讀訊息？

靳雪輕吁口氣，將手機翻面放到桌上，再用指尖推遠一些。她不該這樣緊迫盯人，也不該覺得何煦就該回她訊息。

何煦也有自己的生活，而她並不是其中一環。靳雪站起身，拿著馬克杯走到茶水間，再回到座位上時，她已回到工作狀態。

面上看似波瀾不驚，可湖底下有著怎樣的翻湧，只有靳雪自己知道。

「哈啾。」何煦摀著鼻子，打了個噴嚏。

一旁的學長比吳雅芳反應更快，連忙出聲關心：「學妹，還好嗎？」

「沒事，可能不小心聞到胡椒粉。」何煦尷尬地回，要是面對的是戴語筑，她就會回「大概是有人在想我」，但對方是學長，何煦沒膽這麼說。

「那要不要去旁邊坐？」

「不、不用……」何煦一點也不想跟學長獨處，然而，對方顯然很想跟何煦獨處，好培養感情。

何煦認得這個學長，是大三系排的學長，平常兩人沒什麼交集，只是偶爾在走廊上遇到，他會跟她打招呼。

何煦沒覺得對方對自己有意思，可戴語筑曾這麼說過：「我覺得那學長怪怪的。」

「怪？」何煦一臉懵。

「我覺得他一直在看妳。」戴語筑皺眉道：「妳要是對他沒意思，就盡量保持距離，閃遠一點。」

何煦有點後悔，當時沒把戴語筑的話聽進去，她再遲鈍也能感覺到對方獻殷勤是什麼意思。

明顯別有意圖的目光，讓何煦渾身不舒服。

學長曾向她要LINE，情急之下，何煦說自己沒帶手機，這才逃過一劫，不必加好友，卻也因為這樣，她根本不能掏出手機。

「那下次一定要給我加喔。」學長惋惜地說。

何煦表面上應好，心裡卻想著絕對沒有下次了。

時近八點，系烤也到了尾聲，何煦心裡正歡呼可以回家時，卻聽到主揪人說：「我們接下來要去KTV續攤，大家都可以去吧？」

「我沒辦——」話還沒說完，左手便被吳雅芳勾住，她眼巴巴地哀求道：「何煦，妳再陪我一下好不好？」

系烤時，何煦大概知道是怎麼回事了。吳雅芳喜歡學長的朋友，學長想追自己，而學長朋友也對吳雅芳有點意思……但她一點意思都沒有。

「可是……」

「拜託拜託！一下就好！不然唱一首就回去？」

耳根子一向很軟的何煦勉為其難答應，離開學校前，她藉故上廁所，快速傳訊息給戴語筑後，便走出洗手間。

何煦上了吳雅芳的摩托車，縱然千百個不願意，還是一起前往KTV。

八點整，斬雪結束工作回到大樓時，在電梯門前碰到了戴語筑。

戴語筑似乎在門口踱步一陣子，臉上有點不安，因為對方是何煦的朋友，斬雪問道：「怎麼了嗎？」

戴語筑沒料到會碰到斬雪，但她知道何煦最近跟斬雪有在私聊，似乎滿信任這個姐姐，斬雪比她們年長，可能會有辦法，想了一下，便把事情說了一遍。

聽完，斬雪沉下臉，聲音低了幾分，「是哪間KTV？」

戴語筑道出地址後，便見斬雪轉身走進電梯下樓，消失在眼前。

她是……要親自去一趟的意思嗎？

這是何煦第一次來KTV，可能也是最後一次。來一次何煦就知道，她不會想來第二次。

就算要來，也不要跟不熟的同學、學長姊一起來，要跟感情好的朋友，像戴語筑，還有……何煦腦中閃過斬雪的臉。

甩了甩頭，何煦喝了口冰水，腦袋還是有點暈乎乎的。

KTV的包廂燈光昏暗，音響震耳欲聾，何煦的耳朵有些痛，但讓她想逃離的最大原因是——

「學妹，其實妳入學的時候，我就注意到妳了，妳長得很可愛。」

挨得很近的學長讓何煦渾身不自在，她往旁挪了些，先學長一步將包包放在兩人中間，才沒讓他繼續接近。

斑斕的燈光中，何煦見到對方臉上似笑非笑的神情，莫名有些害怕。

她想回家。

不確定是因為喝了一點酒，或是空調過冷，何煦覺得不太舒服，身體忽冷忽熱。

什麼時候才能回去呢……說好的一首歌，現在都不知道幾輪過去了，也沒有結束的跡象。

悶得受不了的何煦站起身，說要去洗手間，前腳剛踏出去，後腳學長就纏了上來。

「我送妳去。」學長笑瞇瞇地跟著，視線若有似無地打量著她，何煦知道再推拒也甩不掉，只得越走越快。

怎麼辦？她是不是不該出來？

何煦的腦袋混亂，學長的聲音彷彿從水底傳來，有些悶，有些不清楚。

「學妹——」

「何煦。」

何煦猛地回頭，她似乎聽到靳雪的聲音。

一個熟悉的頎長身影，順著螺旋樓梯一步步往上，她站在那，開口叫住了何煦。

靳雪的面容仍舊淡然而美麗，她雙手隨意插在風衣口袋中，一步步朝何煦走來。

對上靳雪冰冷的視線，學長下意識收回朝何煦伸出的手，後退一步，回過神不禁有些惱羞，但他高張的氣燄一碰上靳雪毫無溫度的眼眸，瞬間澆熄。

靳雪在生氣。

何煦從靳雪掃來的視線讀出情緒，內心感到一絲惶恐，但同時又高興能在這見到靳雪。

靳雪一出現，何煦便覺得安心了。

不過在旁人眼裡，靳雪彷彿是森林幽處的寒風，面上蒙上一層冰霜。隨著她的步步靠近，寒意更甚，學長又往後退一步，心生膽怯。

靳雪走到何煦面前，表情有些複雜，但她什麼都沒說，伸手拉過何煦的手腕，直接而堅定，卻沒有弄疼她。

何煦呆呆地跟在後面，視線落到那隻纖細好看的手，或許是感覺到後方的視線，靳雪的手輕輕下移，握住了何煦溫熱的掌心。

這是……在牽手嗎？何煦頓時雙頰漲紅，在樓梯前，靳雪忽然停下，何煦反應不及撞了上去。

「噢……」何煦吃疼地揉揉鼻子，眼睛眨啊眨的，圓滾滾的雙眼看上去更無辜了。

靳雪回過頭，目光迎上何煦的眼睛，她沒鬆開手，輕問：「能走嗎？」

「咦？」

「妳喝酒了吧。」靳雪的憤怒完全針對學長，現在只有何煦，她的口吻便恢復成往常般輕淡，「需要我抱妳嗎？」

「不、不用！讓靳小姐跑來幫我已經很不好意思了……」何煦用力搖頭，要是被公主抱抱下去，太丟人了！

靳雪眉梢微抬，嗓音冷涼，「靳雪。」

何煦微愣，呆呆地看著靳雪。

「妳知道我名字的。」字句中夾雜一絲怨懟，「叫名字。」

「靳……雪。」迎上那雙褐色的眼眸，何煦不自覺地臉紅了。

靳雪的胸口微微地被扯了一下，凝視何煦的目光深了幾分，「再叫一次，我就帶妳回家。」

這行為是幼稚，但有些福利就是要自己爭取。

「靳雪。」

何煦的嗓音像春天的暖陽，又輕又軟，像根羽毛搔著耳廓，靳雪低低嗯了聲，滿意地瞇了瞇眼。

牽著的手沒有放開，她們一路走出KTV門口，靳雪護送何煦回到社區。

瞧何煦微醺想睡的樣子，靳雪無奈地微微一笑，凝視何煦的目光，帶著絲絲寵溺。

真的是……有點可愛。

☀

中午的豔陽照在眼皮上，何煦悠悠地睜開眼，舒服地打了個哈欠。

睡得真好……等等，為什麼可以睡得這麼飽？

何煦覺得不對勁，立刻清醒過來，猛地坐起身拿過手機一看，便看到數則未讀訊息，滑下通知欄，先看到了戴語筑的來訊。

「我幫妳跟老師請假了，妳就當補眠吧。喔對，妳真的要謝謝那位靳姐姐，是她去KTV帶妳回來的。」

靳姐姐……是靳雪嗎！昨日種種慢慢浮現腦海，包括烤、KTV，還有最後出現的靳雪……

「我的天……」何煦抹了下臉，真的是丟臉丟到家了。

昨天在包廂她喝了一點酒，可沒想到自己酒量真的那麼差，雖然不算完全喝醉，可就是有點茫、有點暈……

何煦搔搔頭，發現靳雪也傳了訊息給她。

「我的午休時間妳知道，要是醒來剛好是午休時間，就打個電話過來。」

現在十二點半，正值休息時間，於是何煦打了電話過去，儘管她還沒想好要講什麼。

鈴響兩聲，電話便接通了。

「喂。」

靳雪冷涼的嗓音透過話筒傳來，還是那樣好聽，「妳有宿醉嗎？應該不至於吧。」

「沒有……」何煦的手抓著棉被，這是她緊張時會有的小習慣，「那個……謝謝妳。」

「嗯。」靳雪淡淡地發出一個單音，又道：「等我下班一起去北車逛逛？」

「好啊！」

聽著何煦充滿朝氣的聲音，靳雪的神情不自覺柔和幾分，想起昨天的狀況，又問：「妳是不是酒量很差？」

何煦唔了一聲，儘管知道對方看不見，還是乖巧地點點頭，「是沒有很好……」

「妳下次要是喝酒，或是去比較危險的地方，」靳雪說得緩慢而認真，「妳就告訴我。」

靳雪說得認真，何煦還沒細想，就先應了聲好，隨即聽到靳雪接著說道：「妳要來我公司坐坐嗎？還是直接約北車？」

考量到北車範圍大，商圈複雜，請何煦先來公司再一起去或許是好選擇。

何煦則是驚訝問道：「我可以去妳公司嗎？」

「可以，我們這裡有會客室，妳可以來。」

靳雪掛了電話後，便將公司地址發給何煦，再向樓下警衛交代了一聲。

何煦一收到訊息，就打開地圖仔細研究了一番，忍不住期待。她曾以為自己與靳雪的緣分僅止於樓下咖啡廳，沒想到後來能慢慢擴及到生活。

何煦喜孜孜地在床上滾了一圈，餘光瞥見那件不屬於她的風衣，才想起昨天似乎是披著靳雪外套回來的。

何煦趕緊傳訊息問靳雪，對方很快地回覆：「晚上會變冷，妳直接穿來。」

何煦眨眨眼，放下手機走到衣櫃前，小心翼翼地拿下風衣。她對衣服品牌沒有太多研究，感覺這風衣的質料極好，很好摸，穿上去也很舒適。

而且……有靳雪的味道。

何煦兀自紅了臉，手忙腳亂地把外套掛了回去。在好奇心驅使下，查了一下這牌子的風衣，看到價錢時，險些將手上的手機摔到地板上。

一件風衣相當於何煦一個月的生活費，她抖了下，沒膽再隨意穿上，也慶幸昨天沒有把風衣弄髒，不然她真的賠不起。

三點過後，天氣由晴轉陰，颳起了風。

出門前，何煦細心地將風衣摺好放進紙袋，穿了自己的牛仔外套出門，搭捷運前往靳雪的公司。到站後，何煦隨著人潮走出車廂，再按地圖走到離靳雪公司較近的出口。一走出站外，何煦好奇地四處張望。

她鮮少來這個地區，目光所及之處對她而言都很新奇。想到這就是靳雪天天看到的風景，何煦有些雀躍。

走了一會兒，何煦停在一棟大樓前，看了看，有些緊張地走進大樓，朝一樓守衛打招呼後，便走進電梯裡前往靳雪所在的七樓。

看著各樓層的企業LOGO，何煦才想到她並不清楚靳雪確切的工作內容。

電梯門一開，何煦怯怯地走出電梯，左右張望了一下，發現有個人的身影，越看越熟悉。

「任任！」

聞聲，任任身板一顫，疑惑地回頭，見到一個陌生的女孩子她更加困惑，但看見對方有點激動的神情，她猜測道：「妳……不會是我的粉絲吧？」

何煦用力點頭，「妳的每部影片我都有看！我很喜歡妳的影片風格！」

任任燦爛一笑，沒想到會在公司巧遇粉絲，還是個可愛的小女生。知道對方是自己的粉絲後，任任便上前關照，「妳是來找人的嗎？」

見到偶像就忘了目的的何煦，回過神慌張道：「嗯……我是來找……」朋友？該說是朋友嗎？她還不太知道怎麼表示自己與斬雪的關係，說朋友有點太親密，說房東又太疏遠，她噍了下，改問：「我想找斬雪……她有在這兒嗎？」

任任挑高一眉，好奇地看著何煦，「妳找我們BOSS啊？她現在在會客室，妳可能要等一下，我先帶妳去旁邊坐。」

BOSS？何煦邊思考任任對斬雪的稱呼，邊感激地點頭，跟著任任往裡面走。她悄悄地觀察四周，一雙圓滾滾的眼睛骨碌碌地轉動。

任任帶著何煦走到點心吧旁的沙發坐下，一邊介紹，「旁邊有點心、零食還有飲料，都可以隨意取用，妳想喝什麼？紅茶、綠茶、果汁、咖啡？」

何煦眨眨眼，乖巧地說：「紅茶好了，謝謝。」

「OK。」任任走到點心區為兩人各倒一杯紅茶，再坐到何煦旁邊，滿臉寫著好奇。來公司找斬雪的人很多，但像何煦這樣的小女生還是第一個。

何煦喝了口紅茶，聽任任說道：「妳可能要再等一下，斬雪她也許四點才會結束。」

「沒關係、沒關係，我們本來就約四點，是我提早來了。」

任任有種看到小動物的錯覺，面容清秀的何煦，生著一雙明亮水潤的眼睛，被她看著，就像被一隻小狗狗盯著瞧。

任任看向斬雪所在的會客室，內心嘖嘖兩聲。藏著可愛的小東西也不分享。

何煦東張西望時，見到幾個眼熟的YouTuber，臉上浮現出疑惑，任任見了，便主動問道：「斬雪沒跟妳說我們公司是做什麼的嗎？」

何煦茫然地搖搖頭。

「這是一家培養YouTuber的網路自媒體公司，我的同事還有兔仔、海深、我們今天要幹麼、多多紅茶等，而斬雪，」任任睇起眼，抬手朝自己脖子劃了劃，「她是這的主管，大家都要聽她的，她可是魔王大BOSS。」

何煦驚訝地睜大眼，雖然她們曾聊到工作，但斬雪只是淡淡地表示自己從事網路媒體相關工作，沒說自己是一間公司的主管。

何煦想了想，便道：「在那麼多YouTuber裡，我最喜歡妳，妳每次出新片我一定會看三遍。」

任任頓時心花怒放，能被觀眾喜歡是件珍貴的事，她立刻拿出手機，朝何煦眨眨眼，「要不要一起拍一張？」

「可以嗎！」

對何煦而言，這是作夢都不敢想的事，在任任舉起手機時，她往任任稍微靠了過去。

在任任的手自然地搭上何煦的肩膀時，倏地被人抓住。

六吋大的螢幕中，忽然多了第三個人的身影。

「我也可以一起拍吧？」

何煦一愣，回頭便看到斬雪精緻的面容上，好像蒙上一層冰霜。

靳雪說完，才鬆開抓著任任的手。

任任對靳雪不自然的反應感到疑惑，但沒膽直接質問，笑吟吟地說：「當然好啊，我們BOSS願意『紆尊降貴』一起合照，是我的榮幸。」

靳雪瞥了眼認識多年的好友，輕哼一聲，手輕放在何煦肩上，任任饒富興味地挑眉。

兩人在身後無聲對峙，何煦渾然未覺，注意力全放在自己的左肩上，靳雪的溫度順著手掌傳遞過來，讓她心跳有點快。

「好好，來看鏡頭，一、二——」

三秒後，喀嚓一聲，三人表情微妙的合照便存入任任手機裡。

看了看，任任轉頭對著何煦說道：「那照片——」

「我會傳給何煦。」靳雪先一步截斷她的話，面上冷淡，眼裡的戒備卻顯而易見，「妳傳給我就好。」

原來這個小女生叫何煦啊……要是不在公司，任任肯定會回個幾句，把兩人的關係扒得乾乾淨淨，可這裡是公司，靳雪的地盤。

任任聳聳肩，順著說道：「好吧。」

在狀況外的何煦一臉懵的被靳雪拎出去，坐電梯一路下樓再到捷運上，前往台北車站。

途中，靳雪一語不發，何煦也不敢說話，她雖然有些摸不著頭緒，但靳雪情緒的變化，她還是能感覺得出來。

靳雪有些不高興，這種不高興跟KTV那晚又不太一樣。

靳雪沒打算解釋，也無從解釋。

何煦進公司後，靳雪隱約在會客室裡聽到了聲音，從窗戶看見何煦對任任露出燦爛的笑容。

原來任任是何煦的偶像，何煦那麼喜歡任任。

沒有一點名氣跟實力是無法進靳雪公司的，她旗下的YouTuber都是實力派，有不被輕易取代的個人特色與定位，對於任任的實力，靳雪是認同的，也知道任任粉絲眾多，突破百萬訂閱不過是時間早晚的問題。

可沒想到這百萬的忠實粉絲裡，還有個何煦。

靳雪揉揉眉心，覺得自己這種不悅的情緒實在不可理喻，一到地下街，她先去了趟洗手間，讓自己煩躁的思緒冷靜下來。

趁著空檔，何煦溜到一旁的模型店，在玻璃櫃中尋找一款隱藏版扭蛋。

這陣子跟靳雪聊天，何煦記得靳雪曾說過，想轉一組扭蛋，可那款是隱藏版不容易轉到……

「找到了！」何煦開心地小聲低呼。

在玻璃櫥窗的角落，何煦發現那個隱藏版的扭蛋，趕緊找來店員並結帳。雖然直接購買的價格比去機台扭高了一些，但何煦想，靳雪應該會喜歡，便毫無猶豫地掏錢買下。

擔心靳雪離開洗手間會找不到自己，何煦趕緊走出店外回到剛剛的地方，遠遠就看見有陌生男子在跟靳雪搭話。

從小到大，靳雪最不缺的就是被別人搭訕，每次她都會冰著一張臉快步離開，一語不發地往前走，對方便會放棄。

但現在不行，她要是走了，何煦會找不到自己，於是她按捺住脾氣，冷冷地看著眼前的男子，內心嘆氣。

「我剛剛在旁邊看妳好久了，妳真的很漂亮，有沒有機會認識一下？」

男子已掏出手機推向靳雪，「交個朋友？」

「沒機會。」靳雪淡淡地瞥了一眼，雙手抱臂，「不想交。」

男子也沒氣餒，繼續說道：「那妳平常看不看書？」

「跟你無關。」

「我介紹一本好書給妳——」男子自顧自地滑開手機螢幕，點進FB頁面，自以為幽默地露齒一笑，「我的臉書。」

靳雪嘴角抽了下。

這男人是不是有病？正當靳雪想出聲時，眼前忽然多了一個人影，個子比她矮一些，氣勢卻相當足夠。

「你找我女朋友有什麼事？」

靳雪一聽，表面不動聲色，心湖卻泛起浪花，視線落向何煦柔亮的後髮，又看向那隻護著她的手。

男子沒料到有這一齣，頓時一愣，何煦趁隙主動握住靳雪的手腕，逕自拉著她往前走。

走了一會兒後，何煦才放開手，回過頭來緊張地解釋：「對不起！我剛剛只想到這個辦法！我沒有其他意思的！」

靳雪眉梢微抬，雖然自己牽手又自己臉紅的何煦很可愛，但這話不是她最想聽的……

靳雪語調微揚，「沒有其他意思？」

何煦用力點頭，怕方才唐突的行為會讓靳雪惱怒，「真的！沒有其他意思，妳、妳別介意……」

靳雪輕哼一聲，伸出手，放到何煦頭上輕輕揉了一下。

看在妳剛剛做得很好的份上，就不計較了。

何煦雖然一頭霧水，但得到靳雪的摸頭她便放下心，微垂著頭瞇起眼，笑得有些靦腆。

從前，何煦沒發現自己喜歡被摸頭，她不確定這個喜歡是因為摸頭，還是因為……對方是靳雪。

靳雪收回手，看著何煦問道：「對了，妳剛剛去哪兒了？」

「呃，我……」何煦的眼睛骨碌碌地轉著，「就……隨便看看。」

靳雪哦了聲，顯然不相信，但她不打算追問。方才的陰鬱被何煦的解圍一掃而空，被拉著走的空檔，靳雪想，與其糾結任任是何煦的偶像，不如讓何煦更喜歡自己。

這才是靳雪的做事風格。

何煦不知道靳雪在想些什麼，但感覺到靳雪的心情似乎由陰轉晴，她也跟著高興。

兩人逛完Y區地下街後，手上多了幾個扭蛋。離開這區到K區地下街後，靳雪問道：「肚子餓嗎？」

何煦摸摸肚子，「有一點。」

靳雪點點頭，將何煦帶進一旁的上島珈琲店。何煦路過這家店很多次，這是第一次走進來，沒想到會跟斬雪一起來。

兩人坐到靠牆的雙人沙發區，聞到咖啡香後，何煦感覺更餓了。

「我要冰的金芝麻珈琲跟起司蛋三明治，妳呢？」斬雪說道。

看著菜單上琳瑯滿目的品項，何煦一時有些眼花撩亂。

望著那張猶豫的小臉，斬雪單手支著下頷，眼神柔和幾分。

「很猶豫？」

「唔……餐點我想好了，我要煙燻鮭魚三明治，飲料的話，我覺得和三蜜糖牛奶紅茶跟抹茶牛奶看起來都很好喝……」

斬雪果斷合起菜單，「那就都點吧。」

「咦？」

何煦還沒反應過來，斬雪已逕自站起身。她急道：「我喝牛奶紅茶就好！」

斬雪瞥她一眼，輕聲道：「我剛剛想起來我晚上不能喝咖啡。」然後轉身走向櫃檯，將自己的咖啡改成紅茶跟抹茶。

何煦呆呆地看著斬雪的身影，眨眨眼，忽地想起包包裡一直沒能拿出來的扭蛋。

斬雪點餐結完帳回到座位後，發現位子上多了一個可愛的小動物，拿起一看，忍不住訝異，她看向何煦，「這不是……妳怎麼……」

「就是……唔，妳應該會喜歡。」何煦的手指搔了搔發紅的臉頰。

靳雪笑了。

何煦怔怔地看著她很淺很淡的笑容，這應該是她第二次看到靳雪的笑容。

真的……很美。

Chapter 3

當飲品與餐點送上時，何煦望著對面的靳雪，才後知後覺地意識到，這是兩人認識以來第一次一起吃飯，不禁有些高興。

何煦是藏不住心事的人，心情全寫在臉上，靳雪並不急著用餐，而是靜靜地端詳眼前的小傢伙，面色冷淡，目光卻是溫和的。

當何煦脫下牛仔外套時，靳雪才想到自己的風衣。

「妳怎麼沒穿我的外套？」

何煦掛外套的手一頓，啊了聲，拿起地上的紙袋遞給靳雪，「在這！」

靳雪眉梢微抬，「不喜歡？」

「沒有、沒有！」何煦搖頭，「我怕會弄髒，不敢穿。」

「可是妳抱著外套睡過。」

短短一句話就讓何煦滿臉漲紅，她雙眼圓睜，微張嘴，「我、我什麼時候抱著睡了！」

「昨晚。」清冷的目光多了幾分興味，「抱緊緊的。」

何煦一呆，雙手摀住清秀的面容。她發誓再也不在外亂喝酒了！做了什麼都不記得！

靳雪沒想繼續逗弄這個小朋友，要是把人嚇跑就得不償失了，她喝了口紅茶，「那我也要妳的外套。」

「咦?」

「禮尚往來。」靳雪再喝了口紅茶,心裡其實有點沒底氣。

何煦想了想,覺得似乎有些道理,或者靳雪無論說什麼她都願意相信,於是將手上的牛仔外套遞給靳雪,「給妳。」

靳雪冰霜常駐的眼眸閃過訝異,流淌過一絲暖流,她毫無遲疑地接下,「那我的給妳。」

何煦露出欣喜之色,又很快地收起,靳雪正感疑惑時,何煦搖搖頭,「不行啦……這件要好好保護,不能弄髒。」

靳雪很快發現癥結點為何,淡淡道:「那只是一件外套,兩千塊的外套。」

何煦的眼神有些不明白,靳雪決定撒一個善意的小謊:「我在出清的特價花車上買的,沒有妳想像的貴。」

何煦哦了聲,似乎鬆口氣,不再推拒。

靳雪暗暗地想,比起一件萬元風衣,她更喜歡手上這件何煦穿過的牛仔外套。質樸、溫暖、乾淨清爽,像何煦一樣。

享用晚餐之際,靳雪問了許多關於何煦的事,而何煦也樂於回答,氣氛歡快。

「那妳為什麼想念廣告系?」靳雪問。

「因為沒有考上K大的行銷學系。」何煦老實地說:「所以我選了一個比較相近的科系。」

「妳很想走行銷？」

「也不是……」何煦摸摸鼻子，赧然說道：「我其實沒有特別想做的事，我只是想讀一個可以幫助家裡的科系，當時想到的就是行銷相關。」

「家裡？」

「嗯。」何煦繼續說：「我家有個果園，我的阿公跟阿婆都是果農，爸媽是賣水果的。這幾年他們一直想把果園轉型，不過還沒有實際的作法。」

靳雪理解地點點頭，覺得何煦果真是一個乖巧的好孩子。

「所以，妳想學行銷，學怎麼包裝商品然後賣出去？」

「對，不過當時沒考上K大，就跑來台北念書。」何煦回道。

優雅地攪拌著紅茶，靳雪低下眼，佯裝隨意地問：「那妳會後悔來台北念書嗎？」

靳雪抬眼時，迎上一雙盈滿笑意的眼睛，脣邊綻放的笑容如冬日暖陽。

「不後悔。」何煦的嗓音如山澗裡的潺潺溪流，沁人心脾，也似春日裡煦暖的風般舒適宜人。

靳雪喜歡的那樣。

忽地，放在桌上的手機震了幾下，靳雪低頭拿起手機，滑開一看，是任任與靳宇的訊息。

任任傳了合照過來，再加上一個吃瓜的貼圖，靳雪順手存了照片後已讀不回。

至於靳宇，則是嚷嚷自己肚子餓，要靳雪順道帶食物回去。

靳雪輕嘆口氣，收起手機站起身說道：「我去外帶一些麵包跟甜點，妳有沒有要一起買的？」

何煦愣了下，搖搖頭，望向靳雪的背影有些出神。

是買給誰呢？

何煦想起戴語筑的話，那個似乎正與靳雪同居的男子……何煦喝了口抹茶，覺得似乎有些苦。

不一會兒，靳雪提著一個紙袋走回來，何煦主動說道：「要走了嗎？」

靳雪看了眼桌上的食物，吃得差不多了，但她以為何煦會想再聊一會兒，可她主動提了，靳雪便順著點點頭。

走出店外，靳雪問：「去誠品？」

何煦的目光落在靳雪手上的紙袋，想了下，張口說了體貼卻違心的話。

「沒關係，今天可以先回去，我沒有要買的書。」

小朋友的情緒低落來得突然又莫名，一向聰明伶俐的靳雪一時間也摸不著頭緒。兩人走往捷運站，上了車廂，一同回住處。

一路上對話零散，剛才咖啡廳中的熱絡彷彿是錯覺似的。

捷運進站，車廂煞得有些急，重心不穩的何煦往前踉蹌幾步，被靳雪一手橫過撈住清瘦的身子。

何煦站穩後，靳雪也沒放開手，放在何煦的後腰，低聲問道：「還好？」

何煦抬起頭，精緻的面容近在眼前，她臉一熱，目光有些慌張，「沒、沒事……」

靳雪睇了睇眼，「妳是不是很容易臉紅？」去KTV接人那晚，何煦也是雙頰通紅。

「沒有！」何煦抓住一旁的鐵桿，低下頭，「我……」這才意識到，自己原本沒這麼容易害羞的。

是因為斬雪比自己年長嗎？

何煦不禁深思，那過於認真的表情讓斬雪的心柔軟幾分。

「不然呢？」斬雪又問。

後腰的手讓她站得很穩，何煦抬頭，迎上斬雪低垂的目光，竟脫口說了一句讓自己想立刻跳車的話。

「因為妳長得很漂亮。」

斬雪一愣，何煦也是，所幸捷運車門剛好打開，何煦立刻轉身走出車廂。

斬雪不疾不徐地跟上，洶湧人群中，那穿著熟悉風衣的小朋友，正頻頻回頭尋找自己。

斬雪想，或許從那道溫暖而不刺眼的陽光照進她的世界時，她就眷戀得不想離開了。

進到家門，斬雪將紙袋放到桌上，斬宇像隻嗅到獵物的鬣狗，從沙發上跳起來，搶過紙袋嚷嚷：「我差點餓死！」

斬雪瞟他一眼，滿臉嫌棄，「你不會自己找吃的嗎？我不是說過下面那間咖啡廳還不錯嗎？」

「客滿啊！」餓了幾小時的斬宇抓著三明治跟飲料一口接著一口，「而且我剛剛還在找明天要去的餐廳，肚子更餓了！」

「嗯嗯。」斬雪敷衍著走進房間，剛放下公事包拿出手機，便收到何煦的訊息。

「合照好好笑，哈哈哈！」

斬雪的表情多了幾分無奈，翻了翻自己的貼圖，傳了個捏柴犬臉頰的貼圖過去。

合照確實滿有趣的，三人表情各異，靳雪打開相片編輯，將任任給裁了。她暗忖下次要與何煦單獨再拍一張。

叩叩。

敲了兩下門後，靳宇推門而入，「我們明天去吃燒肉喔？在松江南京那裡。」

靳雪來不及按掉螢幕恰巧被靳宇撞見，好奇地湊了過來，「這不是任任嗎？」

不只任任，旁邊還有一個相貌清秀的可愛女生，靳宇不禁問道：「這女生長得滿可愛的啊！是新簽進來的YouTuber？」

「不是。」靳雪收起手機，沒想與其他人分享何煦的消息，「你闖進來就是要跟我說這件事？」

「什麼闖進來！說得這麼難聽！」靳宇一屁股坐到靳雪床上，被自家妹妹冷冷瞪了一下，趕緊站起身，「我是要跟妳說，我還剩一個可頌沒有吃，妳要不要？」

靳雪想了下，傳了訊息問何煦。

看靳雪低頭滑手機沒理自己，靳宇又問：「妳上次說妳幾月要去北海道？」

「十一月初。」

何煦很快地捎來訊息：「好啊！謝謝妳(*´∀`)那我過去拿！」

靳雪回頭看了靳宇一眼，回傳道：「不用，我拿過去。」她收起手機起身走出房門，靳宇跟了出去，見到靳雪拎著紙袋就要走出門。

靳宇喊住她：「妳要去哪？」

淡淡瞥他一眼，靳雪搖了搖紙袋，「送食物給房客。」便關上大門，留下一臉疑惑的靳宇待在客廳。

走了幾步，靳雪來到何煦門前，抬手敲了門。門一打開，靳雪有些愣住。

「妳這是……」

髮梢滴落水珠，順著臉龐滑下，滑過脖頸與鎖骨，衣領有些溼。

何煦苦笑，「我的吹風機好像壞了……我等等要去店長那邊借吹風機。」

靳雪眉頭微皺，「為什麼不跟我借？」

「呃？」何煦確實有想到靳雪，但怕麻煩對方，想了想還是改問韓芷晴。

「妳等我一下。」靳雪將紙袋塞給何煦，轉身走回自己房間。靳雪本想直接帶她回家，可想到家裡有個不安分的靳宇，便打消念頭了。

不一會兒，靳雪拿著吹風機走回何煦房間，發現戴語筑似乎不在，問道：「妳同學呢？」

「我室友這週回家。」何煦接過吹風機連著道謝幾聲，在靳雪的催促下趕緊將頭髮吹乾。

靳雪走進何煦房間並帶上門，注意到了放在桌上的鋼筆與墨水。

她望向何煦，發現她的手指頭有幾隻染上了顏色。

吹風機溫熱的風，把何煦的臉頰吹熱了。靳雪就坐在她的椅子上，單手支頭，看上去愜意慵懶，被她盯著看，何煦覺得有些不自在。

靳雪隨意環視四周，每個角落都是何煦與另外一個人的物品，全混在一起，是同居會有的樣子。

「我好了，謝謝。」何煦甩了甩頭，用手抓了抓剛吹好的頭髮，堆起滿臉笑容將吹風機歸還，靳雪接過吹風機。

好像小狗狗。

何煦的頭髮剛吹好，看上去蓬鬆柔軟，她情不自禁地伸手摸了摸何煦的髮頂。

何煦一頓，微垂頭，舒服地瞇了瞇眼。

靳雪愛不釋手地順了幾下才收手，「妳明天要去買吹風機？」

何煦點點頭，「明天下班再去買。」

「妳下班不就八點了？」

「對啊。」何煦並未覺得不妥，接著道：「我應該會去寶雅看一下。」

靳雪想了下，「我明天剛好要出去吃飯，順便幫妳買回來？」

「咦？這樣會不會太麻煩——」

「錢就不用給我了，妳下次請我吃飯吧。」

何煦呆了下，點點頭，還是有點不習慣靳雪的果斷，但感覺不會不好，甚至……有點喜歡。

靳雪一點也不嫌麻煩，反倒想盡快把這房間的物品換成自己的，不過她也只是在心裡想想。

「那我再拿過來。」

話題本該在此結束，靳雪也準備離開，可就在離開前，她瞥見桌面上的鋼筆，忍不住問道：「妳有在用鋼筆？」

何煦啊了聲，連忙走過去，一手蓋上習字帖，害羞地回道：「因為室友不在，所以我才拿出來寫……

但是寫得很醜……」

靳雪眉梢微抬，忽地拉過何煦的手。

手被靳雪輕握著，何煦不禁有些緊張。

指頭上的墨色顯而易見，連指甲縫都沾染了墨水，靳雪看著何煦纖細修長的手，指甲修得圓弧好看，乾乾淨淨，手掌的溫度摸起來像暖暖包。何煦的體溫比她高一些，在微涼的秋夜中特別溫暖。

「妳的手很好看，字也是。」

話落，靳雪放開何煦的手，何煦抬眼，兩人四目相對。

靳雪深褐色的眼眸沉靜淡然，映著何煦的身影。何煦的目光清澈，凝視不過幾秒，率先移開了。

靳雪放在桌上的手機震動了下，她瞟了眼，嘆道：「我得先回去了，家裡有人等門等得不耐煩。」

何煦微愣，恍若大夢初醒，趕緊道：「好，拜拜。」

靳雪拿著吹風機走出房間，將門帶上時，掩去了何煦臉上的一絲失落。

☀

翌日下午，何煦如常地到樓下咖啡廳打工，不同的是靳雪今天沒有出現在咖啡廳。

雖然知道靳雪有飯局，何煦仍時不時地往她專屬的座位望去。

心細如髮的韓芷晴不會沒發現何煦的出神，在那頻頻望向同處的視線中，發現了原因。

趁著人潮較少的空檔，韓芷晴拉過何煦說道：「下禮拜雙十連假，我們連休四天，記得不用來上班。」

本來打算過幾天提請假的何煦點點頭，韓芷晴又說：「要是等會兒靳小姐有來，妳再跟她說一聲。」

何煦啊了一聲，脫口說：「她今天應該不會來——唔。」

韓芷晴含笑的目光多了幾分興味，對上那道目光，何煦連忙解釋：「昨、昨天剛好碰到，聊了一下……」

何煦越說越心虛，韓芷晴倒是聽得很愉快，眼裡閃著異樣的光芒，小聲說道：「挺好的。」

何煦沒明白，聽到門上風鈴發出輕脆的聲響，她趕緊轉過身面朝店門，迎接客人。

來了一組家庭，一對父母帶著一對小兄妹進到店裡。

在這工作幾週，常來店裡的客人何煦大多見過，雖然這家人她印象中沒見過，仍親切地走出櫃檯上前招呼。

何煦朝著男主人問道：「四位嗎？」

男主人瞥她一眼，指著店內最後兩張空桌，「那兩張桌子併給我們可以吧？」

何煦愣了一下，應了聲，趕緊走過去將兩張桌子合併在一起，再客氣地說：「請坐。」

一坐到位子上，小兄妹竟開始吵鬧尖叫，過大的音量引起其他客人側目，而另外兩個大人，卻各自拿出平板與手機，毫不理會孩子的失控。

何煦回到櫃檯欲拿菜單時，低聲向韓芷晴問道：「需要請他們的小孩放低音量嗎？」

韓芷晴看了一眼那桌客人，苦笑，「如果可以的話……不過他是管委會的委員，我們店是社區招商進來的，難免要看管委會的臉色……有時也只能忍一忍……」

見到韓芷晴無奈為難的神情，何煦抿唇微笑，給予店長支持。

她拿著菜單走向吵鬧的那桌，將菜單遞給兩位大人，「這是菜單，再麻煩到櫃檯點餐喔，謝謝。」

「等等。」男主人出聲喊住何煦，打開菜單看了一下，指著餐點說道：「我要一杯熱拿鐵，跟一份燻雞早午餐。」

因為店裡是採自助點餐，男人的舉動讓何煦有些錯愕，可男人置若罔聞，繼續說道：「老婆，妳要什麼？」

「我要冰鮮奶茶，跟歐姆蛋早午餐。」一旁的女主人也不覺得不妥，邊跟小孩玩邊說。

男主人雙腿交疊，仰頭看著何煦，「再加兩份兒童餐，總共四份，妳重複一次。」

憑著薄弱的記憶確認餐點後，何煦走回櫃檯。

見工讀生面色有異，韓芷晴湊近關心，「還好嗎？」

何煦微微一笑，搖搖頭，「沒事。」她不想什麼都讓店長出面處理。

她回到櫃檯操作點餐機，再協助餐點製作，何煦想，只要將餐點送上，接下來就能避免與那家子接觸了吧……

可是送上餐點沒多久，何煦便被招手叫了過去。

「請問需要什麼嗎？」

男主人指著熱拿鐵上的奶泡，皺眉說道：「妳們的拿鐵奶泡太燙了，燙到我的嘴巴了！一般拿鐵的奶泡不應該這麼燙的！」

被刁難的何煦有些反應不過來。

「妳們要怎麼賠償我？」

「這……這個……」何煦被嚇到，一時不知如何應對。

男主人不耐煩地催促：「傻站著幹麼？我問妳要怎麼賠償！」

察覺何煦遇上麻煩的韓芷晴從櫃檯快步走出，帶著笑臉靠近，並讓何煦先回櫃檯。

何煦點點頭，走回櫃檯聽見店長無故被罵，心情低落又憤怒。

男人喋喋不休地發飆了數十分鐘，過程中，一下拍桌子，一下無禮地指著店長的鼻子辱罵，後來甚至把杯子掃到地上。

韓芷晴好聲好氣安撫了許久，對方才稍微消氣。

她彎腰撿起杯子走回來時，臉上並無一絲不悅。

迎上何煦擔憂的目光，韓芷晴笑道：「沒事，我會負責那桌，別擔心。」

後來又折騰了兩個多小時，那家人才離開，留下桌面上的杯盤狼藉，沙發上甚至有小孩打翻飲料的汙漬。

何煦一面整理一面被韓芷晴安慰，明明受最多氣的是店長，這讓被保護著的何煦感到有些難受。

「妳是工讀生，我是店長，這本來就不是妳該承受的事。」韓芷晴很坦然，還淘氣地眨眨眼，「能罵妳的人，只有我跟秋姐，自己的員工怎麼能讓外人罵？」

何煦感激又感動。

下班前，韓芷晴還讓她多帶一份甜點回去，「給妳壓壓驚。」

時間過八點，天色昏暗，離開咖啡廳時，何煦的腳步與心情都很沉重，腦海中都是今天碰到的衰事，以至於對後方接近的腳步聲渾然未覺。

「何煦。」

熟悉的清冷嗓音迴盪在電梯間，何煦一回頭便看見斬雪與她身旁的男人。

何煦的情緒都寫在臉上，斬雪看一眼就覺得她不太對勁，便轉頭對斬宇說：「你先上去。」

斬宇的視線在何煦與斬雪身上掃了一圈，在電梯抵達一樓時擺擺手，「好好，我先上去。」

斬雪逕自拉著何煦走到外邊。入夜後，路燈亮起，四周一片安靜，兩人散步到巷口的茶館。入座並點完飲品後，斬雪直接問：「發生什麼事了嗎？」小朋友很少這麼無精打采，如此心不在焉的樣子，認識至今斬雪還沒見過。

何煦雙手放在大腿上，垂著眼，「其實不算是我的事……」接著把今天下午遇到奧客的事從頭說了一遍。

斬雪精緻的面容蒙上一層冰霜，眼裡溫度驟降，連語氣都是冷的，「管委會的委員？」

「嗯……」何煦嘆了口氣。

下一秒，她聽見斬雪沉穩的聲音，「妳放心。」

何煦不明白地看著她。

「這件事我來處理。」靳雪承諾道。

何煦滿腹疑惑，可靳雪沒有多做解釋，只是要她喝完熱茶，回去好好睡個覺。

翌日，何煦揣著忐忑的心情走到樓下上班，擔心又碰到昨天那家人。她怕的不是會被為難，而是擔憂店長會為了護她而被罵。

心情有些低落，但她還是打起精神上工。

開店不久，有名男子推門而入，何煦看了一眼，立刻繃緊神經。

見狀，韓芷晴走到何煦旁邊，接手她的工作，讓她到後面去做簡單的飲品。

韓芷晴屏著氣，在男人走近櫃檯時，揚起笑容，「你好，今天需要什麼呢？」

男人突然遞上一個禮盒。

「今天是來道歉的。」他將禮盒放到櫃檯上，臉色不太好看，但態度比昨天收斂許多，「昨天是我們失禮了，一點心意給妳們賠不是，希望妳們見諒。」

韓芷晴沒想到會如此發展，愣了幾秒，才收下禮盒客氣回應：「沒事，謝謝。」

男子神色緊繃地轉身走向門口，在韓芷晴與何煦疑惑的目光下離開。同時，一抹眼熟的高眺身影經過店門，男子也見到了，朝對方點點頭。

靳雪淡淡地瞥他一眼，直接推門走進店裡。

韓芷晴的疑惑轉為訝異，看著靳雪目光流露幾分感激。

何煦摸不著頭緒，只是在見到靳雪時揚起開心的笑容。見到何煦溫暖的笑臉，靳雪的目光柔和了幾分。

靳雪朝韓芷晴微點個頭，直接走到常坐的位子上，韓芷晴開始製作焦糖鹽之花。

咖啡廳恢復如常，何煦雖然不太清楚男子態度乍變的原因，但她隱約感覺到事情似乎解決了，能解決就是一件好事！

瞧何煦似乎什麼都不知情的樣子，韓芷晴眉梢微抬，神情多了幾分興味。在何煦要送飲品時，韓芷晴從冷藏櫃拿出一個生乳酪蛋糕。

「妳跟靳小姐說，這是招待她的。」

何煦點點頭，小心翼翼地將咖啡與蛋糕端給靳雪。

午後的陽光斜斜地照進咖啡廳中，在那一方陽光中的靳雪，彷彿鍍了一圈金光，精緻冷傲的五官在光線中變得柔和。

靳雪側過頭投來視線時，何煦的心跳漏了一拍。

「我的？」

何煦回過神，將飲品與蛋糕放到靳雪面前，「店長說，蛋糕是招待妳的。」

靳雪明白韓芷晴的用意，淡淡道：「她太客氣了。」

一個稱職的服務生應該在餐點送達後立刻回到崗位上，但何煦有點不想離開，看向靳雪時，一張小臉表情有點複雜。

靳雪伸手摸了摸何煦的頭，輕聲道：「看來吹風機不錯。」

何煦笑起來有點傻，片刻才心滿意足地回到櫃檯繼續忙碌。

靳雪打開筆電處理公務，螢幕右下角跳出了訊息，聯絡人是自家靠譜的母親。

「那個人有沒有去給人家賠不是？」靳母問。

靳雪想到方才與男子在咖啡廳門口擦肩而過，再看看四周一切和諧，回道：「盧主委女士親自出馬了，管委會過半的委員、幹部都與您交好，您一開金口，對方能不聽嗎？」

不用見面也知道，這時的盧女士肯定笑得花枝亂顫。

畫面再度跳出訊息：「那是當然。」

雖然自家父母一直很靠譜，但她沒想到這次事件能處理得如此之快。

昨晚知道何煦和她的店長受委屈後，靳雪立刻打了通電話給擔任社區管委會主委的母親，說有人當上委員就欺負人，富正義感的靳母自然氣憤，陰惻惻地說了句「我會處理」後，今日就見到男子提著禮盒登門致歉，其中曲折靳雪決定回家再問個清楚。

總之，何煦開心是最重要的。

傍晚，結束與朋友的聚會後，靳宇來到咖啡聽，推門而入時，朝何煦一笑。

何煦一愣，也回以笑容，見靳宇大步走向靳雪，她別開視線，假裝忙去。

餘光瞥見有人走近，靳雪抬起頭，見到是靳宇，忍不住皺眉，「你來幹麼？」

「找妳吃晚餐啊。」靳宇自然地坐到靳雪對面，「我想吃牛肉麵。」

靳雪挑眉，闔上筆電，「我有說要跟你吃嗎？」

靳宇哀號一聲，「我的假期只剩一週耶！下次再看到我就是妳員工旅遊回來後了！」

靳雪不在意地嗯哼一聲，見狀，靳宇摀著胸口，好看的俊臉皺成一團。

靳雪抬手揉揉眉心，無奈嘆道：「好好，我收拾東西，去吃飯。」

成功蹭到與自家妹妹吃晚餐的機會，靳宇歡呼一聲，隨即被靳雪命令將玻璃杯與空盤拿去櫃檯。

靳宇哼著小調走到櫃檯，與何煦對上目光時，一雙桃花眼彎了彎，「這個麻煩妳。」

「啊，謝謝！」何煦趕緊接過空盤與杯子，這是她第一次近距離看清這個男人的長相。

他長得很好看，像從雜誌裡走出的模特兒，五官立體，一張俊容相當迷人。

跟靳雪很般配。

「先走了。」

何煦回過神，見到靳雪走到了櫃檯前，將筆電包扔給男人。

她揚起笑容，「好，拜拜。」

靳雪深深地看著何煦，開口說：「以後如果還有人欺負妳，就告訴我。」

何煦呆了一秒，靦腆地點點頭，心跳有些快，但微小的喜悅在見到靳雪與男人並肩走出咖啡廳的背影時，目光黯淡幾分。

何煦雖然高興靳雪對自己好，但又想自己在對方心中，會不會只是一個小朋友呢？

何煦輕吁口氣，拿著空杯與空盤轉身放到洗碗槽裡，打開水龍頭清洗。

☀

宜蘭清爽的風，颳走了路途中的大半睡意，靳雪伸個懶腰，深吸口氣，鼻間是熟悉的自然清香。

台北到宜蘭的這段路沒有一處不塞，負責開車的靳宇下車後也伸了好幾個懶腰，一邊揉酸澀的眼睛。

「靳雪、靳宇。」

熟悉的嗓音在不遠處響起，靳雪看了過去，面色仍然冷淡，可目光柔和。

「大哥。」

「行李給我吧。」身為靳家大哥的靳陽主動拿過靳雪的行李，轉身就要走回家裡，後邊卻傳來了抗議。

「欸哥！不公平！你怎麼只幫靳雪拿！」

靳陽往後瞧了眼差四歲的弟弟，嘆口氣，推了推眼鏡，長腿一跨，也拿過靳宇的行李。

靳宇隨即得意地歡呼一聲，惹來靳雪的鄙視，兩人隨即拌起嘴來，你一言我一語的，靳陽笑著搖搖頭。

靳陽是家中長子，靳宇與靳雪的大哥，從小顧著兩隻弟弟妹妹，尤其是靳雪，他總將這個最小也是唯一的女孩寵得沒天理。

三人進到家中，家裡養的薩摩耶與拉不拉多立刻撲向靳雪，靳雪順勢往後坐到沙發上，接受兩隻狗狗熱情的愛。

「好了好了，小熊跟餅乾，坐下！」

靳雪喝止一聲，兩隻大狗狗隨即從靳雪身上下來，狗尾巴搖得勤快，靳雪伸出兩手，摸摸牠們毛茸茸的頭。

瞬間，她想到了何煦……不知道她是不是順利上高鐵了。

「等等，你們兩隻狗沒看到我嗎！」一旁被冷落的靳宇大聲嚷嚷，相當不滿自己被小熊跟餅乾無視。

靳陽忍笑，從廚房走出的靳母見到這一幕也眉開眼笑。

「小熊、餅乾，去吃飯。」靳母一聲令下，兩隻狗狗乖巧地跑進廚房，她順道讓靳宇也進廚房拿肉乾賄賂兩隻狗女兒。

見到靳雪，靳母很高興，視線在寶貝女兒身上轉了圈，皺眉道：「妳是不是瘦了？這樣不行，明天早上我去買雞肉回來燉。」

靳雪站起身，拍拍衣服，「是衣服寬鬆，我沒瘦。」

「回來啦。」

靳父的聲音伴著下樓的腳步聲傳來，靳雪應道：「回來了。」

一家七口在客廳和樂融融，靳雪剛坐下，便見到小熊與餅乾在門口興奮地踩踏，靳父啊了一聲，這才想到散步時間到了。

見狀，靳雪先一步說道：「我帶牠們去散步。」

「我也去！」靳宇硬要湊熱鬧，靳雪斜他一眼，將其中一條牽繩扔過去，於是兩人兩狗一起出門。靳雪拉小熊，靳宇帶餅乾，各走各的。

走到附近公園，靳雪拿出手機，傳了訊息給何煦：「我到宜蘭了，妳呢？」

何煦很快已讀，並傳了一張照片，在照片下方寫道：「我正要上高鐵，人好多QAQ」

靳雪帶著小熊到草叢嗅聞，溫暖的陽光下，小熊在草地上滾了一圈，模樣可愛，靳雪將手機鏡頭對著小熊，拍了數張照片與影片，全傳給了何煦。

剛上高鐵並努力擠到自己座位的何煦，一坐下見到照片與短影片忍不住驚呼，一旁的戴語筑好奇湊近，看見螢幕中的照片瞬間睜大眼睛，「好可愛！這是誰家養的？」

「就……靳小姐家養的。」何煦臉上有著藏不住的笑意，連眼睛都在笑，「很可愛厚？」

戴語筑點點頭，本來想說些什麼，又吞回肚裡。

知道何煦讀了訊息後，靳雪收起手機，帶著小熊又多繞幾圈才與靳宇會合。

「妳剛剛不是有拍照？我以為妳是傳到家裡群組。」靳宇問。

靳雪不語，拉著小熊往前走。

難得沒聽到妹妹伶牙俐齒地回話，靳宇覺得怪異，跟了上去，「不然妳傳給誰？」

靳雪瞪他一眼，再踩他一腳，靳宇哀號，沒得到靳雪的同情，只有不想理會的冷哼聲。

斬宇沒想明白，就被興奮的餅乾拉著往前跑，顯得有些狼狽。

怎麼回事？該不會有對象了吧？

斬宇大驚，趕忙追問：「欸欸，妳不能偷偷交男友欸！曖昧也不行！」

斬雪斜他一眼，自小就擔心她周遭異性的毛病，長大還是沒改。

嘆口氣，斬雪涼涼地說：「大家都知道我有一個變態哥哥，誰還敢追我？」

斬宇驕傲地哼哼兩聲，想追他唯一的妹妹，沒比自己優秀可不行。

無視自得其樂的斬宇，斬雪逕自走進家門，打開門的剎那，見到一個熟悉但不想見的身影。

「斬雪。」

微揚的語氣將對方的喜悅與期待表露無遺，斬雪沉默，看向男子身後笑呵呵的母親，就知道是誰安排的。

斬母走到兩人之間，語氣歡快，「難得的連假，我邀文旭來家裡吃晚餐，你們很久沒見了吧？可以好好敘敘舊啊！」

紀文旭摸摸後髮，許久沒見到斬雪，他內心有些激動，但在她面前，他不敢過度張揚自己的情緒。

相較紀文旭毫不掩飾的雀躍，斬雪冷淡許多，隨口問道：「女朋友沒一起來？」

紀文旭神色微僵，嘆道：「分手一陣子了，就……一樣的原因，畢竟我工作忙、變動性又大，而且……」

視線落到斬雪臉上，紀文旭眼神複雜，一臉欲言又止，斬雪裝沒看見，淡淡地應了聲，也沒出言安慰幾句。

見氣氛尷尬，靳宇連忙跳出來打圓場，「好啦好啦！緣分這種東西本來就勉強不來，總會……總會有機會的！」

靳宇的目光也落到靳雪身上，被兩個大男人盯著，靳雪微抬眉梢，不置可否地聳聳肩。

要是有機會，早在幾年前兩人就會走在一起了——靳雪腹誹，但沒膽在母親面前造次，只能默默在心裡嘆氣。

人家說，青梅竹馬是近水樓台先得月，可對靳雪來說，沒能在年少時一眼就產生喜歡，之後幾年很難日久生情。

能一眼看進心裡的，對靳雪而言，只有那麼一個人了。

一個有著溫暖笑容的人。

Chapter 4

高鐵駛離桃園後，下一站便是新竹。

戴語筑隨意瀏覽社群，忽然看到一則星座運勢，側頭看向何煦，見她還在看靳小姐早些傳來的照片，便隨口問道：「靳小姐什麼星座啊？」

何煦愣了下，才發現跟靳雪聊這麼久，還不知道對方的生日與星座。

戴語筑又說：「我看到星座運勢說，射手座下個月運勢很旺，我看我們期中考後去拜月老好了！」

「啊？拜月老？」

「對啊！妳沒聽班上那群在聊拜月老之後多快就交到男友？我也想去拜拜看！妳陪我去嘛！」

見戴語筑興沖沖的樣子，何煦想了下，點點頭，「好吧，我陪妳去，反正我也沒去過，好像滿好玩的。」

「太好了！那我把運勢圖傳給妳，妳自己看，我們之後再約。」

何煦一面應好，一面打開與戴語筑的對話框，點開兩張星座運勢圖，看了看，小臉皺在一起。

「雙魚座，無論是工作、課業還是人際關係上，都會陷入停滯……」何煦越念越覺得不對，十一月份的運勢好像很糟？

何煦將運勢圖轉傳給靳雪，「我的運勢好差(ˋ。Д。ˊ)，什麼事都會停滯不前嗚嗚嗚……」

抵達新竹站後，何煦與戴語筑下車，一同走出月台，再到四號出口，兩人才分別。

上車前，何煦朝戴語筑家的黑色轎車揮手，「禮拜日見！」

「好喔！」戴語筑也揮揮手。

何煦一坐進後座，便看到剛升高二的屁弟弟，開心地道：「何霂！」

何霂看了一眼總是朝氣蓬勃的姊姊，淡淡地嗯了一聲，繼續低頭背單字。

何煦自討沒趣地哼了聲，轉看向駕駛座，「爸爸、媽媽！」

「好好。」何父開車朝家裡駛去。

一路上何煦與何母聊得歡快，言談間，何煦想到上週的事，於是道：「跟你們說，我那個房東人真的很好！」便將靳雪的「事蹟」給兩老講了一遍。

何煦說得生動至極，兩老聽得又憤慨又痛快，到家後，一進家門何母便指著桌上數個水果禮盒道：「妳這次回台北，帶一盒上去給那個房東，好好謝謝人家。」

何煦直點頭，喜孜孜地掏出手機對著禮盒拍了照，正要發給靳雪時，聽到母親問：「她是自己住嗎？有家人可以分著吃嗎？」

打字的手一頓，何煦想到人家是有男友的。

「其實那位姐姐應該是房東先生的……女朋友，所以兩人應該可以分著吃。」

「那就好。」何母一邊走進廚房熱湯，沒察覺到何煦的情緒反應，反倒是一旁沉默的何霂瞥了眼何煦，眼神像在思考。

早一些吃晚餐的靳雪在飯後點開何煦的訊息，回道：「沒關係，我的運氣可以分妳。妳是雙魚座？

生日幾號？」

沒想到訊息會立刻已讀，並多了幾張照片，斬雪點開一看，有些愣住。

「我媽說要謝謝妳，回去再提個禮盒過去找妳！(*´▽`*)」後面接續星座話題，「我是三月十三號的雙魚寶寶〆(●´∀`●)ノ」

為什麼可以這麼可愛呢？

斬雪扔了兩根潔牙骨給小熊跟餅乾，繼續回訊：「我也是十三號出生，不過我是十一月。」

十一月？十一月十三號，不就是天蠍座嗎？得知斬雪生日與星座的何煦有些開心，卻也驚覺斬雪生日只剩一個月！

何煦想也沒想地就回：「那不就是一個月後嗎？」

「嗯，等我從北海道回來剛好過生日。對了，我還沒跟妳說，十一月初有員旅，妳想想要什麼禮物。」

北海道？說起北海道的冬天，何煦想到的就是冰天雪地，不禁皺眉，「那妳要多穿一點，圍巾、手套、口罩、外套、發熱衣跟暖暖包全部都要帶去！要穿很暖、很暖才不會感冒。」

見到這段訊息，斬雪的胸口有些暖熱。

自己其實不缺他人噓寒問暖，可她從未在家人以外的人身上，感受到這樣被捧在手心關心的感覺。

斬雪想了想，「除了手套以外的，我都有。」

何煦小腦袋瓜忽然靈光一閃，立刻回道：「那我買給妳！當作生日禮物(>ω<)」

沉浸於對話中的靳雪，對靳宇的聲音充耳不聞，直到一顆頭突然湊近眼前，才注意到有人喊自己，她立刻摁掉手機，抬眼瞪了下靳宇。

「幹麼？」

「妳才做什麼吧？」靳宇一手插腰，一手指著站在門口神色有些尷尬的紀文旭，「人家要回去值班，妳不送一下？」

靳雪的視線投向紀文旭，餘光瞥見靳母正殷切地看著自己，心裡嘆口氣，站起身將手機放到沙發上。

見靳雪走向自己，紀文旭不由得有些緊張，靳雪則是朝外抬了抬下頷，「走吧。」

紀文旭趕緊推開門，讓靳雪先走出家門。在靳母的視線下，靳雪沒逃，認命了一回。

紀文旭隨後跟上，出聲喊住她：「靳雪！」

靳雪雙手抱臂，側過身望向幾步之遙的紀文旭，面色冷淡，不喜不怒，那雙眼睛明亮沉靜。

靳雪是一道白月光，是紀文旭仰頭凝望多年的惦念。無論中間經過多少人、與誰在一起，他依舊痴迷這道觸不可及的月光。

「怎麼樣？」靳雪冷淡的嗓音響起，紀文旭回過神，搔搔後髮，「嗯……謝謝妳送我出來，我等等就要回警局了。」

靳雪淡淡地嗯了聲，不慍不火，隨意得讓人心碎。

紀文旭輕嘆口氣，其實他知道，靳雪對自己沒意思，很多年前就知道了，只是這幾年靳雪仍舊單身，他心裡還抱有那麼一絲期待。

見紀文旭似乎沒有別的話想說，斬雪便轉身走回屋裡。紀文旭在後張了張口，終究沒出聲。

回到家裡，客廳裡剩斬家的大哥斬陽，獨自坐在沙發上。斬雪一走近，斬陽便從平板中抬起頭。

「妹。」

「嗯？」

斬陽壓低聲音，左右看了看，確定四周無人後，才開口輕問：「何煦是誰？」

斬雪一愣。

兄妹倆對視半晌，斬雪淡淡地道：「房客。」

斬陽的視線在斬雪臉上停留幾秒，才點頭，「還好，我以為是急事。」

斬雪嗯哼一聲，長腿一跨、伸手一撈，就拿著手機轉身走上樓。

斬陽若有所思地看著斬雪背影，半晌，才再次用起平板。

回到房間後，斬雪先洗了個澡，躺到床上拿出手機，一點開螢幕，便看到何煦末則訊息寫道：「對了，妳們家的狗狗好可愛！是薩摩耶跟拉布拉多嗎？」

難怪斬陽會那麼問了。

斬雪生性冷淡，對家人以外的人戒備心強，社群也顧及隱私不使用，別人問起，斬雪都只說：「我為什麼要讓別人知道自己在做什麼？」

這樣的斬雪，會讓一個外人知道自己家裡情況，且樂意拍照分享，實屬罕見。

靳雪點開對話窗，見到何煦說，除了手套以外，還想要些什麼？後面又提小熊跟餅乾長得可愛，似乎是個犬控。

靳雪想了想，「錢買不到的。」

何煦收到訊息時一頭霧水，在床上滾了一圈也沒想出答案。

用錢買不到的？什麼是用錢買不到的東西？

何煦有些苦惱，第一次給靳雪過生日，她不想搞砸，想送她喜歡的東西。

「用錢買不到的……」何煦搔搔頭，決定求助好友戴語筑，傳了訊息問：「妳覺得有什麼是用錢買不到的？」

戴語筑很快地已讀並回道：「妳的笨。」

何煦的手機差點扔出去。她憤憤地戳了幾下螢幕，正要關掉時，一則訊息捎過來。

「好啦好啦，認真說，有很多啊，像是自己動手做的手工藝品不就是用錢買不到的？」

對喔！何煦恍然大悟，但又陷入另外一個煩惱……

「不過妳手工很差、又不會做菜，妳還是別想了。」戴語筑說道。

何煦再次無語，且無法反駁。

找了織手套的影片，看了一分鐘就默默關掉，她還是別越級打怪，想些實際點的禮物好了……

沒想法的何煦直接上網搜尋送禮建議，某網站寫著，送禮的第一條，就是要對方喜歡。

何煦想了下，才發覺她對靳雪的認識淺薄，連對方喜好都不清楚……何煦在床上滾了圈，忽然瞥見書桌上的公仔。

靳雪跟她一樣，喜歡玩扭蛋。

靳雪也跟她一樣，喜歡去樓下咖啡廳，只是她是店員，靳雪是客人……

對了！何煦靈光一現，立刻坐起身，她想到該送什麼禮物了！只是有件事，還得先跟店長確認。

距離靳雪生日還有一個月，何煦覺得自己應該來得及張羅好一切。

叩叩。

傳來的敲門聲打斷何煦思緒，打開門的人是何煦的弟弟，何霖。

「姊。」何霖拿著數學講義，晃了晃，「教我數學。」

「哦，好啊。」何煦下床，拿過何霖的數學講義站在書桌旁翻了翻。

何霖拉過一張椅子，逕自坐到何煦桌前。看著何煦，何霖想到稍早在車上的對話，便問道：「妳跟房東很熟嗎？」

何煦頭也沒抬，在腦中解題，「嗯……她是一個非常好的姐姐，剛好我們有相同的興趣，所以才熟的。」

何煦提起房東時，連眼睛都是笑的，何霖拿起原子筆邊轉筆邊繼續問：「漂亮嗎？」

何煦翻書的手一頓，唇角揚起，嗓音有些飄然。

「她很美，是我見過……嗯……」何煦說著有些害臊，「長得最好看的人。」

何霖挑眉，拿過講義哼了聲，小聲說了句：「太漂亮的女生都不可信。」

何煦沒聽清楚，「你說什麼？」

瞧何煦一臉沒心眼的樣子，何霂臉色陰了陰，拿著原子筆往何煦額上敲，「說妳笨，要長點腦。」

「喂喂！」何煦身子往後，雙手摀著額頭，「說什麼啦！我要是那麼笨怎麼教你數學！」

何霂不解釋地哼笑兩聲，何煦將這行為歸咎於青春期，何霂也懶得多說，指著留白的題目，「教我。」

「好好。」何煦拿起筆，一題一題地教這個剛升高二的弟弟。

何煦少數擅長的事中，就屬數學，可偏偏英文差，即便成績給數學拉了上去，卻又被英文拉了下來。

不過何煦很快就認命沒考上K大的事實，況且她在A大也挺快樂的。

「妳不想試試看轉學考嗎？」何霂問。

「嗯……」

何煦想，如果上了A大之後沒有認識靳雪，也許她會毫不遲疑地說：我想再試一次看看！

但她現在捨不得走了。

☀

何煦回到台北的第一件事，就是提著水果禮盒拜訪靳雪。

按了門鈴，不一會兒，房門便緩緩打開，剎那，撲鼻而來的淡淡馨香令何煦一愣。

靳雪身上飄散沐浴後的熱氣與馨香，髮梢稍溼，她邊擦髮邊來應門，身上穿著絲質睡衣，看上去很舒適。

「抱歉！我應該晚點來的……」何煦慌張地往後退，右手卻被一把拉住。

「沒事。」靳雪語氣平淡，眼神悄悄流露期待，「不用回去，妳進來放水果吧，我泡茶給妳當謝禮。」

「咦？」何煦圓滾滾的眼睛睜大，「可以嗎？」

靳雪輕輕拉過何煦，關上門以示回覆。

靳雪放開手，走向房間邊道：「我先吹頭髮，妳隨意坐。」

「好……」

何煦有些緊張，卻忍不住好奇地四處張望。她以為這棟大樓的每一間房都差不多大，沒想到還有這種兩房兩廳的格局，大抵是租給新婚家庭……

新婚家庭？

興奮之情慢慢緩下。這是別人家，自己只是來作客的……

「想什麼？」

聞聲，何煦身子一震，仰頭看到靳雪漂亮精緻的面容近在眼前，嚇了一跳，立刻往後退。

何煦這般反應，靳雪略有不滿，抬起眉梢，「我很可怕？」

「沒、沒有……」

見何煦有點緊張，表現拘謹，靳雪覺得有些奇怪，又見她似乎在四處張望，便問道：「妳在找什麼嗎？」

「咦？不不，我只是在想……另外一位……不在嗎？」

靳雪直覺想到了靳宇，隨意地點點頭，「是啊，他有工作，大概半個月都不會出現。我去倒茶，等一下。」

話落，靳雪走向廚房，絲毫未覺有道目光正小心翼翼地瞧著自己。

男主人不在，自己才有機會來作客的吧……何煦從靳雪自然的語氣中，能感覺到她與對方的親密。真好……

何煦拍拍臉，要自己別再繼續胡思亂想。

「好了。」

不一會兒，靳雪端著一個托盤而來，何煦回過神時，靳雪彎腰，自然垂落的幾綹髮絲搔得她的臉有些癢。

靳雪在小巧精緻的陶杯中，緩緩倒進淡褐色的茶湯。

頓時間，客廳茶香四溢，何煦不懂茶，但覺得茶香聞來不刺鼻，沁人心脾。

茶香中，摻著靳雪身上若有似無的淡香，一時之間，何煦不確定自己到底是被哪個吸引。

「小心燙。」白皙如玉的手指，輕巧地將陶杯推向何煦。靳雪側過頭，清冷的目光凝視何煦清麗的側顏，視線下移，不自覺停留在唇上。

「謝謝。」

何煦轉過頭來，靳雪對上她的眼睛，清澈乾淨，如山澗泉水。她收回視線，坐到了何煦對面。

兩人對坐，各自品茶。何煦雙手恭敬地端著陶杯，一口一口地細細品嚐這一壺靳雪親手泡的茶。茶水入口，溫潤不澀，嚥下後，回甘清甜。

氣氛寧靜美好，何煦飲盡後，放下陶杯的動作都不自覺放輕，像怕打破這般寧靜似的。

注意到何煦的空杯，靳雪問道：「還要嗎？」

何煦直點頭，無意識地舔了下自己的嘴脣，有些饞，「我想再喝一杯。」

靳雪的目光再次落到何煦的脣上，舌舔過的雙脣脣面水亮，本就飽滿的紅脣看上去更軟嫩了些。

「嗯？」

聽見何煦疑惑的音節，靳雪收回視線，面色淡然，眼底翻湧。她伸手，一手拿過茶壺，一手拿過何煦的杯子。

靳雪的動作優雅，何煦忍不住盯著看，在凝視中，何煦發現了一點……因為太自然而沒有注意到的細節。

線條分明的鎖骨在衣領中若隱若現，視線下移幾分，落及胸口，絲質睡衣質料柔軟，貼著肌膚，有些形狀與凸點，描繪得清清楚楚。

何煦腦中頓時炸開，響起轟然巨響。

「小心燙。」

在靳雪將陶杯推到手邊時，何煦與靳雪對到了眼，她立刻別開視線，倉皇又慌張。

臉好燙。

何煦覺得，自己的臉頰溫度應該跟這茶不相上下。

藏在桌下放在大腿上的手緊緊交握，何煦告訴自己這沒什麼，都是女生不需要害羞，可一想到這人是靳雪，她就覺得快呼吸不過來。

觀察何煦好半晌的靳雪越感疑惑，剛剛還好端端喝著茶，怎麼忽然有些彆扭了？

胡亂臆測並非靳雪作風，於是她主動站起身，走到對面，一坐到何煦旁邊，何煦便往旁邊閃了兩個位子。

果真很奇怪。

靳雪微抬眉梢，側過身，單手手肘靠在沙發椅背，手支著頭，「怎麼了？」

這一動作讓領口往兩旁鬆了些，不只鎖骨，連胸口也能稍微看見。

何煦臉紅得跟蒸蝦似的，支支吾吾地說：「沒、沒事，我……我只是忽然想到該回去了！」

何煦伸手拿過陶杯，一口飲盡杯中淡茶，再忙不迭地跟靳雪道謝：「謝謝妳！茶真的很好喝！只是，我、我得先回去……」

何煦慌張地站起身，拿著包包就走向門口，靳雪沒反應過來，質疑地看著她的背影。

「何煦。」

突然被叫住，何煦不敢亂動。

靳雪站起身，雙手抱臂時，手臂上的觸感與柔軟讓靳雪忽然會意過來。

瞬間，靳雪有些想笑。

何煦的反應太可愛，靳雪忽然起了一點壞心，她走向不敢逕自離開的何煦，神情興味盎然。

怎麼回事？

何煦覺得靳雪好像有點高興，但又不像是單純的喜悅，那眼神有些玩味，何煦直覺好像有什麼事情會發生。

「我有的，妳不是也有嗎？」

當靳雪走近時，何煦抬頭，靳雪忽然低下頭，湊近自己——

何煦的手被拉高，手中忽然多了一份柔軟的觸感，何煦視線下移，一見到自己的手摸的地方，立刻炸開並用力甩開了手——

「別、別鬧！」

沒想到何煦的反應如此劇烈，甚至甩了她的手。靳雪愣住，手不會痛，但胸口有些悶。

靳雪望向何煦，見到她眼裡的慌張，那點玩心煙消雲散，取而代之的是尷尬。

靳雪斂起神色，收回手，淡淡地道：「抱歉，我太超過了。」

「不是……」

「妳回去吧。」靳雪主動打開門，「晚安。」

逐客令下得直接，何煦有些無助，可是甩開手的是她。她想解釋，又不知道怎麼解釋。

何煦輕咬下唇，望向靳雪的目光有些溼潤，靳雪看起來困惑而無奈，臉上的表情卻又像是在生氣。是該生氣，何煦想。

何煦垂下頭，低聲說：「抱歉，我……先回去了。」頭又垂得更低，轉身倉皇地快步離開，錯過了靳雪臉上一閃而逝的挽留。

見何煦回到房裡，靳雪才輕輕關上門。

彷彿也將自己微微敞開的心房一併關上。

☀

十月底，任任的頻道訂閱數正式突破百萬，成了百萬YouTuber中的一員，任任與經紀人也如火如荼開始籌備感謝粉絲見面會。

身為主管的靳雪自然無法置身事外，加上十一月初要去北海道五天，變得相當忙碌，連兩週假日都在公司加班。

快要期中考的何煦也開始忙碌起來。大學四年就屬大一課最滿，何煦每天都忙著準備期中考，以及跟韓芷晴學煮咖啡。

「真的可以嗎？」

在何煦提出想跟著韓芷晴學煮咖啡的請求時，韓芷晴爽快答應，「有什麼不行？妳想學我樂意教妳，不過，怎麼突然想學了？」

對於一直很照顧自己的韓芷晴，何煦不想隱瞞，便將緣由說了一遍。本以為自己的私心不太妥當，沒想到韓芷晴比她更高興。

「當然可以，場地直接借妳，廚房材料妳也可以取用，放心，靳小姐生日前，我肯定把妳教會。」

何煦感激地看著韓芷晴，離靳雪生日剩幾週假日，她有點沒把握能學會煮咖啡與做蛋糕，但已無暇顧慮那麼多，先做再說。

比起能不能順利學會，其實何煦更擔心靳雪會不會不理自己……

工作途中，何煦不時望向靳雪專屬的位子。上週沒見到靳雪，這週似乎也見不到了。

最近他們不像之前頻繁傳訊，她覺得自己好像惹靳雪生氣了，但是一直傳訊息去問感覺更煩人……

那日過後，兩人唯一的對話，就是靳雪捎來一句「水果很好吃，謝謝。」何煦回傳一句「好吃就好！」便沒了下文。

靳雪已讀，何煦也沒有再傳訊息過去。

何煦覺得，靳雪已讀就是結束對話，可對靳雪來說，她卻等著何煦再傳來訊息。

那晚何煦離開後，靳雪難得的失眠了。

她不禁想，是不是自己會錯意？一直以來似乎都是她主動，會不會她的主動邀約對何煦而言其實是困擾。

所以，才會在她更進一步時被推開了。

那個甩手的瞬間，靳雪才意識到自己的躁進，仗著何煦的乖順得寸進尺，最後翻船了。

靳雪輕嘆口氣，為什麼何煦反應會那麼劇烈？但比起厭惡，更多的是慌張，而且那瞬間，靳雪在何煦臉上看見一絲難過。

為什麼？

一向只有她拒絕別人，哪有被誰拒絕過？何煦是第一個，大概也是最後一個。

靳雪難得希望自己有讀心術，就可以知道那個小朋友到底在想什麼，為什麼表現得這麼奇怪，還不來跟自己解釋。

該受傷的人應該是自己才對吧？她是開了個玩笑，可難堪的人也是她。

靳雪點開與何煦的對話框，再點開對方的頭像，對著那張笑臉抿著嘴，用食指不開心地戳幾下手機螢幕。

討厭，要不要笑得那麼開心？僅是透過照片都可以感覺到何煦的溫暖，笑得燦爛也就罷了，還讓人那麼想念。

想念那個看到自己就亮晶晶的眼睛，以及傻乎乎的笑容，沒心眼似的，讓人想伸手揉一揉。

思及此，靳雪臉上的冰霜悄悄融化了，要是何煦看見，又要目瞪口呆了，可惜何煦見不到，她覺得靳雪在生氣，所以沒膽主動聯絡。

半個月過去，靳雪完成了手邊的工作，任任的粉絲會進度也完成八成，剩下就是讓經紀人依次去確認各項目，最棘手的部分結束了。

會議結束後，靳雪回到位子上，拿出手機傳了訊息給任任，問對方要不要去東區酒吧開兩人慶功宴，任任欣然答應。

晚上七點，斬雪關了燈，走出辦公室與五分鐘前先走的任任碰頭，一同搭捷運到藍橘兩線相交的忠孝新生站。

酒吧在捷運出口，兩人推門而入，隨服務生坐到吧檯。

週五下班後的酒吧人滿為患，但每一桌都放輕音量細語交談，在無酒單的酒吧裡，斬雪與任任先點了一份烤雞與烤蛋，詢問服務生後，點了一杯Pina Colada與Earl Gray Sour。

席間，任任單手支頭，側頭望向好友，昏暗的燈光下斬雪的五官依然迷人，她不禁嘆道：「我們多久沒有一起喝酒吃飯了？」

「成為同事後就很少約了。」斬雪說道。

任任附和地點點頭，「是啊。」

餐點與酒品送上，兩人各舉酒杯，輕輕敲了下。

「恭喜妳。」

「謝謝。」

唇抵杯緣，淺嚐一口，斬雪聞到伯爵茶與佛手柑的香氣，入喉後湧上琴酒的後勁，是杯清甜爽口調酒。

在伯爵茶香中，斬雪想到了何煦，那個喜歡喝伯爵拿鐵的小朋友。

「話說，」修長的手優雅地捧著酒杯，任任眼含笑意，眸中有幾分興味，「妳最近跟那位小朋友如何？」

斬雪拿起一塊烤得外酥內軟的法國麵包，沾著盤中混著酸奶的半熟蛋，漫不經心地說：「就那樣。」

這話有兩種涵義，一是不否認與何煦有別於他人關係，二是沒有更進一步，正處於不上不下的關係中。

任任像隻偷腥的貓，一點一點探著斬雪的底線在哪，「我都要以為那是妳養的小寵物了，藏著不分享欸。」

斬雪又喝了口酒，說起何煦就覺得悶。現在的小朋友到底在想些什麼？認識至今一切都那樣順遂，怎麼忽然就急轉直下？

視線落及任任胸口，斬雪決定試一試，她伸手拉過任任的手往自己胸口放。

任任一臉疑惑，還順道五指抓了抓，「妳很大，嗯，怎樣？」

聽那猥瑣的發言，斬雪撥開任任的手，外加一個嫌棄的眼神。

被強制性騷擾別人的任任不高興了，不服地道：「又不是我自己要摸的！妳嫌屁！」

這才是正常的反應吧？還是任任太猥瑣，所以沒有參考價值？

瞧斬雪悶著喝酒，一口接一口，被晾在一邊的任任不滿地炸了，「妳別悶著不說話，有什麼煩惱就提出來啊！」

斬雪單手支頭，沒醉，但她有容易臉紅的體質，「我在想……」指節在酒杯上不規律地敲著，「妳的反應很正常。」

「廢話，當然正常，我摸的又不是胸肌，難不成要害羞嗎？」

胸肌？害羞？

靳雪忽然靈光乍現，思路彷彿被打開。

她放下手，身子向前微傾，盯得任任有些發寒，「怎、怎樣？」

「如果妳摸的是胸肌，還是自己喜歡的，會不會臉紅？」

面對靳雪，任任覺得沒必要抓著形象的皮，不太情願地說：「會，重點不是胸肌，是自己喜歡的人的，哪有不害羞的道理？」

靳雪瞬間明白了什麼，卻又有點不確定。

靳雪沒邏輯的跳躍式發言，任任努力拼湊訊息，「妳把小朋友嚇跑了嗎？」

靳雪沒說話，甚至連表情都沒變，可那籠罩在身上的陰霾似乎散了。

吃完餐點，兩人又聊了一會才散。

一踏出酒吧，拂面而來的風有些涼，靳雪將手插到口袋裡，恍惚地想起有個人說要買手套給自己，不知道還算不算數？

與任任分別搭上不同線的捷運，靳雪回到住處已是九點多的事。

電梯門開，經過何煦房門時，靳雪想到就要去北海道了，一去就是五天，便停下腳步。

半個月沒見到何煦了吧？靳雪想，不禁抬手輕敲幾下。

不一會兒，鐵門敞開——

「咦？」

來應門的人並不是何煦。

斬雪眼裡閃過一絲失落，可面上仍舊冷淡，她很快地反應過來，輕聲道：「何煦不在？抱歉，打擾到妳。」

斬雪仍舊氣場強大，一向調皮活潑的戴語筑收起性子，客氣地說：「何煦這週回老家，應該禮拜日晚上就回來了。」

斬雪點點頭，沒說自己就是禮拜日晚上要出國，所以才現在來打擾。

鐵門關上，斬雪拉了拉自己的衣領，走回房間，門把上有一個可疑的紙袋。

斬雪站在自家門前，對於陌生的東西她一向警覺性很高，但這東西好像……禮物？

斬雪拿起紙袋端詳，一張便條紙飄落腳邊。她彎腰撿起，一看就愣住。

「我怕等我回家的時候，妳已經出國了，所以就把一部分禮物先掛在妳家門上，希望妳不介意。」

署名人：何煦。

斬雪拿著紙袋走進家門，一到客廳就立刻拆開包裹，見到裡面的物品時，驚訝得說不出話。

包裹裡是一副全新手套與一條白色的手織圍巾。

還附了一張小卡寫道：「我實在不會織手套……但織圍巾還可以，雖然沒辦法做到很精美，但我保證一定很溫暖！祝旅途平安。」

為什麼不早點送給自己呢……斬雪胸口暖熱，雖然家裡溫暖，但她還是急不可耐地圍起圍巾、戴上手套，走到穿衣鏡前，她的脣角若有似無地上揚幾分。

什麼苦惱、鬱悶，圍巾一圍便煙消雲散，沒有什麼比這手織圍巾更珍貴。

靳雪一把撈起手機，打開相機難得地自拍，卻怎麼拍都不滿意，拍了許多張才選了一張最滿意的照片傳給何煦。

靳雪寫了短短一句話，卻讓另一端的何煦在早晨點開訊息時，心跳狠狠地漏了一拍。

☀

週六早上，本該睡到自然醒的何煦在聽到六點的鬧鐘時，迷迷糊糊地睜開眼。

今天不是禮拜六嗎……何煦滑掉鬧鐘，隱約見到通知欄有新訊息，睡眼惺忪地一看，頓時清醒。是靳雪。

多虧有靳雪的半夜訊息，這才讓何煦想起今天是該早起，她坐起身，點開訊息，呼吸一凝。

「下次見面，我要妳幫我圍。」

手一抖，手機險些掉到地上，何煦不敢置信地看著對話框，靳雪傳了照片過來，是張自拍照，何煦一眼看見靳雪圍在脖子上的圍巾與手上的手套。

巴掌大的小臉埋在圍巾中，露出一雙清冷的眼睛，看著鏡頭不起波瀾，可偏偏那雙眼睛迷人又好看，何煦被這麼看著，臉倏地紅了。

晨光微曦，一室靜謐。

何煦的心跳如鼓躁。指尖細細撫過螢幕，心裡湧上激動，強烈的喜悅翻湧著。

送禮之前，何煦只希望靳雪不討厭就好，沒想到靳雪如此喜愛，甚至願意與之合照。

「何煦。」何母的聲音在門外響起，何煦身子一顫，「妳起床了沒有？等等要出門去果園了！」

聞聲，何煦大夢初醒，趕緊應聲：「我起來了！」便下床梳洗，再換上長袖運動衣褲走出房門。

一走到廚房，何煦便看到何霂已在桌前享用早餐，手上漢堡剩下幾口，何煦拉開椅子坐到何霂旁邊，趕緊吃早餐。

每年十一月，是採收橘子的季節，在這時節，何家四散各地的親戚都會回到何煦外公外婆家的果園，一同幫忙採收橘子，也藉此聯絡感情，是何家延續多年的傳統。

今年也不例外，一大早何煦一家就開車前往偏郊的果園。

車上，副駕駛座的何母見何煦神采奕奕，沒像往年打瞌睡，出言調侃幾句：「昨天有乖乖睡覺齁？現在精神才那麼好。」

正滑著手機的何煦抬頭朝母親一笑，直點頭，「睡很好啊！但我覺得下午就會想睡午覺了。」

「下午妳就去阿婆房間睡覺啊……」

母女相談甚歡，駕駛座上的何父不時穿插幾句，氣氛和樂，何霂注意到何煦的手機螢幕，畫面不是停留在某張照片上，就是與某個人的對話框。

何霂直覺想到何煦提過的那位房東，臉色微凝，警戒心大起。

就說了，漂亮的女人都不可信，何況是美得令人移不開目光的那種。

何霂在心中臆測，何煦當然沒明白，滿腦子都想著怎麼回覆靳雪才好。

昨晚靳雪捎來的訊息是這樣的，一張自拍照與三句簡明扼要的話——

「下次見面，我要妳幫我圍。」

「妳想一下，要我從北海道帶什麼回去，三樣，只能多不能少。不能隨便、我選，要妳想要的。」

「禮拜日晚上前請給我回覆。」

經過一個半小時的車程，何煦來到果園，直到下車她都還沒想清楚怎麼回覆。

早晨的陽光炙熱，何母從後車廂拿出防曬帽，何煦接過往頭上戴，裝備齊全。

「走吧，先去跟阿公阿婆會合。」何父道。

一家四口途經果園，往山坡上走，走到了外公家的三合院，遠遠便聽到各家親戚的談笑聲，全聚在院子裡。

何煦落在最後，趁著無人注意時也拍了張自拍照傳給靳雪，在各式防曬衣物的遮掩下，只露出一雙圓滾滾的眼睛。

奇特的打扮讓九點一到便準時起床的靳雪愣了幾秒，她點開照片仔細看了看，何煦她認得，但背景很陌生，於是靳雪問了句：「妳在哪？」便下床梳洗，換上運動服準備出門。

靳雪生活規律，假日早上總會去附近健身房運動兩小時，吃點雞胸肉補充蛋白質，再回家沖澡更衣稍作休息，下午便會帶著筆電去咖啡廳。

日復一日，蕲雪不覺得無趣，也沒想過找個伴，她曾覺得這麼持續下去也挺好的，只是當何煦出現在生活中時，她有了改變的念頭。

想要在如常的生活中，增添一道陽光。

出門前，蕲雪伸手摸了摸床頭櫃上那團柔軟的圍巾，像撫著某個小朋友的頭髮似的，眼神溫和。

摸了會，蕲雪才收回手，轉身拎著運動包出門，不一會兒，就到附近健身館，她將包包與手機一同鎖進置物櫃裡。

等蕲雪再次從健身館出來準備回住處時，滑開手機，輕輕一笑。

「我想要日本的扭蛋、北海道的白色戀人跟……妳那幾天的出遊照片，可以嗎？」

何煦傳來數張果園照片，她拿著滿手橘子，朝鏡頭燦爛一笑，飽滿的橘子跟何煦的臉有點像……

午後的陽光舒適宜人，輕輕灑在蕲雪身上，周身彷若鍍了一圈柔和溫暖的金光，側顏美好，纖細修長的手指在鍵盤上飛快地回了一個字：「好。」

☀

星期一凌晨兩點的飛機，蕲雪禮拜日晚上便離開住處。

雖然沒能在出國前見到小朋友有點可惜，但至少拿到了小朋友的禮物，心滿意足。

再過兩週，她就滿二十五歲，二十五年的人生，除了家人，沒什麼人值得自己牽掛。

同性也好、異性也罷，有緣便成為朋友，無緣就好聚好散。可是何煦不一樣。

靳雪拖著行李箱走進捷運，上了往台北車站的車廂，她站在門邊，見到窗面上的倒影，看上去並無改變，可靳雪知道不一樣了。

抵達台北車站後，靳雪隨著人潮一同上了手扶梯。離搭車時間還有二十分鐘，綽綽有餘。刷卡出站時，放在口袋中的手機忽地響起。她以為是任任，拿出一看，不禁愣住。是何煦。

靳雪走到一旁的高鐵自動售票機，避開人潮才接起：「喂？」

「妳、妳上高鐵了嗎？」

何煦的聲音很急、很喘，靳雪一時間沒反應過來，默了幾秒才答：「還沒，剛下捷運。」

「那妳進高鐵站了嗎？」

隨著何煦的話語，靳雪往前走，走到了驗票閘門前，在剛下車的旅客人潮中，見到一個熟悉的小朋友一手拿著手機，一手拿著塑膠袋，看上去有些急。

「何煦。」

何煦因為靳雪的輕喚而慢下腳步，應道：「嗯？什麼？」

「往前看。」

何煦抬頭，視線掠過人群，在人來人往的人潮中，見到靜靜站在那的靳雪。

「慢慢來，我等妳。」

何煦眨了眨眼，摁掉通話，通過驗票閘門。這過程，她的視線沒有離開過靳雪。

靳雪安靜的目光讓何煦躁動的心不自覺平緩下來，她心安地笑了。

朝著靳雪的腳步堅定而筆直，圓滾滾的眼睛明亮有神，因為一路趕來小臉變得紅撲撲，小朋友站定在靳雪面前時，還未說話，手先伸了過去。

「下次妳如果要來見我，說一聲。」靳雪的手輕輕摸上何煦的領子，手指翻開領子，整了整，「我會等妳，不用急。」

鼻間飄過一股好聞的淡香，何煦呆呆地看著靳雪，心又開始鼓譟。

放在領子上的手，輕輕移到何煦頭髮上，何煦身子一頓，低著頭，感受著輕柔的順毛動作，舒服地瞇著眼睛。

雖然對這手感愛不釋手，但靳雪知道該去搭高鐵了，於是有些不捨地收回手，面上仍舊清冷，目光摻著一絲溫度。

「我得去搭車了。」

何煦抬起頭，點點頭，趕緊從塑膠袋中掏出一顆橘子遞到靳雪面前，「這是昨天採的。」

靳雪接過橘子，放到何煦的臉旁比了比，目光含著一絲淺淺的笑意，「跟妳的臉有點像。」

何煦頓時猶如雷劈，雙手捧著臉哀號：「我有變這麼胖、這麼圓嗎！」

清秀的小臉是不像飽滿的橘子，但看上去都一樣可愛。

靳雪收起橘子，眼前忽然又多了一顆，伴著一絲落寞的聲音，「再給妳一顆，這樣……妳跟男友在搭車路上可以一人吃一顆。」

男友？

靳雪手一頓，倏地抬起頭望向何煦，只見到對方似乎在掩飾什麼的側臉。兩道好看的眉微微蹙起，下句話一落，何煦的腦海頓時一片空白。

「我單身二十五年，什麼時候有男友了？」

何煦一愣，扭過頭來，靳雪臉色有些陰。她張了張口，傻乎乎的樣子讓靳雪生不起氣來。眼看發車時間越來越近，靳雪來不及多做解釋，只得伸手揉亂何煦的頭髮，輕嘆了一聲後就趕緊刷票進站。

「胡思亂想的小傢伙。」

何煦呆呆地杵在那，見靳雪快步走入高鐵站，在走上手扶梯前，回頭瞅了何煦一眼。

那一眼令何煦的後頸一涼，犀利的眼神彷彿說著「等我回來，好好等著」，何煦抖了下，忽然覺得有點害怕。

怎麼辦？她是不是做蠢事了？

何煦搔搔後髮，苦惱之際，唇角又忍不住微微上揚。

沒有男友就代表單身，對吧？何煦喜孜孜地這麼想著，又想到了那無奈又帶著一絲縱容的嗓音，說了一句「小傢伙」。

等等，剛剛的小傢伙是指自己嗎？

何煦後知後覺地意識到哪兒不對勁，一陣酥麻隨即蔓延全身，心口微顫，彷若有股暖流淌過。

何煦的雙頰又紅又熱，短短五分鐘的對話訊息量過於龐大，她得花上一個晚上去消化。

但是，怎麼辦……

捷運走錯邊、路上還掉幾顆橘子的何煦，顯得笨拙又慌張，懊惱之際卻忍不住傻笑。

有點……喜歡靳雪這麼喊她，怎麼辦？

一顆橘子沒拿好，不小心滾落到前邊，當何煦彎腰欲撿起時，一雙運動鞋映入眼簾。

那小麥色的大手輕鬆拿起了橘子，何煦的視線隨著橘子往上，先是看了手，再看向對方俊朗陽光的面容，雙眼圓睜。

「……魏書彥？」

「何煦！」

爽朗的男聲嗓音拉回何煦注意力，她怔怔地看著眼前的青年，沒想過會在這碰見。

她聽說對方考上高雄的大學。

「我剛剛就覺得這人很眼熟，看到橘子就確定是妳了。」魏書彥語氣歡快，眸光清亮，稍高的身高讓他得低頭看著她。

何煦驚訝問道：「你怎麼在這？」

「來台北聽演唱會，準備要回去了。妳呢？要回宿舍嗎？」喜悅之中揉進些許眷戀，要是當初沒有跑到高雄念書，他或許會追上何煦的。

「嗯，要回去了。」何煦點點頭，看著魏書彥拿在手中的橘子道：「那橘子就送你吃。」

聞言，魏書彥眉開眼笑，眼睛笑得彎彎的，「真的？太好了！我好懷念高中時去妳家採橘子的日子……」

不遠處，幾個與他年紀相仿的男生喊著魏書彥，他回頭應了幾聲，再歉然地看向何煦，「我得走了。」

何煦點點頭，時間不早了，她也該回去了。與魏書彥別過後，何煦逕自走到手扶梯，沒注意到落在自己身上眷戀又不捨的目光。

半年不見，何煦依舊那麼溫暖，魏書彥杵在原地看了一會兒，才轉身走向一同北上來玩的同學。

意外的插曲，何煦因此冷靜下來，拿出手機，發現靳雪給她傳了訊息。

站到候車隊伍後面，她點開靳雪傳來的連結一看，竟是一位模特兒兼攝影師。

何煦好奇地瀏覽對方頁面，越看越眼熟，直到見到那張冷淡漂亮的臉蛋時，差點驚呼出聲。

男模的手搭在靳雪肩上，而靳雪的表情很厭世，點開照片一看，文字部分只有一句話——

這是我妹，全世界第二美的女人。

我妹？等一下——何煦睜大眼，才認出這位男模就是見過幾次面的房東先生！

所以，兩人之所以同住，並不是情侶關係，而是……

「他是我二哥，是個無恥遊民，沒工作就會來我這蹭。」

何煦想讓腦門給捷運門夾一回的衝動都有了。

透過幾張沒有笑臉的照片，她才能看出房東先生與靳雪的相似之處。

「所以，妳誤會我，前陣子才不理我？」

靳雪的質疑縱然是透過通訊軟體傳來，殺傷力不損半分，何煦感到心慌，翻了翻貼圖庫，連續傳了幾個過去。

靳雪剛從高鐵下車，準備去接路痴好友任任，拿在手上的手機震了幾下，原以為是任任又捎來迷路的求救訊息，靳雪癱著臉拿起手機，見到是何煦時，目光柔和幾分。

點開一看，見到一隻肥嫩嫩、圓滾滾的熊貓，扮著各式可愛動物的賣萌樣子，沒忍住地彎脣一笑。

其實她沒有生氣，只是想嚇嚇那個胡亂猜測又膽小得不敢印證的小朋友。

賣萌可恥，但有用。

靳雪的目光揉合幾分無奈，要是現在何煦在面前，她肯定會伸手揉捏那柔軟的臉頰。

「我的天啊……」

聽見熟悉的女嗓，靳雪斂起笑容，抬起頭便見到任任一臉目瞪口呆，指著她不可置信地說：「我剛剛是看到妳在笑嗎？妳是不是吃錯藥了，等一下坐飛機真的沒問題嗎？」

靳雪睇了睇眼，扔下一句：「那妳自己想辦法去辦登機吧。」逕自往前走。

見狀，任任趕緊跟上抱人大腿，忙不迭地討好，「我這是讚歎啊！讚歎！畢竟要讓某人笑比登天還難……」

沒意外獲得冷眼一枚，任任摸摸鼻子，好奇的視線在靳雪身上繞了幾圈，覺得有些不可思議。

不過兩天沒見，靳雪所處的季節怎麼換了一輪？禮拜五還是冰天雪地的寒冬，今晚就變成春暖花開的春日？

忽地，任任懷中多了一顆橘子，她怔怔地拿著，斬雪淡淡道：「珍惜地吃，不准扔掉。」

斬雪說得平靜，但神情沒半點玩笑。

任任點頭，「誰給的啊？」眼珠子轉了圈，「是小朋友給的？」

「何煦。」走在前方的斬雪停下，側過臉，直視任任道：「她是何煦，有名字的。」說完快步往前走去。

任任走在後頭偷笑，雖然好奇斬雪與何煦的關係，但她知道斬雪逼不得，要探八卦也不能一次全撈，等會兒翻臉，連邊都沾不到了。

提到何煦，任任想到一事，快步跟上斬雪，「妳記得邀請何煦來見面會。」

斬雪一頓，面色不改，沒說好也沒說不好。

見狀，任任微抬眉梢，揶揄道：「妳真的是金屋藏嬌？」斬雪不語，那默認的樣子讓任任忍不住又說：「我覺得妳要是邀請她，她會很開心的，然後對妳的好感就會叮叮叮地往上升喔！」

「……閉嘴，知道了。」

難得調侃斬雪一把的任任很是愉悅，也隱隱感到欣慰。

那個曾冷冷地說要單身一輩子、被人誤解也不做解釋的斬雪，終於願意稍稍地敞開心房，去在意另外一個人。

任任只希望，何煦是值得託付的那個人。

Chapter 5

哈啾！

剝橘子剝到一半的何煦打了個噴嚏，手習慣性地揉揉鼻子，下一秒又打了個噴嚏。

「唔，好嗆！」

躺在床上耍廢的戴語筑目睹這一切，放下手機無良地抱肚大笑，笑得上氣不接下氣，損好友不遺餘力。

何煦跑到浴室，開水龍頭沖水洗鼻子，然後回頭瞪了戴語筑一眼，「虧我原本想問妳要不要去任任粉絲會！沒良心！」

聽見關鍵字的戴語筑立刻從床上坐起，何煦走出浴室哼了一聲，戴語筑連忙上去給她捏肩搥背獻殷勤，「什麼粉絲會？任任的啊？那不是要抽籤才能進去嗎？」

「房東姐姐替任任傳話，說可以讓我帶一個朋友去，有個照應也比較安全。」

接收到何煦的哀怨，戴語筑心虛了下，拿過桌上剝好的橘子上演借花獻佛，「小煦煦，妳不會忍心不帶我去的，是不是？」

橘子瓣送到了嘴邊，何煦瞇了瞇眼，瞧戴語筑一臉委屈巴巴，嘆口氣，張口吃下，「好啦，一起去，不過別再那樣叫我了，好噁心。」

「妳才噁心！」戴語筑哼了聲，要不是她也是任任的粉絲，才不幹這種掉形象的事！

情緒低落近半個月的好友，終於撥開雲層，恢復以往的活力，戴語筑直覺認為何煦這週回鄉採橘，可能順道摘了一個男友，不料，何煦一回來，將橘子放到桌上，眉開眼笑地說：「房東先生是靳小姐的哥哥，他們是兄妹。」

當時在床上的戴語筑覺得何煦的話沒頭沒腦的，敷衍地點點頭，但何煦又拉著她說了許多關於那位靳小姐的事，眼裡像有星光。

她一口氣說到靳雪今天要出國五天，兩人在高鐵站前見了一面，所有的誤會也都解開，然後巧遇高中同學魏書彥，靳雪後來又邀請她參加粉絲會……

聽到這邊，戴語筑終於打斷了她，「何煦，妳……」一向心直口快又愛操心的戴語筑，擠出一個「妳」字，便沒了下文。

她們交換眼神，何煦疑惑，不明白認識多年的好友怎麼露出擔憂表情，一時間戴語筑也不知道怎麼說才好，重重嘆了口氣，再扒了下何煦湊過來的小腦袋瓜。

「反正，嗯……妳、妳……」抓了抓頭髮，她不想胡亂下定論，最後只能說：「妳開心就好。」

開心就好。

只是想到何煦在意的對象是靳雪，就覺得有點……不太真實。

她搔搔後頸，哀嘆一聲倒回床上，嚷嚷道：「不管了、不管了，何煦，妳的事讓月老去處理好了。」

「啊？哦……」何煦應了聲，打開筆電、戴起耳機開始做報告。

或許是聽到何煦說在車站遇到魏書彥，讓戴語筑想起被自己搞得亂七八糟的高中初戀……

何煦不懂自家好友百轉千迴的心思，傳了訊息告訴靳雪，會帶室友一起去任任粉絲會，然後就開啟了乖乖等門的狗狗模式。

每天深夜或早晨，何煦睡前或剛睡醒都能收到幾張旅遊照。

靳雪履行她的承諾，何煦也是。每次見到圍巾手套與靳雪一同入鏡時，何煦就覺得更有動力學煮咖啡跟做蛋糕。

在有限時間裡，何煦勉強能做出可以吃的作品，但跟韓芷晴的水準仍相差甚遠。

韓芷晴認真地告訴何煦：「妳願意嘗試，願意努力，我跟秋姐就願意一次又一次陪妳練習。」

平日，店長韓芷晴偶爾沒有待在樓下咖啡廳，晚上何煦有餘力去練習時，會見到溫柔賢淑的老闆娘秋姐。

何煦不太清楚兩人關係，只知道秋姐比店長大幾歲，兩人或許是朋友、或許是姊妹，她沒有問過。

拖著疲憊的身軀回到住處，洗完澡，整理背包時，放在桌面上的手機一震。何煦立刻拿起一看，見到靳雪與螃蟹的合照不禁莞爾。

還有兩天。

今天是靳雪北海道旅遊的第三天，週五晚上回到台北。下週就是靳雪的生日，以及自己上大學後的第一次期中考。

回了訊息給靳雪後，何煦打開筆電戴上耳機，先將任任的新影片看過一遍後，便隨意瀏覽頁面。點進發燒排行，何煦注意到近期常出現的一個名字——冉然。

「何煦。」

戴語筑的聲音打斷何煦思緒，闔上電腦看向門口，便見到好友拿著手機有些困惑地問：「樓下咖啡廳要徵新的工讀生？」

「咦？」

手機螢幕轉向何煦，拿過一看，真在學校社團見到韓芷晴的徵人PO文。

何煦當初是在加入學校社團後，意外發現這個打工機會就在住處樓下，於是鼓起勇氣應徵，也是在面試那一天，見到了靳雪。

如果沒有去樓下咖啡廳打工，或許就沒有機會認識靳雪，那她與這位房東也許直到退租都不會有進一步的交情。

還好有鼓起勇氣應徵，而且幸運被錄取。

「我沒聽店長說過……」何煦想了想，「不過最近生意真的很好，假日有點忙不過來，再多一個工讀生也比較好。」

兩人又閒聊了一會兒，才關燈上床睡覺，戴語筑很快就進入夢鄉。

何煦爬上床躺了一下，手機螢幕忽然亮起。

看清來電的人是誰後，她立刻抓著手機跳下床。

深夜的大樓很安靜，尤其平日十點後，外邊幾乎沒半點聲響，何煦輕手輕腳地走出房門，再走到逃生樓梯間。

「喂。」

聽見何煦朝氣蓬勃的聲音，靳雪的聲音跟著輕了幾分，「還沒睡嗎？」

或許是近深夜，靳雪冷涼的嗓音透過話筒傳來，比平常更富磁性、更加迷人，撓得何煦耳根子有些燙，熱度慢慢蔓延到雙頰，一張小臉紅得像蘋果。

「還沒……」

縱然沒有親眼見到何煦，靳雪也能想像她靦腆卻明亮的笑容。

「同事們在一樓酒吧喝酒，我自己在房間。」簡單一句話說明了前因後果，何煦很高興，靳雪想要打電話的人是自己。

「要給妳的禮物，我買了。」

靳雪聽上去總那樣冷冷淡淡，可何煦就是喜歡聽她說話，若是靳雪不想說，她自己也可以滔滔不絕地一直說。

只要能一直通話下去就好了。

「謝謝。」第一次跟靳雪講電話的何煦有些不知所措，可喜悅之情幾乎溢出了話筒，落地窗上映著的精緻臉蛋，柔和美好。

靳雪並非不能獨處，不然不會獨居近七年，從未想過找室友或一個伴。

獨自在飯店房間待著，她翻著照片，想起何煦，手指便搶在大腦思考前按下通話鍵。

她的聲音聽起來從容不迫，一派清淡，猶如外頭的紛紛細雪，可只有斬雪自己知道，抱臂的手正是她忐忑的小動作。

聽到何煦充滿朝氣的聲音時，她便放心了。

還好，不是一廂情願。

其實，斬雪也沒有特別想跟何煦說什麼，只是憑藉一股莫名的衝動打給了她。

「北海道冷嗎？」

小朋友的關心像是房內的暖氣，徐緩地拂過心坎，斬雪回答：「原本很冷。」

原本？何煦正感疑惑，下句話慢悠悠地傳來，令她心口微熱。

「戴上圍巾跟手套後就不冷了。」

何煦笑了，眼睛像寶石般亮晶晶的。

她們輕鬆地閒聊了一會兒，直到斬雪聽到房門嗶卡聲才結束通話，她放下手機若無其事地回頭看了任任一眼。

「看來妳喝不多。」斬雪說道。

「嗯哼。」雖是從酒吧回來，但任任神清清爽。她踩著平穩的步伐走向斬雪，學著對方欣賞落地窗外的夜景。

看了片刻，任任嫌棄道：「黑壓壓的一片，有什麼好看的？」

「妳的發言有點掉粉。」

任任沒甩好友的調侃，瞇了瞇眼，「難免會掉的，再說了，妳愛我也不是因為我是『任任』，不是嗎？」

「不否認，但我不愛妳。」

任任咧開了嘴，滿意地哼笑一聲。在她看來，這滿身菁英味的朋友，就是愛用冷淡遮掩自己的彆扭罷了。

靳雪從小要風得風、要雨得雨，被家裡兩位兄長寵上天，又被父母捧在手心疼，性子不驕傲也難。所幸，靳雪並未因為萬千寵愛而蠻橫無理，也沒有誤入歧途，一路長來還算端正，頂多因為長相精緻，而讓人覺得有威脅性，總被同儕排擠忌妒，導致她長年冰著一張臉，誰也不想靠近。

這麼多年，也就只有任任特別反骨，越不行碰的，越愛去摸一把，就這樣，她交上了這個冰山朋友。

「我要睡了。」

靳雪走到床邊，任任也從善如流地走到自己那張床，經過靳雪那邊的沙發時，她無心瞥了一眼，隨即語塞。

「妳這……」

「怎麼樣？」靳雪上了床、拉開被子，坐在床上坦蕩蕩地迎上任任疑惑的視線。

「這些扭蛋跟白色戀人是怎麼回事？」也不是沒有別的伴手禮，但這兩種占比過大，讓人忽視不了。剛好這兩個都跟靳雪的形象搭不起來。

「買給何煦的。」

任任噎了一下，瞭然地點點頭，「那就合理多了，想想也是啦，妳哪有其他朋友……」一道冷光刺在背上，任任抖了下，趕緊躲進被窩中。

棉被拉高，只露出一雙眼睛，任任側過身，既然提到小朋友，終是忍不住地問：「所以……妳們是什麼關係？」

「不知道。」

靳雪神情淡然，她不否認在她心中，何煦與其他人是不同的，毫不掩飾自己對她萌生的好感。

但目前也就如此了。

任任眼珠子轉了轉，雖說感情事急不得，但靳雪是顆沒談過戀愛的石頭，身為好友，她實在擔憂這顆頑石會搞砸事情。

任任伸手拿過床頭櫃上的水，隨意問道：「小朋友幾歲啊？」

「剛升大一。」

「噗——咳、咳……」沒忍住地噴了一口，險些嗆死自己，任任一臉震驚，「大一？那不是跟我們差……差六歲？」

靳雪一開始就知道何煦年紀小，算了算，兩人差了約六歲，她雖然沒想過會對年紀比自己小的女生有好感，但真的發生了也不覺得有什麼。

「妳不介意年齡差，那何煦呢？」

話落，靳雪臉上有一瞬的僵硬，但很快又歛起神色，可任任沒錯過。

她不知道何煦是怎麼想的，但她知道靳雪的心正逐漸淪陷，不然也不會這麼把對方放在心上。

「我們三十歲的時候，小朋友還不到二十五歲……妳不介意，她呢？」

靳雪沒說話，只是說了句「妳關燈」便翻過身，背對任任，像在逃避問題。

靳雪沒想過，也不願去想，如果何煦介意……她該如何是好？

☀

看著靳雪傳來的旅遊照，何煦覺得自己彷彿也去了一趟北海道。

這幾天，靳雪去了博野拉麵橫丁街、白色戀人公園、旭山動物園、湯之川溫泉，其中又以旭山動物園照片最多。

何煦不禁回道：「我也好想看看這些動物，好可愛！」

「那我們去木柵動物園吧，下週五，妳打工就不用請假了。」

「咦？可是妳才剛去過動物園，不會覺得膩嗎？」後面還加個手指對手指的北極熊貼圖，一副想去又不敢要求的樣子。

一眼看穿小朋友的心思，靳雪回：「不想去？」

「想呀！」

「那就沒問題了。妳應該也考完了吧？」

「嗯嗯！那天十點考完！」

「那就那天吧。」

對話結束在函館纜車到站之時。斬雪收起手機，隨著人潮魚貫下車，再與同事們會合，前往欣賞夜景。

寧靜舒適的夜晚，斬雪選擇在戶外賞景。從制高點眺望下方，景色目眩神迷，入夜後的函館不見白日的冰雪覆地，只見連綿不見盡頭的光縈繞著城市與河，絢爛奪目。

斬雪拿出手機，拍下一張夜景照傳給何煦。

今晚是她在北海道的最後一個晚上，明早九點退房後，去旅遊的最後一站——函館自由市場逛一圈，吃個早午餐就得搭上JR離開札幌，趕赴機場。

這不是斬雪第一次出遊，過去也曾去歐洲旅行個十天半個月，可沒有一次讓她如此惦念台灣，甚至剛出國就想回去。

明天搭飛機回台，再從桃園回到台北，還得坐捷運回去，回到住處少說也十點了。

大概後天去樓下咖啡廳才能見到何煦了，斬雪想。

這次的員工旅遊相當盡興，幸運地沒碰上暴雨或風雪，排好的行程沒有被打亂，一切都好，可就是覺得少了什麼。

從函館看完夜景回到住處，已近深夜，一夥人拖著疲憊身軀回到飯店，各自洗過澡後紛紛倒臥床鋪酣然入睡，其中並不包括斬雪。

那種無法言喻的空虛感讓斬雪在最後一個晚上失眠了，昨夜任任在旁的疑問也浮現於腦海。

對靳雪來說，什麼都可以改變，偏偏性別與年紀不行。

靳雪覺得自己想遠了，又覺得若有一天，真的是因為如此和何煦的關係僅止於此，她一定會心有不甘。

對靳雪而言，「順其自然」不過是力所不及時用來安慰自己的話，想要的就得爭取，可努力也無法改變的事實，怎麼辦？

靳雪不知道。

她拿出手機滑著這幾天的出遊照時，手機一震，瞥了一眼，本沒什麼興趣點開內容，直到見到下句文字，她才立即打開靳宇傳來的連結。

「妹，這個人是不是那位小朋友？」

靳雪點開連結，是某個女生的IG個人檔案，而這個人越看越眼熟。

靳雪敷衍地傳了一個「嗯」便打發了靳宇，沒有使用社群的她一時間有點不習慣IG的介面，摸一摸、滑一滑便上手了。

何煦的貼文不多，多半是人生大事才貼文紀念，最早的一篇貼文是高中剛入學那天。

這樣算算，是三年前的照片了。

穿著高中制服的何煦頂著西瓜頭，剪個齊平瀏海，模樣比現在青澀許多。隨著年紀增長，那頭短髮慢慢留長，後來幾張都是及胸的直順長髮。

再次將頭髮剪短，是高中畢業隔天。

那天，何煦也拍了張照片，貼文寫道：「我是大人要幹大事了！(•ω、•)」

斬雪沒忍住地輕笑出聲，覺得小傢伙很逗，內心也浮出問號，覺得是不是自己太無趣？

斬雪透過一則則貼文慢慢了解過去的何煦。高中三年，何煦看上去過得很快樂、很有趣，高中生該有的青春活力，全展現在照片貼文之中。

一篇篇的點閱，斬雪也注意到了幾個較常出現在留言區的帳號，她隨手點了一個，發現是個籃球校隊的男孩。

過往聽聞的高中愛情故事，好像會是這樣的——一個熱愛打籃球的陽光男孩，傾慕班上一個特別天真、特別傻的女孩，穿著純白制服的青澀年紀，兩人在校園裡留下了青春回憶。

男孩在女孩的社群處處留影，那些互動與回應有些刺眼。

「妳也睡不著嗎？」

斬雪放下手機，望向另一側的小床，在昏暗的燈光中見到那雙炯炯有神的眼睛。

「要不要喝一杯？」任任問，直述的語氣讓認識多年的兩人同一時間坐起身，彼此互看一眼，眼裡默契橫生。

「烈一點。」斬雪道。

「OK。」毫不意外斬雪沒打算下床拿酒，任任逕自下床，從冰箱中拿出酒，再拿過飯店附的小零食，滿手回到床上。

斬雪打開電視找著電影，最後選了一部今年剛上映的英雄電影。

高濃度梅酒混高趴數的氣泡酒顯然是個好主意，讓想微醺入睡的兩人喝了幾口便雙頰泛紅。

嶄雪一手拿酒，雙眼直視電視，說出口的話卻跟電影內容毫不相干。

「妳為什麼睡不著？」

任任又多喝幾口酒才道：「回去就要辦粉絲見面會了……」

嶄雪在任任臉上見到少有的不安。

任任一直給人正面陽光的形象，認真起來也很有魅力，無論是何種樣子，都不曾展現過脆弱的那面。果然很讓人不安吧，對於要直面自己的觀眾這件事。

「我總是在想，是不是不該從鏡頭後走到人前？」任任看著電影，心思飄遠，「我不是一直那麼自信、那麼篤定自己做的每一個決定，都會朝好的方向前進。」

「但妳還是去做了，這就是妳跟別人不同的地方。」嶄雪淡淡地打斷她，語氣沒什麼溫度，卻像強心劑一般，打進任任心裡。

「一個公眾人物的價值在於『無可取代』。並不是因為妳總是做對的決定、總是把影片拍到完美而成為百萬YouTuber，而是妳熱愛這件事、有著無可取代的定位，所以才會被那麼多人喜歡。」

一向話少的嶄雪一下子說了許多，任任不禁怔忡，心底不敢張揚的陰鬱也跟著散了。

起初，她就不是因為想博得誰的喜歡才去做YouTuber，當她持續熱愛自己喜歡的這件事情時，那樣的專注與熱情使她耀眼無比，漸漸才被觀眾廣為喜歡。

當她做自己時，就是最好的樣子。這點，嶄雪一直都看得很清楚，沒有質疑過。

兩人又聊了許多，直到電影播到最後，酒的後勁才湧上，她們雙雙有了倦意與睡意，關上所有電源各自回到床上睡覺。

入睡之前，斬雪拿過手機，頭有些暈，她知道自己有點醉了，但意識還清楚。

有些不敢問、不敢去證實的，趁著酒意也有了去做的勇氣。

訊息一發，手機便扔到床頭櫃上，斬雪閉上眼，在暈眩中翻身入睡。

凌晨三點，起床上廁所的何煦隨手拿起手機一看，便看到斬雪的訊息——

「我比妳大了六歲，妳知道嗎？」

嗯？什麼意思？

身體的疲憊壓過滿腹好奇，何煦拿著手機躺回床上，混沌的腦袋只想著睡覺，一闔眼又陷入夢鄉。

隔天醒來，再次打開手機，那則訊息已經收回了，像從未傳過來似的。

何煦準備出門去學校考試，邊想著那一句話是什麼意思？是嫌她年紀小嗎？

明亮的眼眸暗了暗，這是她隱隱知道但不願意面對的事情。

何煦知道兩人應該差了幾歲，但沒細想過究竟是幾歲，原本以為大概差三歲，沒想到再多一倍。

走出房門，何煦有些心神不寧，下意識往斬雪房間望去，晚上那裡就不再是空房了。

何煦發現對斬雪的在意，比自己所想像的還要更多。

考完試後，時近中午，斬雪傳來一張鋪滿鮭魚卵的海鮮丼，一切如常，沒說為什麼半夜傳了那則訊息，何煦也沒問，在讚歎海鮮丼的同時順道問了斬雪的班機。

靳雪告知了班機與時間，表示晚上就回去了，不過回到住處應是深夜的事。

何煦打了「沒關係」三個字，在送出訊息前又默默刪掉。

這幾天一直不時出現的想法越發清晰——想去接機。

這念頭湧上時，何煦甩甩頭，覺得太瘋狂了。她人在台北，明日還得打工，而且她於靳雪來說非親非故，突然冒出一句「想去接機」會不會顯得唐突？

何煦很煩惱，一路走到社區大樓樓下，卻遲遲沒再往裡面走。徘徊不定的樣子，恰巧被咖啡廳內剛閒下來的韓芷晴看見。

「何煦。」

韓芷晴的輕喚伴著門上風鈴一同響起，何煦發現是韓芷晴時露出笑臉，「店長！」

「妳怎麼在這？考完試了？」韓芷晴問。

「有幾門課考完了，通識課的教授讓我們用報告代替考試，下週就不用去考了……」何煦看起來有些心神不寧。

韓芷晴端詳那張小臉，問道：「發生什麼事了嗎？」

何煦睜大眼睛，眨啊眨的，又低下眼來，猶豫地說：「我……去接靳小姐的機會不會很奇怪？」

韓芷晴看她很糾結，反問：「妳覺得這是一件不好的事情嗎？」

何煦一愣。

「就說是去幫忙扛行李。」韓芷晴忍著笑，故作正經地道：「這不就好了嗎？剛出國回來，大包小包的，妳就當是去幫忙。」

何煦頓時豁然開朗，道謝後就往大樓反方向走去。走到一半，被韓芷晴叫住。

「對了，何煦。」

何煦回過頭。

韓芷晴說道：「店裡會再請一位工讀生，沒意外的話，月底會有個學姊來上班，先跟妳說一聲。」

何煦愣了一下，點點頭，「好的！」

韓芷晴微微一笑，揮了揮手。

忙著趕往機場的何煦自然沒注意到韓芷晴笑裡的深意——

可惜沒能見到靳小姐吃驚的樣子。

路上，何煦的腳步輕盈許多。

對啊！她怎麼沒想到可以當扛行李的？

有了一個去見靳雪的理由，何煦頓時有了底氣。

但她還是很在意，關於那則意外看見卻沒來得及回覆的訊息。

昨晚自己只在通知欄見到訊息文字，靳雪大抵也不知道她其實看到了內容。

何煦不想裝作沒這回事，儘管靳雪從未提起，只是自然地分享今日行程。

這時間，靳雪應該已經去登機了，日本時間下午三點半起飛的飛機，抵達桃園機場約晚上七點，何煦看了看，還有點時間可以逛逛。

既然要去接機，她不打算空手而去。

登機前，靳雪發了一則訊息給何煦，等了一會，沒收到回覆，靳雪輕吁口氣，將手機關機。

五天四夜的北海道之旅結束了，玩得盡興之餘，疲倦湧上。一群人紛紛入座，等待飛機起飛之時，各自聊著等等回到台灣後要如何回家。

有的同事是老公、小孩或兄弟姊妹會來接機，或是早已預約機場接駁，三三兩兩結伴同行，也有的是男女朋友在機場守候。

任任轉過頭，朝靳雪問道：「妳呢？怎麼回去？」

在歡快的氣氛下，靳雪放輕音量，淡淡道：「自己回去。我哥提早去工作了。」

任任的神情閃過一絲驚訝，「那——」

「沒關係，我可以自己回去，不用多擠一個接駁車位子給我。」靳雪道。

本以為靳宇會來接機，所以沒有一同預約接駁車，沒想到靳宇臨時被召回去工作，提早離開台北。

靳雪得知後並無太大反應，對她而言，桃園與台北距離也不遠，只是要拖著行李回去有點累。還有……一個人回家有點孤單而已。

不過靳雪很快調適好心情，因為過去幾年都是如此。

飛機起飛，靳雪戴上眼罩，日本飛台灣就是睡個覺、發個呆之間的事。

只是她沒想到會有個驚喜，或是說驚嚇，正等待著她。

想像中，接機都是挺浪漫，挺溫馨的，但何煦沒想過，自己連接機都會迷路。

首先，桃園機場分第一航廈與第二航廈，沒出過國的何煦不知道兩個航廈差別在哪，在第一航廈下了車，晃了一圈怎麼也找不著靳雪的航班資訊，只好請教服務人員。

「這班是在二航，這裡是一航喔。」對方親切地說。

何煦感到晴天霹靂，距班機抵達剩不到一小時了……

服務人員見何煦一臉懵，於是指引她去坐兩航往返電車。

經過一番波折，何煦總算順利搭上電車，不怕再走錯航廈，可時間也所剩無幾。

會不會碰不到？

何煦忐忑不安，前行的腳步跟著加快。

雖然過程有點曲折，但至少這次靠譜了吧？

何煦本來是這樣以為的，沒想到接下來是手機出了問題。

這支父母贈送的國中畢業禮物，也是何煦第一支智慧型手機，時過四年，電量與效能早已大不如前，可何煦就是捨不得換。

看著電量快歸零的手機，何煦越來越焦慮。

機場內肯定有可以充電的地方，可是在哪？如果現在去充電了，那等一會兒怎麼跟靳雪碰頭？

何煦有點沮喪，怪自己沒事先做好功課，許多可以避免的狀況她都碰上了。

看了眼時間，七點了，靳雪的班機該抵達了。

她該怎麼用最後一點電量讓靳雪知道自己在哪裡，順利碰頭呢？

處在人來人往的機場大廳，何煦看起來就像一隻迷途羔羊。

她所處的位置正在服務台附近，服務人員見狀上前詢問。

「需要幫忙嗎？」

何煦看到救生筏似的，把自己的窘境說了一遍。

反應敏捷的服務人員立刻幫忙查航班資訊，「那班旅客應該正在拿行李，動作快的可能已經準備離開了。」

何煦臉色刷白，服務人員又趕緊道：「我幫妳廣播看看好嗎？」

廣播？

兒童走失的那種廣播嗎？

在服務人員殷切的注目下，何煦僵硬地點點頭，打開網路，用殘存的電量知會靳雪自己在機場裡。

下一秒手機便關機了，畫面一片漆黑。

廣播聲同時傳來——

「旅客靳雪小姐，旅客靳雪小姐，您的家人正在……」

剛拿到行李準備離開的靳雪一聽到廣播立刻抬起頭，同時與任任對上眼。

「那是……在叫妳嗎?」要不是靳雪的名字太特別，任任壓根不會這麼想。

靳雪一時也很茫然，可能來接她的人只有靳宇，她掏出手機打開網路一看，不禁愣住。

「我跑來給妳接機了。」

顧不得任任，靳雪拖著行李大步趕往服務台。

任任在後面呼喊也沒辦法把人喊停，只能摸摸頭，喊了句:「保持聯絡啊!」

穿梭在人群中，靳雪的腳步急促，沒有平日的淡定從容。

穿過偌大的大廳，找到服務台的位置，見到了不知所措、東張西望的小朋友。

靳雪放慢腳步，凝望那看上去有點笨、有點傻的小傢伙。

她……真的跑來了。

自己今晚就要回去，何煦其實不用特意跑這一趟，台北到桃園還是有些距離的……可是她來了。

靳雪很高興，出國玩這五天的快樂加起來，都比不上此刻的喜悅。

小朋友左顧右盼，看上去急躁而不安。

正當靳雪欲出聲時，何煦像是感覺到什麼，看了過來。

四目相迎，像是初識那天的午後，與何煦對視的那一瞬，有個想法自然地傾洩——

好清澈、好明亮的黑色雙眼。

此時，與何煦再次不期然的對視，靳雪的想法也不同了。

——想被這雙眼睛一直這麼凝視著。

「何煦。」靳雪走到何煦面前，率先出了聲。

小朋友微仰起頭，語氣著急，「對不起對不起，我沒先跟妳說——」後面的話，在一個擁抱中失了聲。

「沒事。」

頭頂上方的聲音冷涼如雪，彷彿沾著北海道的清風輕輕拂過，「看到妳，我很高興。」

細雪紛落，日暖霜融。

千言萬語也比不上一個風塵僕僕的擁抱。

何煦輕輕點頭，手輕放到靳雪背上，微微收緊。

決定來這一趟，太好了。

何煦本以為靳雪會大包小包地回來，但她的行李精簡得讓人詫異，只有後背包與行李箱。

「那我拉行李箱！」何煦自告奮勇。

靳雪點點頭，將那不算大的行李箱交給何煦。

接下來本該一路溫馨，可何煦似乎有點緊張，行李箱拉得不太順手，走走停停，靳雪在旁看著，脫下自己的後背包。

「交換。」

何煦不好意思地摳摳臉頰，將行李箱交給靳雪，改背那不符她年紀的皮革後背包。

相較何煦的忐忑，靳雪心情不錯，前去搭桃園機捷時，她瞥了眼有點無精打采的何煦，說道：「後背包裡的東西都是給妳的。」

「咦?」何煦眼睛一亮,訝異中有著藏不住的喜悅,「給我的嗎?」

斬雪還是習慣看何煦開開心心、充滿朝氣的樣子。

「嗯,都是要給妳的。」

「謝謝!」何煦笑容明亮,方才那點陰鬱一掃而空,「我也有東西要給妳。」

沒想到何煦不是空手來接機,斬雪有點訝異,兩人上了機捷,並肩而坐,何煦從小包包中拿出一個紙盒遞給斬雪。

斬雪接過,打開一看,不禁愣住。

「這是……」

從紙盒中拿出了一個木製手機座,斬雪疑惑地望向何煦。

她揚起唇角,開心道:「妳上次不是在看手機座嗎?但都沒有看到喜歡的,我就跑去華山看看。」

手機座的質感相當好,樣式簡單實用,斬雪相當喜歡。

「這邊兩隻狗狗,是想到小熊跟餅乾。」何煦興高采烈地介紹:「左邊比較黃的是小熊,旁邊比較白的是餅乾,而且我有把手機先放上去試試看……」

斬雪的視線從手機座移到何煦的側臉,她滔滔不絕的樣子,讓斬雪捨不得移開目光。

談著自己喜歡的事情時,何煦眼裡彷若有星辰。

斬雪的安靜讓何煦後知後覺地感覺到視線,她側過頭,迎上斬雪沉靜的目光,噤了聲,再四處張望,

「我是不是說太大聲了……」

「沒事。」靳雪拿穩手機座，指腹摩娑，「我很喜歡，謝謝。不過，妳怎麼會來接機？」

何煦一愣，前面太多波折，現在又太高興，壓根把最初的原因給忘了。

她支支吾吾，見到靳雪眼裡的疑惑，才鼓起勇氣說道：「因為……有點在意妳昨天晚上傳的訊息。」

靳雪微愣。

昨晚跟任任喝得有些茫，才趁著酒意把這幾天徘徊在心頭的疑惑傳了出去，今天一早醒來她就收回了。

沒想到，何煦已經看見了。

靳雪心裡起了些波瀾，放在何煦臉上的視線，移向了窗戶。

沉默片刻，靳雪開口：「其實是跟任任聊天時談起妳，她很訝異妳剛升大一，沒想到我會跟一個小六歲的人做朋友。」

此話不假，只是並非全部的實話。

何煦輕輕嗯了聲，眼裡的光在機捷駛進地下道時消失了。

四周靜下，昨晚沒睡好的靳雪忽然睏了，倦意湧上，她輕輕閉上眼。

何煦安靜不敢出聲，怕吵醒她。低下眼，目光落在靳雪皓白如玉的手，骨節分明、修長乾淨，是一雙好看的手。

她放在大腿上的手交疊在一塊，手背輕輕碰著靳雪的。

她們差了六歲……

何煦思緒正亂，右肩忽然多了一股重量，她身子微僵，在對面的車窗上見到自己與靳雪的倒影。

靳雪閉著眼，倒向她的右肩，何煦挺直身子，舉起手，小心翼翼扶著靳雪的額，就怕捷運的顛簸會讓她的頭磕到。

髮絲輕搔著何煦的臉頰，隱約有股淡香縈繞鼻間，來自靳雪身上。何煦微微往旁看，見到平靜的睡顏，心底湧上難以言喻的感覺。

只是做朋友的話，差六歲沒有什麼，但要再進一步……她還有四年才畢業，那時靳雪已年近三十了……

她想一直看著這個人，想看著她一輩子——

這樣唐突的想法忽然冒出，何煦心口一跳，心裡有些慌。

知道自己想得有些遠了，可她很難不繼續想下去——什麼都可以努力，但擺在那的年齡差已成事實。

靳雪在何煦肩上睡得很安穩，她的體溫比常人高一些，冬日這麼靠著，令人感到溫暖與心安。

靳雪隱約感覺到何煦細微的動作，包括挺直腰桿、手輕扶著，都是為了讓自己好睡。

胸口彷若有股暖流緩緩淌過。

如果能一直搭著這班車，永遠保持這樣，不需要送何煦離開該多好……

靳雪不知道什麼時候會失去何煦，只知道現在的每一刻，都是可以把握的。

有一天，何煦會長大，見到世界的遼闊時，會明白世上多的是比自己更好、更值得停留的人。在那天來臨之前，靳雪只想安靜地待在何煦身邊。

這樣就好。

Chapter 6

冬日細雨，連綿不斷。

何煦走出教室，站在走廊望著外頭的陰雨，拿出手機拍了一張，將照片傳給靳雪。

今天是兩人約好去木柵動物園的日子，不巧遇到了雨天。

早上靳雪緊急傳了則訊息給何煦，告訴她公司臨時有事，她會盡力在中午前處理完。

時近中午，天空下起了雨，靳雪又傳來訊息：「看來今天不能去動物園了。我留在公司加班，可能要到晚上，下班再跟妳說。」

何煦看著訊息好一會兒，才回傳一句「辛苦了，上班加油。」便收起手機，撐起雨傘，慢慢走回住處。

昨日的豔陽彷彿一場夢，何煦記得自己還興致勃勃地閱覽木柵動物園的資訊，今日沒徵兆的大雨一下子就壞了這一週的期待。

何煦拍拍臉，打起精神，晚上見靳雪才能開開心心的。

沒有人可以控制天氣好壞，突發狀況也是。

一大早，靳雪就收到緊急狀況，必須進公司處理。本就擔憂中午前會處理不完，沒想到後來還下了雨。

中午，靳雪落了句「午休結束再繼續」後，大夥四散，各自歇去。靳雪眨眨酸澀的眼睛，拿出手機，收到何煦的訊息。

這雨下得不巧也巧，多少鬆了靳雪繃緊一上午的神經。動物園可以再去，工作卻得立即處理。

靳雪邊想邊用手機查找附近的甜點店，想著晚上回去要買點好吃的帶給何煦。

啪嗟。

四周頓時陷入黑暗，靳雪抬起頭，意識到了是停電。

靳雪拿著手機環視四周，發現午休時間大家都出去了，偌大的辦公室只有她一個人。

怎麼回事？難道是例行檢修忘了通知她？

靳雪腦中閃過無數個可能性，小心翼翼地走到門口牆邊，欲抬手摸上開關時，門忽然被打開——

「祝妳生日快樂——祝妳生日快樂——」

眾人齊唱的〈生日快樂歌〉湧入辦公室時，一向冷靜理性的靳雪也不禁呆愣在那，看著任任手上拿著點好蠟燭的大蛋糕，與她身後的同事們，靳雪臉色柔和幾分。

「生日快樂，靳老大！」

眾人圍著壽星，掌聲四起，靳雪揚起難得的淺笑，向工作夥伴們一一點頭致謝。

幾個比較活潑外向的，見到靳雪百年一見的笑容，表現浮誇，直嚷著「上輩子肯定燒好香，這輩子才有緣一見BOSS的笑容」，氣氛歡快熱鬧。

「許願！許願！」任任帶頭起鬨，靳雪嗔她一眼，敵不過眾人的期待，於是許了三個願望。

前兩個無非是與公司相關的願望，最後一個，靳雪許在心裡。

蠟燭吹熄後，辦公室的燈亮起，靳雪也見到任任臉上的心虛，兩人熟識多年有著不可言喻的默契，靳雪眉一挑，「怎麼樣？有什麼事沒說？」

任任哎了聲，幾個人同時別開眼神。

靳雪嘆口氣，語氣帶著妥協的無奈，「好好，今天看在你們這麼用心，說什麼我都不計較、不生氣。」

聞言，任任臉色頓時明亮，語調上揚，「太好啦！妳說的啊！那……其實專案沒出包，說出問題是為了把妳拐來公司，妳也不生氣齁？」

靳雪呆了一下，臉色有些難以言喻，「……所以，我忙一早上都是白忙的？」

見到任任點頭，靳雪默了下，在眾人尚未反應過來時，手沾了奶油，就往任任臉上抹。

靳雪瞇著眼睛，語氣和悅地說：「處罰。」

任任呆住了，滑稽的樣子讓眾人發笑，氣氛和樂融融。

對靳雪而言，同事難得有這份心，浪費一早上的時間就沒什麼了，只是……對不起何煦。

雖然雨天也不適合去動物園，但希望晚上能一起吃飯。

任任邊哀號邊走到洗手間去洗臉補妝，空檔的時間，另一名同事說道：「BOSS晚上沒事吧？我們包下了酒吧要給妳慶生。」

靳雪一愣，瞧夥伴們臉上的期待，她想了一下，有些遲疑地點點頭，「沒問題。」

面對同事們的用心，靳雪不忍推辭，她也許久沒有跟大家一起吃飯了。

得知晚上在哪間酒吧慶生後，靳雪本想將資訊轉給何煦，卻在發出前的一刻停下。

該用什麼關係告訴何煦自己的行程呢？

過去她把何煦當做一個聊天對象，想到什麼都跟何煦說，何煦也一樣。

可那時她們是朋友，現在也還是嗎？

靳雪仍記得機場那個擁抱，情不自禁的時刻，腦海中都是何煦——這幾天也是。

但她踰矩過一次，當時被何煦甩開了手。回國那天，雖然何煦也回給她一個擁抱，但她就怕距離一下沒抓好，又會再見到何煦臉上不知所措，甚至有些困擾的表情。

有些事情一旦開始在意，便無法理所當然了。時時刻刻注意自己的舉止，小心翼翼地與對方相處。

正因為擁抱那人的渴望日漸加深，所以才更要小心地保持距離……靳雪輕嘆口氣，將吃完蛋糕的空盤子扔進垃圾桶裡時，恰巧與任任碰著。

對上那人討好的笑容，靳雪一個冷眼掃過去，輕哼了聲。

任任刮刮鼻梁，解釋道：「哎，難得有這個機會幫妳慶生嘛……」

靳雪瞅著她，不說話，任任被盯得心裡發寒，趕緊轉移話題，「不說這個了，我剛剛收到一個合作邀請，妳猜是誰？」

靳雪擺著「妳敢吊我胃口試試」的表情讓任任自己體會，她沒膽繼續裝神祕下去，趕緊公布答案：

「是冉然。」

靳雪微愣。

冉然是現下討論度最高，迅速竄紅的YouTuber之一，也是靳雪有關注的創作者。

「合作企劃呢？」斬雪問。

「還滿有趣的，應該會接下，詳細的就讓經紀人去談了。」任任回道。

YouTuber之間的合作很常見，常是雙方得利。

斬雪曾想過幫任任找合作機會，沒想到機會這麼快就來了，她樂見其成。

「不過，妳們是從什麼時候開始策劃這些的？」聊完再然，話題又繞回生日驚喜。

任任揚起唇角，「出國前嘍！剛好聊到妳生日快到了，願意參與的人又多，所以乾脆包了酒吧——誰知道妳今天居然請假，只好趕緊想辦法把妳拐來公司。」

斬雪覺得好氣又好笑，更多的是感激與喜悅，她不敢說自己是好相處的上司，沒想到夥伴們如此用心。

六點一到，辦公室準時關燈，一大群人浩浩蕩蕩地前往酒吧。

走出公司時，斬雪仰頭一望，天色昏暗，雨終是停了，落在何煦那的雨也是。

「既然拜完了，要直接回去還是先在這附近吃晚餐？」戴語筑問。

知道何煦與斬雪因雨取消去動物園，戴語筑便問何煦要不要去廟裡走走，何煦想了下，答應了。

或許是中午突然的大雨使得本該人聲鼎沸的廟宇有些清冷，兩人進去廟宇，懷著虔誠與敬意拜過一輪，最後各自在月老那求了紅線。

走出廟宇時，戴語筑有些興奮地說：「希望這紅線可以早點不見！」

相較戴語筑的興奮，何煦顯得有點低落，她輕輕嗯了聲，跟著附和：「希望……」紅線是順利求到了，可何煦沒忘記今天一路的筊杯，好似在告訴她，自己都不堅定了，又何必有此一問？

雖然如此，她還是小心翼翼地收著，畢竟是人生第一條求來的紅線。

問神這事，心誠則靈。雖然不算是得到一個好結果，但到廟宇裡走一趟，何煦覺得心定了許多。

關於靳雪……何煦打算順其自然，不願躁進，也不退縮。

兩人決定在附近的餐館用餐，吃飽後再回住處。

飯間，戴語筑問道：「對了，任任見面會的地點確定了嗎？我上次好像有看到她公布時間是十二月初，地點好像還沒說？」

「好問題，我看看。」何煦掏出手機查看，靳雪曾發給她宣傳海報，不過一時間何煦沒找到，「嗯……我再問問，確定跟妳說。哦，我晚上可能會晚點回去。」

戴語筑頓時疑惑，「待會回去妳還要出門啊？」

瞧何煦露出的羞赧，她知道跟靳小姐有關。戴語筑沉吟半晌，放下手中筷子，直看著何煦。

「妳……」

何煦被這眼神盯得有些發寒，「幹、幹麼？」

「妳現在跟靳小姐是……怎麼樣？」

最近何煦的話題大部分都圍繞著靳小姐，一開始戴語筑沒放在心上，認為對方就是何煦新交的朋友，但上次知道靳小姐單身後，何煦的反應太過高興，戴語筑開始注意起何煦的心情。

認識何煦六年，邁入第七年，她沒見過何煦對誰這麼在意過。

可那份在意，就等於喜歡嗎？

「就是……像姊姊。」何煦低下眼，看著桌面上的菜單，低聲道：「她把我當妹妹，我也把她當一位聊得來的姊姊。妳知道我只有一個弟弟，不像妳有一個哥哥一個姊姊。」

何煦有時挺羨慕她有哥哥姊姊，戴語筑是知道的，她輕輕哦了聲，想了一下才道：「妳自己清楚就好。」

沒錯把一些感情誤會成愛情就好。

兩人用完餐，離開了餐館，搭上捷運回到住處，在大樓樓下咖啡廳前分別。

「早點回來啊！」戴語筑道。

何煦點點頭，朝她揮揮手，便走進咖啡廳，與店長、老闆娘打招呼後，穿起制服幫忙外場。

後天是靳雪生日，今晚是靳雪生日前她們最後一次碰面，明天靳雪回家過生日，星期一才回來。

所以，今晚對何煦來說相當重要——她要親手煮咖啡做蛋糕，給靳雪生日驚喜。

本來規劃是白天兩人到動物園玩，晚上來咖啡廳用餐，何煦再端出驚喜，很不巧動物園沒去成、靳雪加班，但至少晚上還能見到面。

趁著空檔，何煦發了則訊息給靳雪：「妳快到家跟我說(ノ>ω<)ノ」

靳雪沒有立刻已讀，何煦當她正在公司裡忙著，收起手機繼續收拾桌面、端盤與點餐。

何煦鮮少在平日來咖啡廳，因為有這機會幫忙晚餐時段，才明白為什麼要再徵人。見這翻桌率，何煦忍不住問：「每天都這麼忙嗎？」

「是啊。」韓芷晴忙中不忘笑容，邊做飲料邊道：「這三個月幾乎都這樣，客人變多了，而且滿穩定的，觀察一陣子我跟秋姐決定再請一位工讀生幫忙，下週六妳就會見到了，她主要做平日，假日我讓她有空再來。」

「後來還有碰到那個找麻煩的人嗎？」

韓芷晴將廚房做好的餐點交給何煦，眨眨眼，「有妳家靳小姐幫忙，誰還敢造次——畢竟靳小姐的爸媽是這社區的大戶，又擔任主委，真是謝謝她了。」

何煦微愣，這事她是第一次聽說，她只知道房東似乎是靳雪的母親，但沒想到她的房子不只八樓這戶。

何煦將餐點送達桌席，一邊想著關於靳雪，她似乎還有許多不清楚的事。

七點半後，陸續收桌，八點時何煦將門上牌子翻面，改為「休息中」。

在後邊關燈的韓芷晴問道：「靳小姐等一會兒過來嗎？等等我跟秋姐先走，空間留給妳們。」

「我看看……」何煦拿出手機，果真收到靳雪的訊息，但當她點開時不禁一愣，反覆看了幾次，眸光黯淡，一顆心一點一點地沉了下去。

深吸口氣，何煦轉過身，朝韓芷晴一笑，「我想……我們可以一起離開，她……不會來了。」

——「我今晚跟同事在酒吧慶生，不會回去了。」

燈光昏暗，觥籌交錯。

酒吧放著慵懶的藍調，一夥人坐在半開放式空間內的大長桌，點過餐後，佳餚放滿桌，一人一手酒杯暢飲，不怕人喝，就怕不喝。

「是要不醉不歸嗎？」靳雪眉梢一挑，目光巡視大夥，舉起酒杯道：「好吧，謝謝大家，年終我會向上爭取的。」

聞言，歡呼聲四起，一群人在一塊，你一言我一語，聊得歡快。

幾杯酒液下肚，在酒酣耳熱之際，靳雪注意到了何煦的來訊。

一半高興，一半掙扎，兩種情感互相拉扯，靳雪強迫自己專注在歡笑聲中。

這並非應酬酒局，沒有強灌酒之事，可靳雪在煩躁之下還是喝多了，雙頰很快地染上緋紅。

「我去洗手間。」

靳雪落下這句話，起身離開座位，腳步有點虛浮，不放心的任任假意有電話跟了上去。

「妳今天怎麼了？」跟進廁所後，任任面色嚴肅，對著鏡子中顯然喝茫的靳雪說：「妳平常不隨便喝這麼多的。」

認識的這幾年，靳雪一直有分寸，知道自己酒量在哪，從不隨意喝過頭。

靳雪打開水龍頭，掬一把水，往臉上撲，她低垂著頭，長髮自然垂落於臉龐，遮掩臉上的茫然。

她也不知道為什麼會這樣。

靳雪冷靜理性，情緒感受力低，臉上冰雪常駐。除了家人，便沒什麼值得在意的，所以這麼多年來，面對紀文旭對自己坦白的愛戀，她總能視若無睹。

靳雪覺得自己就是這般無情的人，會持續一輩子，沒什麼能改變她。

可是當她漸漸沒有辦法以平常心對待何煦，面對那如陽的笑容，想擁入懷的衝動日益加深，她知道自己改變了。

但何煦沒有。

何煦一如初見的溫暖、美好，改變的人只有自己。

「阿雪。」

聽見許久未聞的小名，靳雪猛地抬起頭，見到任任憂心忡忡的表情。

「妳還好嗎？」

任任這麼喊自己時，靳雪知道，她是以朋友、閨密的身分在關心自己。

靳雪也卸了下主管的身分，揚起淺淡的、苦澀的笑容。

「今天晚上能不能讓我睡妳那？我怕……」靳雪輕閉上眼，酒勁湧上，昏沉的思緒中，有些事情越想越明白。

「要是這樣回去見到何煦，我會忍不住衝動……搞砸我跟她的關係……」

任任心中一震，原來何煦在靳雪心中的分量已經如此之重，到靳雪無法壓抑的地步。

任任輕嘆口氣，點點頭，靳雪再次睜開眼時，又恢復平日的模樣。

後來，靳雪告訴何煦，自己今晚在酒吧慶生會徹夜不歸，訊息發送出去後，何煦會如何看待自己，靳雪不知道，也不敢知道。

其實一夥人九點半就各自散了，任任陪著靳雪走出店門，招了輛計程車，便對大家說：「我跟BOSS一道，你們也早點回去休息吧。」

一上車，靳雪迷迷糊糊的，神態嬌媚，眉眼少了平日的清冷，然後在後座閉眼昏睡。

駕駛座的司機大哥問道：「要去哪呢？」

任任看了眼靳雪，猶豫幾秒，開口報了個地址，司機應聲好，車子便向目的地駛去。

戴語筑正洗完澡出來，聽到開門的聲音，邊擦頭髮，邊抓起手機看，有點訝異。見到何煦，戴語筑道：「我以為妳會更晚回來。」

何煦低頭脫鞋，掩去了臉上落寞的表情，「哈哈哈……時間差不多就回來了。」

戴語筑沒察覺到異樣，接著說：「那妳想不想吃宵夜？我有點餓，來吃點好吃的慶祝期中考考完了！」

何煦欣然同意，兩人各自打開外送平台APP開始找宵夜美食，最後點了一些燒烤跟飲料。與戴語筑閒聊一陣子，何煦內心的陰鬱也散了些。

她沒有回覆靳雪訊息，因為不知道該說些什麼。

當外送員抵達大樓樓下時，何煦與戴語筑兩人猜拳，何煦猜輸，摸摸鼻子下樓拿餐。

拿完餐點正要上樓，卻在夜色中瞥見一輛計程車停了下來，仔細一看，不禁一愣。

查覺到了視線，扶著靳雪的任任望過去，隨即驚喜地睜大眼，「妳是……何煦吧？」

一聽見任任喊自己，何煦趕緊邁步上前，發現靳雪一臉醉意時，震驚又疑惑，「妳好。靳小姐她……奇怪……她不是……」不是不打算回來嗎？

「妳能先幫我扶一下她嗎？妳手上那袋我來拿。」任任說道。

「咦？好！」

任任接過何煦遞來的食物，何煦則是伸手攙扶喝茫的靳雪，在柔身貼上時，她的心跳狠狠地漏了一拍。

或許是因為喝過酒，靳雪的體溫比平日更高一些，何煦滿臉擔憂，將人摟得緊緊的，深怕靳雪摔著了。

任任忍不住彎彎唇角，邊往電梯走邊道：「別擔心，其實她沒喝很多，是喝太快又太烈，所以才這樣，我想回去躺一下就好了。」

「好……」雖然任任說得雲淡風輕，可何煦還是擔心。沒見過靳雪這副模樣，她心裡又慌張又著急。

這些任任都看在眼裡，也慶幸自己在報地址的前一刻改變心意。

自己的直覺是對的。

電梯抵達八樓，任任先扶靳雪回家，何煦回房丟下食物就想跑了，留戴語筑在房內抗議，說要吃光宵夜。

「抱歉抱歉，我想趕快去——」

「何煦。」竹籤插著一塊肉送進嘴裡，戴語筑叫住神色匆匆的何煦，動作慵懶，眼神卻盯著她瞧。

「妳今天拜月老時想的人是靳小姐嗎？」

何煦微愣，手不自覺拽著衣角，她抿了下唇，深吸口氣，手指慢慢鬆開。

「……對。」

戴語筑輕嘆口氣，隨即揚起無奈又帶點欣慰的笑容，「好吧，看來妳這叛徒會比我早脫單了。」

何煦臉頰漲紅，輕聲反駁：「說什麼啦……」

自己最好的朋友終於有了喜歡的人，戴語筑斂起神色，認真道：「妳想清楚就好，清楚這份感情是什麼，就沒問題了。」

何煦點點頭，轉身走出房門，朝著靳雪的房間大步走去。

這份感情……是「喜歡」。

門開時，何煦放輕腳步，隨著任任走進客廳，邊聽她說：「我想靳雪等一會兒就會醒了，醒來後妳就可以回去休息，我等等也要走了。」

何煦點點頭，忍不住問：「靳雪……她還好嗎？」

任任停下，回頭看向何煦，想了一下才回：「這個嘛……」

何煦遲疑地開口：「我覺得……靳雪好像很難過。」

任任的目光柔和幾分，彎彎唇角，「妳可以親口問她。」

何煦眼神清澈，眸光煦暖，她看了不禁接道：「如果妳有什麼想法，可以直接跟靳雪說，要是妳願意的話。」

何煦還沒想明白任任的話中深意，便聽到房裡傳來翻身的聲音，兩人互看一眼，任任先道：「那接下來交給妳了，我先走了。」

何煦點點頭，趕緊走進房裡，因此錯過了任任臉上一閃而逝的笑意。

關上門前，任任望向靳雪房裡，希望靳雪隔天醒來不是責備而是感激。

當何煦一走進靳雪房裡，便見到靳雪微蹙著眉，何煦拿起桌上水杯，蹲在床旁，輕聲問：「妳要喝水嗎？」

酒意未醒的靳雪閉著眼，也沒聽得清楚來人是誰，只是點點頭。何煦便坐到床上，將靳雪扶起，細心地餵她幾口水。

何煦這才看清靳雪酒後的嬌態，酒精催化下，面色紅潤，退去了一貫的清冷與疏遠，毫無防備的模樣看得何煦心口怦然。

好可愛。

何煦不曾將這個詞用在靳雪身上，時常是美麗、漂亮，「可愛」的定義與靳雪搭不上邊。可此時，何煦只覺得她好可愛。

似乎是渴了，靳雪喝得有點急，幾許來不及吞嚥的水自唇邊溢出，順著脖頸優美的線條流下，一道水痕隱入衣領鎖骨間。

何煦放下杯子，拿過衛生紙替靳雪輕輕擦了下，忽地，靳雪往她身上輕靠，何煦身子一顫，低頭問：「會不舒服嗎？」

靠在何煦懷裡，靳雪悶哼了聲，扯著下身的西裝褲，何煦連忙按住她的手，急道：「等一下、妳等一下……不舒服嗎？」

靳雪睜開眼，目光迷濛，靠近何煦的頸窩，溫順地點點頭。

何煦深吸口氣，努力別開目光，張望了下，發現放在床角的居家服。

衣服是有，但是怎麼辦？難道要直接幫她換嗎？

意識到這點，何煦滿臉漲紅，見靳雪又想脫褲子，趕緊說：「好好，那我幫妳換好嗎？」

「好……」

靳雪溫熱的吐息撒在脖頸上，何煦暗自深呼吸數次，眼一閉，笨拙地脫去靳雪的外衣與褲子，再睜眼拿過居家服，又閉上眼將衣服套往靳雪身上後，才敢睜開眼。

何煦心跳急快，從沒這麼緊張過。她輕輕將靳雪放倒床上，見靳雪睡顏安穩，鬆了口氣。

剛意識到喜歡的心情，就幫對方更衣，進度會不會太快了……何煦拍拍臉，聽到震動聲撈起手機一看，讀完訊息險些掉到地上。

「我把門給鎖了，妳鑰匙在書桌上自己應該知道齁？今晚妳就睡靳小姐那裡好了，晚安啊，哈！」

「戴語筑，妳這人……」壓根沒想過要在這過夜的何煦一時間有些無語，還沒抱怨完，就聽到身後有聲音。

何煦回頭一看，呼吸一滯。

斬雪側著身子，睜著一雙迷濛的眼睛，那長版的居家服只蓋到大腿上半，白皙修長的大腿光裸地展現在眼前。

視線上移，因側身而微鬆開的領口隱約可見胸口的柔軟起伏，何煦趕緊伸手蓋住衣領，不讓自己有絲毫機會見到不該見到的衣下春光。

斬雪美得讓人窒息，酒後嬌態盡現，與平日大相逕庭，何煦覺得這晚受到太多刺激，有點消化不良……

忽地，她的衣袖被人輕輕抓住，低頭便見到斬雪纖細修長的手正抓著自己袖口的一角。

「妳……」

何煦的心跟著懸起，被斬雪這麼瞅著，她有點心虛。自己本不該在這，可實在放心不下……

「不是何煦吧……」斬雪呢喃著，又閉上眼，手卻沒有鬆開。

何煦愣了下，不太明白斬雪的意思，但那樣帶點悲傷與哀愁的神情，令何煦的心一揪。

任任說過，有什麼想法直說無妨，此刻何煦想到的，是想將這個人擁入懷中。

而她也真的這麼做了。

床墊下沉幾分，何煦小心翼翼地躺在斬雪身側，心跳很快。

找尋溫暖或許是人的本能，也是斬雪此時唯一的渴望。她主動往何煦靠過去，何煦伸出手，輕輕將她擁入懷中。

下巴輕抵在斬雪頭上，手放在斬雪背上，由上至下，順著背脊一下又一下地輕撫。

何煦覺得不可思議，卻又覺得與這個人已認識許久般熟悉。

儘管何煦還有許多疑問想問，可此刻，她唯一想的就是這個人安好地待在這，平平安安、健康快樂，這樣就好。

相擁的溫暖讓何煦睡意湧上，迷迷糊糊睡著了。

握住斬雪的手從未鬆開。

晨光微曦，斬雪徐緩地睜開眼。

若有似無的咖啡香縈繞鼻尖，斬雪一度以為是錯覺，她坐起身，見到床頭櫃上的咖啡與鹹派便知道是真的，但這些是哪裡來的？

斬雪扶額，努力回想昨晚的種種。

昨晚在酒吧慶生時，斬雪知道任任會照看自己，所以喝得快，失了分寸。

她以為一覺醒來會在任任家裡，但她現在居然在自己房裡，甚至床頭櫃上還有咖啡跟鹹派。

斬雪拿起鹹派時，壓在下面的小卡掉落。她撿起一看，頓時愣住。

小卡上的字跡渾圓可愛，馬上讓她聯想到一個人，見到右下方的簽名，確實如她所想。

靳雪：

等妳回台北後，生日應該也過了，所以我先把答應妳的生日禮物給妳——

我親手煮的咖啡，以及臨時學的鹹派，這些都是錢買不到的，應該合格吧(*´▽`*)

生日快樂

何煦

短短三行字，讓靳雪愕然不已。

隨口說的一句話，竟讓何煦在意到這個地步，心中湧現感動的同時，也從中得知何煦來過。

但她是怎麼來的？

昨晚在喝醉後……難不成是任任直接將她送回來，然後碰到何煦？

靳雪心裡一涼，拿起手機打給任任。不一會兒，電話接通，她直道：「這是怎麼回——」

「呃……那個……」

話未完，靳雪先聽到耳熟的溫暖嗓音，有些愕然，遲疑地問：「……何煦？」

等等，她不是打給任任嗎？靳雪拿起手機一看，頭像確實是任任，可怎麼接電話的人是何煦？

她們兩個為什麼待在一塊？

「是我……」何煦的聲音聽起來有點心虛，像隻受驚的小白兔似的。

斬雪穩了穩心神，默了下，恢復如常，語氣清淡地問：「妳在哪？」

何煦鎮定下來，輕吁口氣，回道：「在附近的早午餐店，剛好碰到任姐姐，就一起吃早餐。」

任姐姐？

這聲「姐姐」喊得有點親密，斬雪決定先放一邊之後再提，又問：「她呢？」

「任姐姐剛好碰到粉絲，她就叫我先接電話……」

確實像任任的作風，不按牌理出牌，但不代表可以這樣把人拉去吃早餐，斬雪正腹誹著，便聽到電話另一端吵吵鬧鬧。

不一會兒，任任輕快的聲音傳來，「嘿，妳醒啦？」

「妳為什麼會在我家附近？」任任不住這一帶，斬雪不相信任任是偶然碰到何煦，還一起吃早餐！

「還不是因為某個酒鬼，所以過來看一下，剛好碰到小朋友就一起吃早餐了。」

「想也知道是妳把人拉住……不說這個了，昨晚怎麼回事？」

任任嘿嘿笑了兩聲，聽上去相當愉悅，斬雪心情可就沒這麼愉快了，不耐地道：「說。」

「總之——」任任沒膽繼續捋老虎的鬍鬚，簡潔扼要地回：「小朋友等等就歸還，我也要走了，妳要是想知道就自己去問小朋友，拜拜——」

電話隨即掛斷，斬雪無語，放下手機，按著發疼的太陽穴從床上站起。

低頭望向床頭櫃上的咖啡，心頭一軟，拿起咖啡杯發現下方也有張小卡，上面叮囑斬雪別空腹喝咖啡。

靳雪輕吁口氣，眼裡泛著一絲寵溺。她收起兩張小卡，走進浴室簡單梳洗。

靳宇十一點會到大樓接人，現在是九點半，還有點時間。靳雪慢條斯理地化妝更衣，忙了一會後，門鈴忽然響起。

門一開，便見到某個小傢伙上門來自首了。

靳雪眉梢微抬，讓出走道，讓何煦進屋。

「呃……因為任姐姐說我先過來會比較好，所以……」何煦摸摸後髮，有點不知所措。

聽何煦三番兩次提起任任，靳雪有點不悅，壓了壓唇角，「所以任任沒說，妳就不會來了？」

這話怎麼聽起來有點奇怪？何煦不知為何背脊發涼，默默地想是不是出門前該看個黃曆……

清晨，她比靳雪早一點醒來，正想悄聲離開，想到明日就是靳雪生日，便想起昨晚沒能送出的禮物。

猶豫了一會，大膽借了靳雪的鑰匙走出房間，到樓下咖啡廳準備咖啡與鹹派，再折返房間，將咖啡、鹹派與紙條留在桌上後便離開了。

走到樓下想買早餐，意外碰到任任，接著就被拉去一起吃早餐。

然後……她就又跑來找靳雪了。

一早上的曲折，何煦始料未及，可至少能在靳雪離開台北前再見一面，她仍感到歡喜。

「算了。」想到桌上好喝的咖啡與好吃的鹹派，若繼續撒氣就太幼稚了，靳雪伸手揉了揉何煦的頭，「昨晚……應該沒什麼事吧？」

昨晚除了同睡一張床外，並沒有發生其他事，何煦想了想，輕輕搖頭，「沒事。」

靳雪寬心幾分，她也記起七七八八，印象中並無踰矩。

何煦舒服地瞇起眼，這不是她第一次被靳雪摸頭，可每一次都覺得怦然心動。

叮咚！

門鈴聲再次響起，靳雪收回手，走向大門，一打開便見到靳宇爽朗的笑容。

「嗨，我們該走——嘿，小朋友妳也在這兒？」

見到靳宇，何煦想到曾誤會他們是情侶，便感到有些羞愧，趕緊向靳宇點頭打招呼就準備離開，卻被靳宇叫住。

「等等。」

靳雪與何煦同時看向靳宇，而靳宇的視線在兩人身上來回掃了一遍，彎彎那雙桃花眼，笑道：「小朋友，妳要不要一起去宜蘭玩？」

何煦一愣，靳雪也是。

何煦連忙擺手，「不、不用了！太打擾你們了……」

「不打擾啊。」靳宇打趣的視線飄到靳雪臉上，「我們家很好客的，況且這次又是靳雪生日，人多才熱鬧。」

靳雪微抬眉梢，回看一眼自家不知道打什麼主意的二哥，反應過來後，她其實不排斥何煦踏入她的私領域。

但是，何煦準備好了嗎？

「我覺得……挺好。」靳雪望向何煦，壓抑著一絲期待，佯裝不在意地隨口道：「但如果妳不願意就不勉強。」

在旁仔細觀察靳雪的靳宇，內心嘖嘖兩聲，搶在何煦拒絕前又說：「我家有兩隻大狗狗，小熊跟餅乾，很可愛喔。」

身為犬控的何煦心中動搖，給了靳宇插足的機會，「不麻煩、不麻煩，我家有客房，週一妳可以跟靳雪一起回來——」

一起……

想著都讓人覺得美好。

靳雪微微點頭，「我可以。」

在兄妹倆的注視下，何煦有點緊張，但不想錯失與靳雪多相處的機會，於是點點頭。

那一瞬，靳宇見到自家妹妹冰霜常駐的臉上，閃過一絲欣喜。

這兩人喔……靳宇愉悅地彎起唇角，怕何煦反悔，便催著何煦回房，給她一點時間收拾行李。

房門關上，兩人站在外頭獨處，靳雪瞪靳宇一眼，「你這是怎樣？」

畢竟被靳雪冰凍二十幾年，靳宇毫不在意，兩手隨意插在口袋，笑道：「沒怎樣，不過，妳敢說小朋友跟妳之間沒什麼？」

靳雪別開眼，默了下才說：「……沒什麼。」

靳宇追問：「那妳對她也沒什麼？」

何煦的房門再度打開，阻斷靳宇的窮追不捨，靳雪淡淡地瞥他一眼，逕自拉過何煦往樓下走。

何煦一頭霧水，還是乖乖地任靳雪拉著自己走。

在兩人身後的靳宇邊笑邊搖頭，邁開長腿跟了上去。

Chapter 7

經過一個半小時的車程後，何煦來到了從未造訪的宜蘭。

「妳沒有來過宜蘭？」駕駛座的靳宇訝異不已，「妳哪裡人？」

「新竹。」

靳宇哦了聲，點點頭，「新竹是有點遠，不過現在妳在台北念書，以後應該比較有機會跟同學去到處玩。」

靳宇健談，談吐幽默風趣，沒有何煦原先想的尷尬，聊得挺愉快的。

靳雪坐副駕駛座，偶爾回上幾句，十句有八句都在損靳宇，靳宇總是笑嘻嘻地回應，不難看出兄妹倆感情深厚。

從與靳宇的言談中，何煦大抵瞭解了靳家的狀況。

靳家有三個小孩，大哥靳陽、二哥靳宇、小妹靳雪，一家五口原本居住在台北，後來大哥靳陽先到宜蘭工作，靳父靳母也跟著買房搬過去。搬家前，又在台北買了兩層樓當起房東，交給靳雪打理、居住。

靳宇則是全台接案，沒有攝影工作的空檔，不是回老家就是找靳雪，要不就自己去旅遊，過得相當愜意。

「我們家啊，就大哥比較嚴肅，但他只是嘴笨不會說話，妳別怕他。」

抵達靳家前，靳宇先給何煦打了預防針，「他是個老實人，有點死腦筋，但人挺不錯的。」

何煦點點頭，望向車窗外的陌生景色，她不覺得害怕，還有點興奮。

或許，是因為有靳雪在吧。

何煦望向靳雪，剛好與靳雪對到眼，揚起笑，一臉傻乎乎的。

駛過不陡的山坡後，轎車一路駛進靳家庭院，車剛停好，那棟精緻別墅的門敞開，兩隻狗狗歡快地飛奔而來。

牠們朝何煦撲了上去，東聞西嗅，尾巴搖得很勤。

靳雪走到何煦身旁，出聲道：「小熊、餅乾，坐下。」兩隻大狗立刻坐下，圓滾滾的眼睛仍盯著何煦瞧，不斷嘿嘿地拚命吐舌，模樣可愛極了。

「喂喂，怎麼看到小朋友比看到我還興奮？」靳宇走過去，蹲下抱住小熊跟餅乾，兩手揉著柔軟的毛，「兩隻小臭狗。」

靳雪沒理靳宇，逕自拉過何煦冷不防地說：「你才臭宅。」悠悠走了過去。

何煦沒忍住地噗哧一聲。

進門前，何煦深吸口氣，想到要見靳雪父母還是有點緊張。

靳雪察覺到她的不安，抬起手，放到何煦頭上輕輕順了幾下。

「沒事，妳就當到朋友家玩，住個兩天。」

何煦想起高中時也曾去別人家叨擾過，但從未如此緊張……

家中有爺爺奶奶、外公外婆，許多親戚也常上門拜訪，所以何煦並不怯於跟長輩見面，可她此刻這麼緊張，是因為對方是靳雪的父母嗎？

還未想明白，靳雪便推門而入，領著何煦走進去，立即見到坐在客廳裡的靳母。

何煦連忙微微鞠躬，禮貌地打招呼，「阿姨好！我是何煦。」

「好好。」

知道會有客人來訪的靳母，見到何煦仍有點訝異，沒想過對方年紀這麼小。何煦面容清秀，氣質溫和煦暖，倒是第一眼就挺喜歡的。

「妹妹，妳先帶朋友上去放行李，休息一下，等等就可以下來吃飯了。」靳母道。

靳雪點點頭，便帶著何煦上樓。

何煦跟在靳雪身後，邊聽她說道：「右邊比較大間的主臥，原本是我爸媽的，不過後來他們搬到一樓，就給我那東西一堆的二哥睡了。左邊第一間是我大哥的房間，旁邊是儲物間。」

走到儲物間另一邊的房門前，靳雪回頭說道：「這間就是我房間。」

靳雪一打開房門，何煦有些愣住。

有別於台北租屋處的冷色調，靳雪老家的房間是木色海洋風，既溫暖又清爽。

「我喜歡海啊、湖啊那些的，我爸媽就把我房間布置成這樣了。」

「好棒！真的很美！」

何煦環視房間，雖然坪數不大，但是裝潢相當用心，是間讓人踏入就不想離開的房間。

何煦驚歎的目光讓靳雪有點害臊，關上房門拉著何煦走到旁邊的房間，打開門說道：「這間就是客房——」

望進裡邊時，兩人同時愣住。

靳雪印象中簡單乾淨的客房，不知什麼時候堆滿了雜物，見到一堆攝影器材，靳雪直接從二樓往樓下喊道：「靳宇，給我上來。」

樓下的靳宇寒毛直豎，立刻從沙發上彈起，連忙走往二樓，「嘿！我來了——」

一走到二樓，靳雪臉上的怒色讓他縮了下，「怎麼了……」

靳雪雙手抱臂，冷著臉說道：「自己看。」

靳宇一見到客房裡面的攝影器材與舊電腦，才想到前些日子他將攝影器材跟電腦全換新了，舊的就扔到這裡。

完蛋了……

冰冷視線扎得他後背涼涼的，他的腦袋快速運轉，靈光乍現。

「那……讓何煦睡妳房間就好啦！」

話落，兩人一愣，互看一眼，何煦先別過頭，慌張道：「我、我……睡相不、不好……」

靳雪對這提議沒半分異議，心裡有點高興，但面色仍舊冷淡，瞇了瞇眼說道：「好吧，我房間是雙人床。」

何煦的心咯噔了下，手上行李瞬間被靳宇接過，直接放到靳雪房裡。

「吃飯了！」

靳母的聲音從樓下傳來，靳宇先跑了下去。

靳雪看了何煦一眼，輕問：「不願意？」

何煦滿臉漲紅，搖搖頭，「沒、沒有……」

靳雪別開眼，佯裝隨意地說：「反正……也不是沒有一起睡過。」可惜自己醉了沒什麼印象。

呃？何煦耳根子一紅，無法否認，這事就這麼定下了。

何煦不是不願意，只是覺得害羞，不過這樣一來，晚上就能單獨與靳雪相處，跟她說聲生日快樂，她便感到歡喜。

時近傍晚，靳雪與何煦分別牽著小熊、餅乾出門散步。

夕照舒適、徐風宜人，走進公園後，兩人漫步於林徑中，十分愜意。

她偷偷覷著靳雪的側臉，見樹葉縫隙撒下無數光點，輕輕灑在靳雪身上，這畫面令何煦有些恍惚。

「好看嗎？」

靳雪清冷的聲音響起，何煦身子一顫，心虛地收回視線，看上去手足無措。

靳雪的目光柔和幾分，一手牽著小熊，一手撥了撥頭髮，「應該不會很不自在吧？」

何煦牽著餅乾，搖搖頭，「不會，妳們家的人都很好，很謝謝大家這麼照顧我……」

何煦的神情誠懇，靳雪不禁伸手摸摸她的頭。何煦身子一頓，跟著停下，乖乖地讓靳雪摸著，頓時有種自己是小熊跟餅乾的錯覺。

兩隻狗狗乖乖在主人身邊待著，尾巴一左一右地搖擺。

順了幾下，斬雪似乎想到什麼，不禁道：「妳跟小熊、餅乾好像有點⋯⋯」像這個字還未說出口，眼神已出賣了她的心思。

何煦癟癟嘴，小聲抗議：「我跟小熊、餅乾哪有像⋯⋯」

「那不摸了。」斬雪很快收手。

何煦下意識地抓住她的手腕，對上斬雪饒富興味的目光，愣了一下，害臊地說：「要、要摸啦⋯⋯」

斬雪揉揉她的頭，心情很好，說了聲「小朋友」後繼續往前走。

小朋友？

何煦抿了下唇，也牽著餅乾跟上去。望著斬雪纖瘦迷人的背影，踩著不高的跟鞋，可氣場仍舊強大，令人望而生畏，卻又移不開目光。

察覺到何煦沒跟上，斬雪停下，回頭一望有些愣住。

何煦總是將情緒寫在臉上，很好理解也很好懂，可現在，斬雪有點不明白她在想些什麼。

對於不懂的，斬雪便直問：「怎麼了？」

見到主人在前方，餅乾興奮地往前走，何煦回過神，被餅乾拉著走。

站定在斬雪面前，何煦沒忍住那點失落，輕問：「六歲⋯⋯差很多嗎？」

斬雪聳聳肩，不答反道：「我念大學的時候，妳差不多才小學畢業，這樣不多嗎？」

六歲的差距放到了年級上做比較時，距離似乎變得更遠，何煦哦了聲，反駁不了。

正當她心裡的失落不斷擴大時，手忽然被人挽住。何煦猛地抬起頭，見到靳雪自然地挽著她的手時，心咯噔了下。

「我覺得這也沒什麼不好。」

靳雪望進何煦眼裡，彷彿能見著一片陽光。何煦的目光始終清澈、始終注視著自己。

「自己堅定就好了。」靳雪說。

何煦咦了一聲，有些摸不著頭緒，感覺到靳雪似乎挺高興的，她也跟著開心。

靳雪前幾天還為此苦惱不已，可當逃避過後收到何煦的溫暖祝福，她便想明白了。

並不是覺得六歲的差距沒有什麼，而選擇接受並面對。現階段的她們仍是朋友，關係不慍不火，能保持這樣的關係，靳雪已經很滿足了。

或許有一天，兩人會進一步，又或許不會，但無論如何，至少靳雪明白，世上有那麼好的一個人。

雖然傻了點就是了。

兩人閒聊著，靳雪隨口問起戴語筑，何煦這才想到前些天去拜了月老，便道：「我覺得拜月老滿有趣的！」

「月老？」

何煦點頭，「因為我室友想脫單，聽班上同學說月老很靈，所以我就陪她去拜一拜。」

挽著的手下意識地摟緊幾分，可靳雪面上仍雲淡風輕，佯裝若無其事地問：「妳也想脫單？」

何煦紅了紅臉，直搖頭，「我是被室友拉著去拜的……但還是有從月老爺爺那拿到一條紅線。」

何煦從口袋中掏出短夾，拉開零錢格，沒注意到靳雪眼裡的深意，自顧自地翻著，很快地在零錢堆中翻出一個小紅包。

「妳拜過嗎？」

靳雪搖搖頭，接過紅線一看，再看看何煦臉上的笑容，心情五味雜陳。

握了握手中紅線，靳雪還給何煦，「我覺得，我會單身一輩子。」

「才不會！」何煦顯然不同意，略激動地說：「妳、妳那麼好，怎麼可能會一直單身……」

靳雪眉梢微抬，臉上染上一絲欣喜，「好？我哪裡好？」

小朋友不知道想到什麼，滿臉漲紅，視線飄忽不定，說話結結巴巴：「嗯……都很好……沒有不好的……」

「就妳這麼說而已。」靳雪勾了勾唇角，「我媽常說，我要是脾氣好一點、臉上多點笑容，肯定會更多人喜歡，可我就是不想改。」

「不用改啦！」

何煦看著靳雪的側臉，認真道：「自己覺得舒服自在就好，不用為了迎合別人的喜好而改變，這又不是什麼壞事。」

靳雪看向何煦，淡淡一笑，輕輕鬆開了手。

「我們該回去了。」

靳雪將手插到口袋中，指了指反方向，便拉著小熊往回走。

何煦低頭瞅了眼方才被靳雪挽著的地方，她抽回手後，自己心裡有點空。

伸進口袋，兩指摩娑紅線，何煦忍不住輕嘆口氣。

要怎麼做，才能好好表達自己的感受呢？

晚上八點，靳家的長子靳陽回到家，手裡還提著一盒蛋糕。

靳陽一進門，便與坐在沙發上的何煦對到眼，在何煦連忙站起身微彎腰時，出聲阻止了她：「別客氣，歡迎妳來玩。」

靳陽的嗓音低沉平穩，臉上戴著一副黑框眼鏡，如靳宇所說的，他的個性確實較謹慎內斂。

與何煦打完招呼後，靳陽走進廚房，將靳雪的生日蛋糕放進冰箱，恰巧與靳母碰上，他便道：「那位朋友是星期一跟靳雪一起回去台北？」

「對啊！可惜她不能多待幾天。」靳母惋惜地說。

靳陽瞅了母親一眼，知道這話並非客套話，有些訝異，「那麼喜歡她？」

「你都不知道，她陪我跟你爸爸聊到剛剛，人很真誠，雖然年紀比你們都小，但思想挺成熟的。」

靳陽點點頭，「原來如此。」

靳家三兄妹早已成年，有各自的生活，縱然自己仍住家裡，但性子沉默寡言，較不常與父母暢聊。聽到何煦與爸媽相談甚歡，對她留下了好印象。

何煦與靳雪洗過手後，一同坐到飯桌前，有過午間用餐的經驗，何煦感覺自在許多，與大夥相處融洽，就像已相處多年似的。

飯後，全家人聚在客廳，何煦坐在靳雪旁邊興奮不已，能在靳家一同參與靳雪的生日，她覺得特別開心。

生日蛋糕端上桌，打開盒子的剎那，全家人驚呼連連，蛋糕竟能如此精美。

那是一個立體星球造型蛋糕，必須敲開後才能吃到內藏的蛋糕，負責訂製蛋糕的靳宇得意不已，「這是現在最流行的敲敲蛋糕，要一個月前預訂才吃得到喔！」

靳雪看向靳宇，一股暖流流淌過心頭，面上雖然平淡，但聽得出她的聲音有點赧然。

她輕輕說了聲：「謝謝。」

「嘿嘿！」靳宇摸摸鼻子，知妹如他，還會不曉得靳雪的心思嗎？

「好啦，這是店家附的兩個小槌子，用來敲開蛋糕的，妹，妳跟——」靳宇的視線落到何煦身上，輕快道：「何煦難得來，妳們兩個一起敲吧！」

「咦？」何煦沒想到能參與這一刻，原想拒絕，但靳父、靳母也出聲附和，於是她再不推拒，接下重責大任。

靳陽沒跟著起鬨，看自家弟弟一眼，然後不動聲色地觀察何煦。

「我沒有看過這種蛋糕……」何煦仔細端詳，有些手足無措，「要……用力敲？」

靳宇笑瞇瞇地點頭，「儘管敲。」

何煦朝斬雪投以求救的視線，斬雪下意識地想伸手摸摸她的頭，但一想到家人都在，抬起的手瞬間改指向蛋糕，「一起敲。」

斬雪反應很快，但斬陽注意到了。

在斬家人的注視下，何煦與斬雪拿起小槌子，一同敲破了外層的巧克力，蛋糕座上那幅精緻的手繪全家福讓眾人驚呼不已，底圖下是一片冰雪，顯然是為斬雪而畫。

饒是平常損斬宇為樂的斬雪一時間也感動不已，她看向斬宇，瞧他一臉得瑟，目光柔和幾分，淡淡地道謝。

在旁的何煦感染了溫馨氣氛，主動提道：「要不要我幫你們拍合照？」

此話一出，氣氛鬧烘烘的，全家動員抱起兩隻狗狗在沙發上喬位子，何煦拿過斬雪的手機，透過鏡頭凝視位在中間的斬雪，脣角上揚。

好美。

喀嚓一聲，斬家一家的身影便保存在手機之中。

何煦將手機還給斬雪時，斬宇忽道：「妳也跟斬雪一起拍一張啊！」

「咦？」

何煦還沒反應過來，就被斬宇推到斬雪身旁，斬宇拿起手機走到對面，一邊道：「來來來，妳們靠近一點！」

斬雪看了看何煦，往旁挪一些，兩人的手臂輕輕靠在一起，捧著同一塊蛋糕齊看向鏡頭。

何煦笑容燦爛溫暖，斬雪瞥了一眼她的側臉，斬宇喚她時才看向前方。相機捕捉到斬雪來不及收起的淺淡笑意。

斬陽站在斬宇身後，若有所思地看著手機螢幕裡的斬雪與何煦，一片歡樂的氣氛下，他並未多言，但腦中正思考著什麼。

六吋蛋糕很快就一掃而空，夜也漸深，大夥各自回房休息，除了斬陽。

斬陽獨自走進廚房，從冰箱裡拿出兩瓶罐裝氣泡酒，拎著冰涼的酒罐上樓。

確定斬雪與何煦進房後，他走到斬宇房門前，抬手敲了下。

「欸？」斬宇正拿著浴巾要去洗澡，看見斬陽拿著酒來找他有點訝異。

斬陽晃了晃手中酒瓶，逕自走進斬宇房裡並關上門，他坐到床旁的懶骨頭上，抬起頭說道：「我有話想問你。」

斬宇一抖，他雖然自小就調皮好動，偶爾撒點野，但不敢真的對自家大哥造次，只要斬陽一露出這種嚴肅表情，他就會馬上收斂。

斬陽摘下眼鏡，輕吁口氣，「斬雪的那位朋友……跟斬雪是什麼關係？」

「呃……」

「斬雪是……」斬陽擦擦眼鏡，沉聲道：「喜歡人家嗎？」

「話也不是這麼說……」

被斬陽冷光一掃，斬宇又抖了下，隨即坐到地毯上，抓抓後髮說道：「哎……從我認識小朋友那天說起好了！」

既然被問了，靳宇也沒打算瞞，從認識何煦那天，說到靳雪對何煦的態度轉變，以及他自己的觀察。

靳陽眉頭深鎖，在靳宇說到為何邀請何煦來家裡時，忍不住打斷，「你為什麼也喜歡她？」

這話讓靳宇有點懵，「你不喜歡她嗎？我覺得挺好——」

「我的意思是，作為靳雪可能的對象，言之過早吧。」

再怎麼說也是相處二十幾年的大哥，雖然用字收斂，但已透露出濃濃的敵意。靳宇嘖了聲，看向靳陽，「你不認同的原因是什麼？」

靳陽推了推鏡框，打開手中的酒，仰頭喝了口，「你認同的原因又是什麼？我很好奇。」

「我覺得比起被外面來路不明的野男人欺負，何煦這樣乖巧的、可愛的女生要好太多了，而且我跟她相處過，雖然不敢說很了解她，但你應該也有感覺到她是真誠、善良的人。」

「這並不代表可以當作一起走下去的對象。」靳陽仍緊鎖眉頭，嘆道：「天底下這麼多男生，怎麼偏偏……」

「你這話就不對了。」靳宇也拉開酒罐，「你的想法不就跟那些說支持同志，但不同意自己小孩是同志的父母一樣嗎？」

靳陽噎了下，才道：「……我不否認。靳雪雖然沒喜歡過誰，但我不認為有一天那個人會是一個小女生，這……太奇怪了。」

「不奇怪啊！」靳宇抓抓後髮，一臉不可思議，「你是生活在民國初年的人嗎？哪來這種迂腐思想？」

靳陽面色緊繃地說：「沒有人希望自己的妹妹走上這條辛苦的路。」

靳宇不語，他確實也不希望靳雪過得辛苦，她應該做自己想做的，不該受委屈。

「那我們更該支持她，披荊斬棘開闢前方的路，讓她安安穩穩地喜歡一個人——如果她們有走在一起的話。」

靳宇直視靳陽，看進他眼底，眼裡的堅決清晰可見，「我們不該成為她的阻礙。」

靳陽別開眼，默著喝悶酒。

這一次，靳宇不再說服，站起身拿起浴巾，走進浴室前說：「你好好想想吧，反正對我來說，只要那個人對靳雪好，是男是女都無所謂，我會一直支持她。」

門關上後，靳陽輕嘆口氣，晃了晃手中的酒瓶，所剩無幾。他跟著站起身，悄悄開門離開靳宇房間。回自己房間前，他瞥了一眼靳雪房門，隱約聽到裡頭傳出談笑聲，心裡五味雜陳。

一面欣慰，一面又覺得不捨。

在房裡的兩人自然不知道門外靳陽的心思。

稍早一進房間，靳雪問何煦：「妳要不要先洗？」

「咦？可以嗎？」

靳雪點頭後，何煦便打開自己的後背包，翻出毛巾，左翻右找卻沒找著睡衣，她才想到打包行李時似乎只帶了外出服。

「唔……」

聽到何煦發出的聲音，斬雪看了過去，瞧那張小臉皺成一團，「怎麼了？」

「我……」何煦緊張地拽著衣襬，支支吾吾地說：「我什麼都帶了，就是睡衣忘了……」

斬雪微愣，隨即站起身走向衣櫃，打開看了看，「那妳穿我的吧。」

何煦一聽，紅了紅臉，不一會兒斬雪就拋來一件寬鬆舒適的白T恤，何煦拿起一看，忍不住驚呼：「好可愛！這隻是玻璃獸吧！」

何煦聲音高昂，滿臉喜色，讓斬雪忍不住問：「妳喜歡《哈利波特》？」

何煦直點頭，「超愛！我是哈迷！我好喜歡哈利波特的魔法世界，我有一整套小說！」

對斬雪而言，無人不曉的《哈利波特》她不喜歡也不討厭，這衣服是逛展場時偶然見到，單純覺得玻璃獸寶寶有點可愛，便隨手買了黑白兩件，沒想到有一天會剛好戳中何煦的喜好。

「那件就送妳吧，我穿這件黑色的。」

「咦？」

何煦震驚地看著斬雪，連忙說：「等等，這樣是不是不太——」

「我們一人一件，剛好。」斬雪淡淡的一句話就讓何煦語塞，她翻出另外一件同款的黑色T恤，抖了抖。

一人一件？何煦有些恍惚，心跳加快，迎上斬雪不容拒絕的視線，她暈乎乎地點頭，拿著衣服趕緊走進浴室。

聽著裡頭傳來的水聲，斬雪有些心神不寧，不禁攥緊手中衣服，深呼吸數次。

要一起過夜了。

她輕吁口氣，放下衣服，注意到何煦的手機螢幕忽地一亮，好奇一看。是新增好友的通知。

隨之而來的，是一則親切的訊息文字——

「哈囉學妹，我是姝緣，現在大三，之後會跟妳當同事！請多多指教了！」

……同事？

「我洗好了！」

何煦洗完澡後小臉紅撲撲的，看上去像一顆蘋果。靳雪站起身，沒忍住地伸手輕捏一下。

何煦身上有好聞的沐浴香，是橙花的味道。

洗完澡後的她乾淨清爽，像是一隻大隻的泰迪熊，靳雪險些抱上去，穩了穩心神，她想起那則加好友通知。

何煦見靳雪難得欲言又止，好奇地問：「怎麼了？」

靳雪不語，拿著浴巾與黑T恤走進浴室邊道：「吹風機在桌上。」然後關上門。

何煦邊擦頭髮邊從床上撈起手機，滑開螢幕，見到了陌生的訊息。

點開一看，恍然大悟。

吹乾頭髮後，何煦甩了甩頭，用手撥了撥蓬鬆的頭髮，拿著手機坐到靳雪床上，按下「同意簡姝緣加好友」的按鍵，並回覆訊息。

「學姊妳好，我是何煦，請多指教。」

過了一會兒，對方再度傳了訊息過來。

「哈囉哈囉！不好意思，因為想早點認識同事，所以跟店長問了妳的名字，發現妳有用社群，忍不住就送出好友邀請了。」

她們一來一往聊了起來，時間一眨眼就過去，連靳雪走出浴室何煦都渾然未覺。

踏出浴室，白霧氤氳，溼髮隨意披在肩上，靳雪望向何煦，見到她拿著手機，臉上掛著淺笑，心沉了幾分。

她想開口問，卻因為不知道該用什麼身分問而感到猶豫。

房東、朋友……還是別的？

靳雪輕嘆口氣，佯裝不在意地走近何煦。

何煦抬頭時，一片陰影落下，她呼吸一凝，靳雪的髮梢滴落水珠，落在手邊的棉被上。

靳雪面色平淡，指著床鋪另一邊，「幫我拿一下那瓶乳液。」

「哦、哦，好！」何煦連忙放下手機，上身傾向左側，伸長手拿取乳液。

何煦的手機震動不斷，訊息來自同一個人。

「給妳。」

靳雪接過，淡淡地道了謝，便坐到桌前打開筆電，用毛巾挽起頭髮，邊擦乳液邊看影片。

何煦放下手機沒再拿起，在靳雪後邊偷偷看了幾眼，心跳有點快。

雖然已與她相識數月，可每次凝視對方時，何煦還是忍不住在心裡讚歎斬雪長得真好看。

這麼看著，何煦注意到斬雪髮上的毛巾，便問：「妳不吹頭髮嗎？」

斬雪頭也不抬地回道：「等等吧，我在看影片。」

何煦想了想，站起身，主動拿著吹風機站到斬雪身後。

感覺到有人接近，斬雪抬起頭。

「我幫妳吹頭髮。」何煦伸手拿下毛巾，仍舊溼潤的長髮隨即自然垂落，開關一開，斬雪感覺到溫暖的手指放到頭上，輕柔地按壓頭皮。

舒適的熱風與輕柔的手指，讓斬雪忍不住瞇起眼，這感覺有點陌生，但她喜歡，甚至有點上癮。

「如果太燙要跟我說。」何煦是第一次替人吹頭髮，但她也是蓄著中長髮，知道怎麼吹才不會打結。

斬雪睜開眼，見到鏡中何煦異常認真的樣子，脣角微微揚起。

「謝謝。」

何煦露出笑容，「不客氣。」

斬雪垂下眼，微微瞇起。或許對旁人來說，這只是普通的日常，可對斬雪而言，卻值得細細品味。

斬雪有一頭柔亮的黑色長髮，髮絲摸起來又細又軟，還能聞到淡淡的馨香，原本滴著水珠的頭髮逐漸被風吹乾，何煦用手輕輕扒梳，頭髮變得柔順。

「好了！」

斬雪睜開眼，又輕聲道了謝，見何煦走回床上，她也跟著闔上筆電走到床邊。

「對了，妳要睡外面還是裡面？」斬雪問。

「妳習慣睡哪邊？我都可以。」

斬雪掃了一眼，便上了床，湊近何煦。

何煦身子一僵，屏著呼吸，好看的精緻面容近在眼前。

四目相視，再往下移，視線落到那微張的唇瓣，斬雪目光深了幾分。

「我睡裡面。」斬雪微別開頭，才拉住理智坐到一旁。

「好……」

何煦覺得心臟簡直要跳出胸口般難受，那短短的剎那，她幾乎以為斬雪會更接近她，然而僅是短暫的錯覺。

手機一震，何煦拿起手機，一看到訊息內容咦了一聲，惹來斬雪的注意。

看著何煦直盯著手機的側臉，斬雪心裡有點空，忍不住問道：「是誰？」

何煦愣了一下，沒多想地回答：「一個學姊，下週開始要來咖啡店上班，我現在才知道原來我和她有修同一堂通識課，但我居然一點印象都沒有……」

看著何煦滔滔不絕的樣子，斬雪淡淡地附和幾句，眼裡閃過不易察覺的失落。

大學生到處交友是相當正常的事，斬雪了解，卻無法不在意。

何煦放下手機，瞥見斬雪的手機畫面，興奮地直呼：「妳有Netflix嗎？那我們要看什麼？」

斬雪反問：「妳沒有嗎？」

何煦搖頭，「每個月要多一筆費用……雖然不多，但還是額外的開銷，所以就沒有訂閱了。」

靳雪微抬眉梢，直接拿過何煦手機，瞧她一臉懵，淡淡道：「我的帳號可以分給四台裝置觀看，但我只用了三個，一個分妳。」

「咦？」何煦不敢置信地看著靳雪，眨眨眼，「可以嗎？那我要給妳多少——」

「不用。」靳雪頓了一下，知道何煦是不占人便宜的性子，便改口：「我只要妳煮的咖啡，用咖啡交換怎麼樣？」

靳雪側頭，與何煦對視，見到她的慌張與一絲欣喜，又道：「不願意？」

何煦搖頭又點頭，大大一笑，「願意！」

靳雪的手指輕巧地在螢幕上遊走，熟稔地輸入帳號與密碼，這時，何煦手機一震，上方通知欄跳出簡姝緣的訊息。

「學妹，妳IG上的照片都好可愛喔！哈哈！」

靳雪眸光一沉，指頭微僵，何煦的小臉湊過來才讓她回神。

「好了。」

靳雪將手機交給何煦，卻在何煦接手時沒有鬆開手。

「咦？」

「何煦。」

略低的嗓音輕聲低喚，何煦不明白地看著靳雪，圓滾滾的眼睛睜得大大的。

「怎麼了?」

「我可以……跟妳多要一個交換條件嗎?」

何煦微愣,直點頭,「當然!妳願意分享帳號給我耶!多幾個都可以啊!」

靳雪凝視著何煦,彷彿看進她的眼底深處,讓何煦明媚的笑容有些僵硬,淡淡的紅暈染上雙頰,她想移開視線,卻發現被這麼凝視著的自己竟動不了。

靳雪那雙漂亮的眼睛微微垂下,朝何煦伸出了手——

喜歡一個人,原來是這麼難受的事情。

在將何煦擁入懷時,靳雪閉上眼,胸口翻騰各種情緒,是她從未感受過的——慌張、著急、焦躁、不安,甚至有點憤怒,可隨即湧上的無力感如大浪般捲起所有的情緒,掏空了心。

靳雪知道,她是真的喜歡上何煦了。

靳雪無法再否認、欺騙自己、裝得無所謂,甚至像那晚的逃開,她做不到。

可她也說不出口。

這種掙扎與忐忑,對靳雪來說陌生又惱人,她的追求者從未斷過,每一個她都不曾上心過,來去皆如浮雲。

可何煦不同。

倘若哪天何煦離開了……靳雪不敢想,也不願去想。

「怎……怎麼了?」何煦小心翼翼地問,問句透露出著急。

靳雪睜開眼，見到鏡中神情陌生的自己，她放開何煦，兩人相視，氣氛僵滯。

「何煦。」

靳雪的低喚聲如綿綿細雨，何煦不閃也不躲，直看著靳雪，眼眸明亮。

她其實喜歡靳雪喊她的名字，淡淡的、輕輕的，可每次都很珍重。

「對妳來說，我……是什麼樣的人？」

何煦一愣，沒有追問為什麼，陷入了深思。

靳雪是什麼樣的人……隨著問句將記憶拉回幾個月前，剛到咖啡廳的那一日午後，陽光明媚，她的偶然經過，看見了靳雪。

很美的人，何煦始終都這麼覺得。

或因氣場、或因長相，靳雪總讓人感覺疏離、無法親近，可事實上，她待人真心。

她說自己脾氣不好、還有點陰晴不定，可這些在何煦看來都不是壞事。她的高興、她的生氣，每一種情緒、每一個樣子，何煦發現自己竟然都記得。

等不到回應的靳雪哽了下，不安慢慢侵蝕她的胸口，她面上仍是那樣雲淡風輕，可無意識抓著棉被的手卻洩漏她的不安。

何煦是不是覺得她既難搞又難相處？

「我……」

心裡的弦一緊，靳雪看著何煦，目光描繪過五官，一張小臉不著脂粉，乾淨素雅，笑起來陽光燦爛。

這麼溫暖的一個人……

「我覺得妳是很好的人，我實在想不到妳有哪裡不好。」

靳雪一呆，總是靈活的腦袋忽然當機。

見到靳雪的表情，何煦有點慌，趕緊補充解釋：「我不說我不瞭解妳、或是沒放在心上，而是我怎麼想都覺得、覺得……妳很好、很好，雖然我只認識妳短短幾個月，可總覺得好像已經認識妳很久，所以、所以怎麼說呢……」

靳雪慢慢回神，神情放晴幾分，眼裡不再混濁，隨著那真誠的字句逐漸清明。

當她欲張口說些什麼時，手被握住，何煦上身前傾湊近她，認真地說：「我覺得妳很好，對我來說，就是……就是……像姊姊。」

姊姊？

「我只有一個弟弟，我是家裡最大的，所以妳對我來說就像姊姊，而且妳又對我很好、很好！」

靳雪想抽回手，卻因為眷戀那溫度所以忍住了。

姊姊……像是親人那樣的姊姊嗎？

靳雪的呼吸很緩、很慢，還有點沉。

如果是像家人一樣，那麼哪來的悸動與怦然呢？靳雪望著何煦，見到她清澈的眼睛，心有點疼。

原來兩人的感情是不同的。

靳雪不著痕跡地抽回了手，對著何煦淡淡道：「我知道了，謝謝妳。」謝謝妳覺得我那麼好，儘管妳對我的感情並非……我認為的那樣。

「那妳覺得，我……會很幼稚嗎？」何煦反問。

「不會。」斬雪別開眼，拿起手機翻找電影，隨口道：「我覺得跟妳相處很自在，像是……回家那樣。」

「妹妹」二字斬雪實在說不出口，也不願說出口。

她知道自己喜歡上了何煦，但這一刻，何煦只把她當「姊姊」看待，兩人的感情不同調，而斬雪沒有勇氣改變。

話題繞到電影上，誰也沒再提方才的對話。電影透過手機投放在電視上後，兩人輕靠著，專心投入在電影劇情裡。

那是一部科幻動畫電影《HELLO WORLD》，劇情錯綜複雜，在後半段不斷反轉，兩人滔滔不絕地討論著，電影結束，揭開一切謎雲後，何煦有些放空。

「我覺得訊息量有點大，我需要消化一下。」何煦呆呆地看著電視，只因最後那幕衝擊太大，壓根沒想到會是這種結局。

斬雪揉揉她的後髮，給了一句評語：「挺好看的。我有點渴，去裝水。」

何煦點點頭，雙腿微屈，兩手環抱膝蓋看著斬雪離開房間。

她是不是說錯話了……在斬雪離開，留她單獨在房裡時，何煦想到稍早的談話，與那之後斬雪的表情，看上去無異，卻有種說不出的違和感。

她越想越睏，倦意湧上。

何煦打了個哈欠，努力抵抗睡意，眼皮卻越發沉重。平日這時間她已經上床睡覺了，今天在外奔波一天，她實在有些累。

越是告訴自己要清醒，倦意越濃。她瞇起眼，聞到棉被與枕頭上屬於靳雪的味道，覺得無比心安，閉上了眼。

靳雪拎著水壺走進房間，一眼見到床上那團棉被，不禁失笑。她放輕動作走近床，見到了何煦的睡顏。

平靜的小臉有些憨傻，靳雪沒打算叫醒她，直接走去關燈，同時瞥見牆上時鐘的指針恰巧剛過十二點。

她的生日到了。

靳雪回頭看了眼何煦，將開始震動不斷的手機關成靜音，悄悄上了床，躺到何煦身側。

夜晚寧靜，躺在何煦身邊的感覺很奇妙，她很喜歡。微弱的月光透過窗簾灑進房內，落在床上，照亮何煦清麗的面容。

靳雪的視線落到何煦的唇上，心跳有點快。

她慢慢地、慢慢地靠近何煦，近得鼻尖貼在一塊，彼此的呼吸幾乎重疊。

想吻上的慾望正在翻湧，可理智拉住她。何煦不是她能隨意親吻的對象，況且……她還把自己當家人、當姊姊。

跟自己是不同的喜歡，不是戀人的那種喜歡。

意識到這點，靳雪輕吁口氣，欲別開頭躺回自己位置時，何煦忽然動了——她吻到了她，在不經意的瞬間。

靳雪身子一僵，呼吸一凝，腦袋發熱。

何煦的唇……

何煦的唇擦過自己的唇，唇上很軟、很燙，短短的一瞬間，已足以讓她渾身燥熱。

「嗯……」何煦挪動身子，下意識往熱源靠近。

靳雪將她擁入懷中。

她睡得酣熟、安穩，連額上的那一吻，也渾然未覺。

☀

翌日上午下起了雨。

細雨陣陣，落在窗上，滴滴答答不絕於耳。何煦的眼皮動了動，慢慢睜開眼。

身旁無人。

剛醒的腦袋昏沉，伸手摸了摸床鋪，有點餘溫。

何煦記憶模糊，昨晚她似乎迷迷糊糊地睡去……

啊！不該是這樣的！

她驚覺事情不對，立刻坐起身，意識到自己就這樣睡著了懊惱不已，本來應該……

「醒了？」

何煦往門口望去，見到靳雪端著托盤走進房間，她趕緊下床上前接過，「這是……」

「早餐，我媽說要給妳的，早上看妳睡得很熟就沒叫醒妳了。」

「唔……」

何煦害臊地說了聲「謝謝」後，便將托盤放到靳雪桌上。剛拿起吐司，便聽到靳雪說：「下午雨停後，靳宇會開車載我們出去晃晃。妳難得來宜蘭一趟，有沒有想去哪？」

「咦？不用啦！這麼麻煩——」

「妳不想跟我去走走嗎？」靳雪打斷她，看著何煦便想到昨晚的一切，她別開眼，低語：「今天……應該滿適合去哪裡逛逛的。」

何煦注意到靳雪的失落，頓時很想咬掉自己的舌頭。

今天是靳雪生日，她卻差點要讓她失望了，連忙改口：「好啊！我們出去玩！只是要麻煩靳宇哥哥載了。」

靳雪輕哼一聲，「那傢伙也只有這個用處了。妳快吃早餐吧。」

何煦噗哧一聲，邊吃早餐邊笑道：「你們感情真好。不過，妳兩個哥哥的個性……差滿多的。」

「是啊，唯一的共通點大概是……」說到這，靳雪無奈地搖搖頭，「對我身旁『異性』的表現都一樣誇張。」

何煦失笑，她好像可以想像得到。

「那沒有誰成功過嗎？」以靳雪的外型應該不乏追求者，不過有兩個哥哥守著，大概也無人敢越雷池一步。

靳雪看著何煦，抿抿唇，淡淡道：「要是有的話……」

那我的初戀就不會是妳了。

靳雪想，但不敢說出口，改口道：「我就不會單身二十五年了。」

何煦眨眨眼，被這麼盯著瞧，她有點不自在，別開眼，故作鎮定地道：「放心，妳一定會碰到一個非常、非常喜歡妳的人。」

靳雪不語，拿起手機假裝查看訊息，給彼此一點空間。

「靳雪。」

樓下傳來靳母的喊聲，靳雪起身走出房間，回應一聲，聽到樓下似乎挺熱鬧的。

她探頭一看，便與來訪的紀文旭對到眼。

「怎麼了？」何煦從房間走出，靳雪回頭說道：「有訪客，妳先換衣服吧，換好我們就出門了，我先下去等妳。」

「哦，好……」

何煦看著靳雪下樓，她的表情似乎有點無奈。

無暇多想，何煦按著話回房快速梳洗換衣，準備出門。

靳雪一下樓，紀文旭便歡快地走上前，「我拿這個來給妳。」他舉起手中的精品袋，遞到靳雪面前，「生日快樂啊！」

靳雪餘光瞥見靳母在旁偷笑的表情，內心嘆口氣。

「妳看看人家多有心！每天上班那麼忙，還記得買禮物給妳。」靳母在旁稱讚道。

這點靳雪確實無法反駁，只能伸手接下，瞧他笑容滿面的樣子，實在不忍冷言冷語，於是說了聲「謝謝」。

「不會。妳晚點有安排嗎？要不要去喝下午茶或是吃晚餐？」紀文旭積極提出邀約。

何煦剛走下樓便聽到這席話，往門口望去，見到一名相貌俊秀、帥氣挺拔的青年來訪。

何煦下意識迴避，怕打擾到他們的談話，可很快地，她聽到靳雪提起自己。

「不行，我有客人。」背對何煦的靳雪頓了下，搶在自家亂點鴛鴦譜的母親面前說道：「是很重要的客人，我們……下次再約吧。」

在母親面前，靳雪語帶保留，不敢太直接，就怕母親會嘮叨，卻讓在身後的何煦誤以為是自己的來訪打攪了她與青年的約會。

「哦，是文旭啊。」

靳宇走下樓，走過何煦旁邊時朝她一笑，便走向青年熟稔地勾肩搭背，再出言調侃幾句，氣氛和樂。

在外人看來，他們就像一家人。

「抱歉啦，下次再跟你喝一杯，我先帶我妹跟她朋友出去繞繞。」靳宇甩動車鑰匙，朝著後邊的何煦說：「何煦，走嘍！」

靳雪這才注意到何煦站在後面，一見到何煦，她的目光柔和幾分，指了指門口，「走吧。」

「好……」

何煦跟上，經過青年時禮貌一笑，青年也朝她點點頭。他的面容雋朗，彬彬有禮，是能讓人萌生好感的類型。

「發什麼呆？」

靳雪的聲音使何煦回神，她趕緊上了車，跟靳雪一同坐在後座。

靳宇邊發動車子邊道：「因為怕晚點會下雨，所以我找了間景觀咖啡廳，傍晚要是沒下雨就去夜市，如何？」

他的提議考慮周全，後座兩人附和點頭，欣然同意。

一路上，三人自在地閒聊，半小時的車程沒有冷場。到達目的地後，何煦往車窗外一看，占地廣大的景觀咖啡廳遠超乎她的想像，忍不住讚歎。

她身旁的靳雪卻很淡定，「他很會找餐廳跟景點，這是他所剩不多的強項。」

何煦朝靳宇投以敬佩的目光，靳宇得意一笑，直接忽略靳雪的調侃，「對對，我也覺得自己挺厲害的！」

這人真是不能誇，一誇尾巴就蹺上天了。

靳雪翻了個白眼，帶著何煦下車。

「喂！」

靳宇降下車窗，喊住拉著何煦頭也不回往前走的靳雪，「等等啦！我有事要跟妳講！」

靳雪停下，回過頭煩躁地看著靳宇，「怎樣？」然後才慢慢走回車旁。

「我沒有要跟妳們一起進去，我跟朋友約在附近，傍晚我再過來載妳們。妳等等進去報我名字就可以了。」

靳雪微抬眉梢，心中會意，對他點點頭，「嗯，晚點見。」

「等等，還有——」

靳雪一臉不耐，但聽到下句話時臉色微變。

「昨天靳陽來問我小朋友的事，他大概有感覺到……妳看著辦吧，到底要怎麼樣再跟我說。」

靳雪沉默。

對靳雪而言，兩人處於不上不下的關係，也不知道該從何說起，只淡淡地嗯一聲，便轉身朝何煦走去。

「咦？靳宇哥沒有要跟我們一起嗎？」看著揚長而去的轎車，何煦疑惑。

「嗯，他說跟朋友約在附近，傍晚再過來找我們。」

兩人走在白色石階上，朝著偌大的景觀餐廳走去。

兩旁綠地沾露，空氣中有著下過雨的潮溼氣味。

天氣微涼，所幸無風，在外漫步還算舒適。從落地窗能看進咖啡廳裡三三兩兩的情侶，這畫面讓何昫想到方才的青年。

思及此，她不禁問道：「我是不是打擾到你們了？」

靳雪停下，側頭看向何昫，有些困惑。

何昫接著道：「就是，剛剛在家裡的那個人……」

原來在說紀文旭。

靳雪輕嘆口氣，這讓何昫誤以為自己真的帶給別人困擾，有些惶恐，「其實……我也可以自己待著的，跟我說一聲就好了！」

靳雪不答，凝視何昫，反問：「妳希望我跟他一起出去嗎？在今天。」

在她生日這天，相伴在身旁的定是最重要的人。靳雪並不希望那個人是對自己抱持期待，而她回應不了的紀文旭。

她希望這個人，是眼前有點笨、有點傻的小傢伙。

但是，何昫是怎麼想的呢？

何昫沒想到靳雪會這麼問，而她也因為這個假設心抽痛了一下。

清秀的面容有些茫然，何昫抿抿唇，謹慎地問：「所以他是……」

靳雪走近她，一步又一步，站定在何昫面前，她微彎下腰，與何昫平視。

「妳覺得他是我的什麼人？或者，妳是怎麼希望的？」

什麼人？

何煦說不出話。

她不知道，也不敢妄自揣測，她只是覺得青年眼裡的愛意明顯，又與靳家的成員相處融洽，彷彿本來就是一家人。

是什麼樣的關係，才能融入另一個人的家庭？定是很親密的人才做得到……

靳雪不算是有耐心的人，但面對何煦，她願意等待。

「請問兩位有訂位嗎？」

服務生的招呼打斷兩人，靳雪與何煦走進店裡。靳雪報了靳宇的名字與電話，服務生便帶她們入座。

這間景觀餐廳不只占地廣闊，裝潢也相當典雅，用餐環境舒適。

走上二樓，何煦好奇地張望，眼前美景將她迷住。

窗外能見到海，藍色水平線綿延不絕。

她們走到靠窗邊的日式半開放包廂，相對而坐。

「點餐請直接掃桌面的條碼進入網頁點餐就可以了。」服務生介紹完便下樓離開。

兩人陷入莫名的尷尬氣氛。

靳雪的手隨意擱在桌上，雙肘置於桌面，兩手交疊，下頷輕靠，側頭望向窗外，神情平淡。

何煦看著她的側臉，瞬間出神。

靳雪的美，總是能輕易攫住她的目光。

「妳很喜歡看著我發呆。」

何煦雙肩一抖，神情心虛，嘿嘿笑了兩聲。

「為什麼？」靳雪的視線從窗外美景落到何煦臉上，神態慵懶，眼裡閃著光。

「呃……」何煦不好意思地刮刮鼻梁。

靳雪單手支頭，面色冷淡，可眼神溫和。

也或許是何煦的溫暖感染了她。

「不說嗎？」

「唔……」

何煦一對上靳雪的目光，便紅著臉移開，抿了下唇，望著窗外不流利地說：「就……覺得妳很好看。」

靳雪微微彎起眼，像是夜晚溫柔的弦月。

喜歡一個人，心情是那樣矛盾，容易滿足，卻又貪求。

望著何煦，靳雪逕自述說：「其實也沒什麼……妳叫他『紀先生』好了。紀先生是我鄰居，從小一起長大，所以跟我爸媽很熟。」

原來兩人是青梅竹馬。

何煦的心咯噔了下，拿著水杯的手指微微捏緊。

「我們家的人都喜歡他。」

聽到靳雪這麼說，她一顆心逐漸沉落，但靳雪沒有讓它無限下墜，反而輕輕捧起——「但我不喜歡他，我跟他之間不可能。」

她堅決的語氣，讓何煦脫口而出：「為什麼？」

靳雪微抬眉梢，反問：「妳覺得他是我會喜歡的類型嗎？」

何煦想了一下，搖搖頭，「感覺不是……但我感覺紀先生好像喜歡妳……」

有點心思的人大抵都看得出紀文旭對靳雪的熱切，但靳雪從沒在乎過誰的看法，包括紀文旭。但她在乎何煦是怎麼想的。

「這是您的餐點。」服務生端著托盤走至桌旁，將何煦的鐵觀音拿鐵與靳雪的熱拿鐵各自放到她們手邊。

兩人淺嚐一口，互望一眼，靳雪主動將杯子推近何煦，「妳要喝喝看我的嗎？」

「好啊！」

何煦拿起靳雪的杯子，靳雪也拉走那杯鐵觀音拿鐵，兩人互換飲品，各自嚐了一口。

「妳的比較好喝。」靳雪說。

何煦點頭附和，喝慣了樓下咖啡廳的咖啡，對於別家餐廳的咖啡味道要求也逐漸提高，但這兩杯也不算太糟。

靳雪推回飲品時，何煦擋住她，「那我的給妳喝好了。」

靳雪微愣，看了何煦一眼，欣然接受，「謝謝。」

何煦大大一笑，心情愉快地又抿了口咖啡，頓時覺得這杯熱拿鐵似乎變好喝了。

斬雪垂下眼，口中的鐵觀音拿鐵分明是微糖，她卻覺得比平常來得更甜。

何煦不經意往對面看去，視線落到斬雪雙唇含住的吸管，這才後知後覺地意識到，兩人這、這不就是間接接吻？

「咳、咳……」何煦瞬間嗆到。

斬雪愣了一下，趕緊抽幾張衛生紙給滿臉嗆紅的何煦，「妳慢慢喝啊，這杯是熱的。」

「謝、謝謝……」何煦接過衛生紙，眼神迴避，這讓斬雪覺得莫名，於是盯著滿臉心虛的小傢伙瞧。

「怎麼了？」

「沒、沒事。」何煦擦了擦嘴，穩定心神，卻忍不住一直看向那根橙色吸管。

斬雪捕捉到她的視線，立刻意會到什麼，想起昨晚的事，也跟著有些不自在。

何煦在心中對自己說：這沒什麼，不要在意，不是沒跟同性朋友共飲一杯飲料、共用一副餐具過，真的沒什麼……

可當斬雪再度開口時，她差點將杯中拿鐵全灑了。

「這沒什麼吧，畢竟，妳昨晚都親過我了。」

啊？親過了？

何煦雙眼圓睜，嘴巴微張地看著斬雪，急道：「親？什麼時候？我……我對妳做了什麼嗎？」

過大的音量惹來別桌客人的注意，斬雪伸手輕摀住她的嘴，何煦一雙眼睛仍舊骨碌碌地轉動，一臉驚慌。

何煦的反應讓靳雪一時間不知該高興她沒有認為無所謂，還是該憂慮她過度的驚慌，是不是代表著排斥？

靳雪故作鎮定，「我們昨晚一起睡的時候，妳不小心親到的。」

何煦倒抽口氣，滿臉漲紅，連耳朵都是紅的。她震驚地看著靳雪，有些反應不過來。

靳雪別開眼，喝了口飲料，看似鎮定，放在大腿上的另一隻手微微揪著，洩露她的不安。

「對、對不起！我的睡相真的很差！」何煦連聲說了幾個對不起，聽在靳雪耳裡卻有點刺耳。

靳雪打斷她，「好了，我有說要怪妳嗎？」

何煦頓了下，小心翼翼地看著靳雪，不敢點頭也不敢搖頭。那雙圓滾滾的眼睛盈滿擔憂與忐忑，讓靳雪忍不住輕嘆口氣。

「我說這個並不是要怪妳……」只是，她以為何煦會跟她一樣高興。

那個當下，她不但不感到厭惡，反而……想要更多一點。

她本來不打算提的，但何煦的態度讓她摸不準她是怎麼想的。

靳雪不喜歡這樣不慍不火的狀態，偏偏兩人的關係無法更進一步。她知道這點，可感性總勝過理性，她總是忍不住去試探、去觸碰。

結果碰得一鼻子灰。

靳雪的神情有些微妙，看得何煦有點懵。

先不論這是自己沒印象的初吻，雖然同為女生，有些事情還是不能踰矩，所以何煦下意識認為靳雪會感到不悅，但斬雪並沒有這麼覺得。

那麼，她是怎麼想的？

何煦萬分在意，斬雪看起來也是。

不是生氣，那是什麼？

何煦的腦袋運轉過熱，直接當機，眼巴巴地看著斬雪，看得斬雪好氣又好笑。

「除了道歉以外，妳沒有別的話想說？」斬雪問。

「唔……」何煦想了一會兒，才支支吾吾地說：「那我……我該怎麼……補償妳？」

斬雪差點沒忍住伸手捏她臉一把。

說出口後，何煦也覺得尷尬，縮了縮肩膀，一臉乖巧。

「那再親一次好了。」

「噗！咳、咳……」何煦臉朝旁咳了幾聲，餘光偷偷覷了斬雪一眼，瞧她臉色鎮定，才知道只是玩笑話。

而何煦竟感到一絲失落。

衛生紙擦過嘴唇，何煦不禁想，那個吻到底是什麼感覺呢？可她不敢想下去，緩口氣後道：「我……今天晚上睡覺會、會注意一點……」

斬雪眉梢微抬，吸管攪著飲品，淡淡道：「我不是開玩笑。」

「請問，今天的壽星是哪位呢？」

兩人同時抬頭，見到服務生端著她倆點的水果鬆餅與草莓千層而來，互看一眼，何煦指著對面的靳雪，「是她，謝謝。」

「好的。」服務生小心翼翼地端上鬆餅與小蛋糕，留下了打火機與面面相覷的二人。

「這是……靳宇哥安排的？」何煦問。

靳雪揉了揉眉心，「大概是。畢竟他熱愛驚喜與……驚嚇。」

何煦噗哧一笑，越認識越覺得這兩兄妹性格懸殊，可也因為這點才有趣。

何煦主動拿過蠟燭插在蛋糕上並點火，她謹慎地將蛋糕推到靳雪面前，莞爾一笑，「我知道妳許過願了，但願望不嫌少！」

靳雪嘴角微微上揚，低垂的目光沉靜，像是思索些什麼，何煦不敢出聲打擾，靜靜凝視著。

儘管餐廳裡難免喧囂，可有靳雪在，她便感到寧靜美好。

一會兒，靳雪吹熄蠟燭，拿起叉子切了一小塊蛋糕，伸向何煦，「一起吃吧。」

何煦張口咬下，有點赧然。

「好吃嗎？」

何煦開心地點點頭，「好吃！」

靳雪也給自己切了一塊，送入口裡。蛋糕確實好吃，但她更喜歡餵食何煦。

她喜歡看何煦吃美食時露出的表情，很滿足、很喜悅，讓人覺得可愛。

靳雪又切了一塊蛋糕伸向何煦，見狀，何煦趕忙道：「不行啦！妳吃！這是妳的生日蛋糕。」

「可是，這是我剛剛許的願望。」

何煦微愣，不明白地看著靳雪，「願望？」

「嗯。」

何煦張口咬下蛋糕，一雙清澈的眼睛直看著靳雪，眨啊眨的，彷彿在問著願望內容。

靳雪的目光深了幾分，想著數次落空的期望，便沉默不答。她喝了一口茶，心思有點飄遠。

何煦好奇，但沒追問，也喝起那略苦的拿鐵。

相處數月，何煦覺得兩人不說話地待著也很自在，像認識許久那般熟悉。此刻，她隱約生出一點急躁，視線總不自覺落在靳雪的唇上，她其實比想像中來得在意。

初吻嗎……

「要出去走走嗎？好像放晴了。」

靳雪突如其來的邀約讓何煦回神，她點點頭，兩人起身下樓，走出景觀餐廳。

屋內與屋外是全然不同的感受。

雨後空氣清新宜人，從海面吹來的風一陣又一陣輕拂而過，兩人順著白色石頭一路走到一旁的步道。餐廳內的吵鬧聲與孩童的歡笑聲越來越遠，四周靜下，彷彿全世界剩下她們。

薄暮時分，陽光染上橘橙色，溫柔地灑在兩人身上。

忽然，何煦的手被人輕輕挽住，她的心咯噔了下，沒甩開，感到有點高興。

這一切那樣自然，對靳雪而言，卻是費盡心思。

「我……可以知道妳的生日願望嗎？」

何煦的話語如風，輕颸進斬雪的心裡，情緒輕易地起了波瀾。

斬雪停下，何煦也跟著停下腳步。

兩人的影子被夕陽拉得細長，最後，重疊在一塊。

斬雪輕道：「並不是什麼了不起的願望……這樣，妳還想知道嗎？」

何煦毫無遲疑地點頭。

光落進何煦眼底，裡頭彷彿藏著銀河，也似遠方波光粼粼的海面，讓她著迷，捨不得移開眼。

「我希望……」

風拂過樹梢，沙沙作響，一陣又一陣，像何煦的心跳那般鼓譟。

斬雪伸出手，放到了何煦髮上，揉了揉。

——我希望我喜歡的那個人，能一直這麼快樂。希望那時候的妳，仍是我可以伸手輕揉細髮、無奈喊聲「小傢伙」的妳。

「……明年換我幫妳過生日。」

斬雪唇角揚起幾分，隨即見到何煦訝異的表情。

認識何煦之後，她比以前更常笑了，有了情緒、有了生氣，更像是一個人。

斬雪伸出手，將何煦的髮揉亂，逕自往前走。

何煦呆了下，跟上去笑著抗議，一邊撥整頭髮。

玩鬧中，一聲叮咚讓兩人停下動作。

何煦摸摸口袋，在靳雪的注視下，她拿出手機滑開一看，雙眼登時睜大。

Chapter 8

「怎麼了？」

見何煦反應怪異，靳雪湊上去，便見到手機螢幕上有一張男女合照，合照中的女生不是何煦，但有點眼熟。

「我室友脫單了！」

何煦將合照亮給靳雪看，靳雪恍然大悟地哦了聲，想到這個女生她確實見過。

「她交男友很奇怪嗎？」靳雪印象中的戴語筑雖然沒有何煦可愛，但也順眼清秀。

「不奇怪，可是她男友是她高中的初戀男友啊！兩個人莫名其妙復合了！」

這就比較有趣了。靳雪眉梢微抬，兩人繼續漫步，她聽何煦說起她與戴語筑的高中生活。

戴語筑與何煦是同班同學，高一時兩人就很聊得來，友誼維持至今，對於戴語筑的戀愛史，何煦很清楚。

升高二的暑假，戴語筑與那總坐在後面捉弄她的同學交往，成為班對。

在考大學前，兩人吵了一架，主因是對未來沒有共識：一個嚮往北部，一個想往南走，雙方都不願意以談遠距戀愛為前提去努力，誰也不讓誰，最後不歡而散。

放榜後，兩人得其所願，一個北部、一個南部，就此失聯——這是何煦知道的。

「這樣不是挺好的嗎?」相較於何煦的錯愕,靳雪倒是淡然許多,「這是好事。」

「好事?」

「嗯。」靳雪望著遠處,語氣輕淡,「當初那些事情,對於妳們那個年紀來說,或許是天崩地裂的大事,可幾年後再回首,想法多少會改變。現在兩人復合,也許是彼此都有所成長,而且這一次對未來有共識,所以願意再試一次——這是很難得的幸運。」

何煦看著靳雪的側顏有些失神,她侃侃而談人生體悟,讓何煦意識到兩人之間的年紀差異,不僅是數字上的,經歷也是。

「不過,這只是我個人的想法。」

靳雪一回頭,便見到何煦五味雜陳的表情,似是敬佩,又帶點看不明白的失落。

頓了下,靳雪道:「這次回去妳可以好好問她,記得再跟我分享,我很期待。」

何煦點頭,揚起唇角,「好!」

想到何煦與室友前些日子似乎有去拜月老,靳雪便道:「看來,月老挺靈驗的。」

經靳雪一提,何煦才想起確實有這回事,附和道:「對耶!」

兩人互看一眼,靳雪淡淡地開口:「或許之後妳也會碰到妳的良緣。」

何煦想到拜月老時,腦海中想到的人是靳雪。

她是跟月老求了籤,但不像戴語筑那般篤定、虔誠,思及此,何煦苦笑,「我想,應該不會吧……」

靳雪自然不明白何煦內心的想法,只當她也是那尋找另一半的萬千男女其中之一。

手機震動，是靳宇來電。掛斷後，靳雪與何煦便走到方才下車的前庭等待。

不一會兒，靳宇開車而來，停在兩人面前。上了車，何煦收到戴語筑的訊息。

「跟妳說喔，紹遠跟書彥都抽到了任任粉絲見面會的入場券！」

何煦咦了一聲，惹來靳雪注意。何煦抬頭，對上靳雪視線，「任任的見面會，妳會去嗎？」

靳雪眉梢微抬，「我是活動負責人，妳覺得呢？」

何煦噢了一聲，發現自己問了個蠢問題有些赧然，嘿嘿笑了兩聲，「我室友跟我說，她男友跟……我另外一個高中同學也有抽到入場資格。」

「男生？女生？」

「男生，也是我高中同班同學。」對於靳雪，何煦總是據實以告，也樂於分享，「不過高中畢業後就沒聯絡了……最近一次是在北車遇到，啊，就是我們高鐵碰面的那次，妳進站後我去搭捷運時遇到的。」

靳雪愣了一下，這是她前腳一走，後院就失火嗎？

何煦的交友圈單純，靳雪想到了一個人，便低聲問道：「有IG可以看嗎？」

「哦，有啊！」

何煦低頭翻找，靳雪不經意迎上後照鏡中靳宇打趣的目光，瞪他一眼，靳宇笑得越發燦爛。

「就是他。」

靳雪側過頭，看了一眼那人的IG個人檔案，證實了她心中所想。

魏書彥。

靳雪對這個帳號與名字有印象，畢竟何煦所有的發文他幾乎都有按讚並留言，互動頻繁。

「對了，那妳有IG嗎？」何煦順口問道。

「嗯……有是有，不過——」

「妳有IG？妳什麼時候有的？我為什麼不知道！」前座開著車的靳宇出聲抗議。

「你為什麼要知道？」靳雪無視親哥，拿過何煦手機搜尋自己的帳號並按下追蹤。

何煦驚喜，聽到靳雪說：「但我才剛註冊，而且知道的人……不多，所以也沒有貼文，不要太期待，這不是有趣的帳號。」

「可是這是妳的帳號啊！」何煦毫不掩飾能追蹤靳雪IG的喜悅。

轎車抵達夜市附近的停車場，三人下車，靳宇立刻跟靳雪哀了幾聲，靳雪才交出自己的IG帳號。

「我非常震驚妳會用IG，但這是好事。」靳宇邊按追蹤邊說：「妳是因為想知道小朋友的動態，所以才用的吧？」

事已至此，靳雪也不再閃躲。

她看向先往前走的何煦，目光柔和，「對，是因為她。」

她所有的改變，只會因為何煦而已。

靳宇彎起唇角，落下一句話，便開心地走向何煦，「在我看來，何煦……應該跟妳懷著同樣的心情。」

真的是這樣嗎？

逛夜市的途中，還有回到家後，靳雪腦中不斷浮現這個疑問。

她並不是不高興，只是……沒有自信。

強壓千頭萬緒，她盡可能表現得自然平常，何煦沒察覺出異樣，只是想到明天就要離開宜蘭，有點捨不得。

洗過澡後的兩人開了兩瓶氣泡酒，窩在床上邊吃著夜市買的炸物，邊配著電影，熱量罪惡，但很快樂。

在等待電影的片頭時，靳雪說：「謝謝妳今天陪我過生日。」

何煦一愣，有些慌張，趕緊道：「是我要謝謝妳讓我來妳家玩，妳的家人都很好！宜蘭很好玩！可惜要回去了……」

何煦的目光清澈，眼睛總是閃閃發亮，是喜是怒一覽無遺。

靳雪望著，心頭柔軟，伸手輕揉了下她的髮，「也許我們之後可以一起出去玩。」

「可以嗎！」何煦驚喜，直點頭，「好啊！」

十一月中，夜晚冷涼，或因溫度驟降，或因身邊的人是何煦，靳雪不自覺往她靠近。

何煦呼吸一凝，視線仍停留在電視上，心思卻落到靳雪身上。

何煦忽然想起曾獨自跑去機場接靳雪，那天她倆搭上機捷，車廂內乘客零星，兩人坐在一塊，身體隨著車廂搖晃，靳雪的頭忽然靠上她的肩膀。

那時，她的心跳也是如此鼓譟。

何煦微垂下頭，不確定靳雪是睡著了，還是只是靠著她，無論何者，都令她捨不得。

電影到底演些什麼何煦其實不太記得了，只記得最後，她聽到靳雪均勻的呼吸聲，這才敢移動身子，將靳雪輕輕安放在枕頭上。

時針剛過十二點，靳雪的生日過了。

何煦低眼凝視靳雪的睡顏，視線不自覺落在那薄唇上。

親過了嗎……她呼吸有點快。

這是她第一次對一個人有這樣的感覺，有些陌生，卻又不自覺沉迷。

何煦伸出手，輕輕摸著靳雪的臉頰道：「生日快樂，晚安。希望妳以後的每一天都快快樂樂的。」

靳雪未答，只是往何煦靠近了些。

何煦低手輕撫她的細髮，不敢踰矩，凝視著她便感到心安。

輕手輕腳地下了床，關上電視與電燈，何煦打了個哈欠便鑽進被窩中，闔眼入睡。

因此錯過了那微睜開的眼眸裡，一閃而逝的眷戀。

☀

翌日上午，兩人吃過早餐後，便向靳家兩老與大哥告別。

臨走前，何煦與小熊、餅乾兩隻狗狗玩得歡快，依依不捨。

「歡迎妳下次再來玩，跟靳雪一起來。」靳母親切地邀約。

「好的！下次我會帶我們家的橘子來玩的。」何煦開心回道。

靳母失笑，直點頭，「我很期待。」

何煦又揉了幾把狗毛才跟靳雪一同上了靳宇的車。

三天兩夜的旅行對何煦而言就像一場夢，夢終會醒來，她還是要回去面對課業、打工，以及接下來的每一天。

望向靳雪，兩人四目相迎又錯開，指尖若有似無地碰在一起，像是彼此之間的關係，似乎有了改變……

回到台北後的她們各自忙碌，一回到工作崗位，靳雪立刻投入接下來任任的見面會細節與其餘瑣碎事項，何煦則是忙著課業與打工。

這段時間，何煦在學校碰到了簡姝緣。

「學妹。」

聽到有人在後頭喊她，何煦回頭一看，猜測對方的身分，「姝媛學姊？」

這堂是兩人都有修的通識課，在簡姝緣成為她的同事並私聊後，何煦才注意到她。

簡姝緣身穿軍藍色風衣，襯得身形纖瘦修長，半張臉埋在米白色圍巾中，一雙眼睛笑得彎彎的，白皙的雙頰被寒風颳得有些紅。一頭深褐色微捲長髮，清秀的面容，讓人忍不住多看她一眼。

「是我。」她的嗓音溫暖，看著何煦的眼神溫和，「妳總算認得我了。」

「抱歉……」何煦赧然地摸摸鼻子，「因為這堂課人很多，所以沒有注意……」

簡姝緣主動伸出手，輕輕拉著何煦，「至少我們現在認識了！之後還要請妳多多幫忙。」

「不會啦！學姊太客氣了！」何煦回道。

上課鐘聲響起，兩人走進教室，一前一後地靠邊坐下。簡姝緣坐在何煦前方，老師進教室前的空檔轉過頭跟何煦聊天。

何煦無意間瞥見簡姝緣桌上的講義，啊了聲，「對了，學姊上次傳訊問我的多益參考書，我翻了一下，確定有帶上來台北，但我今天忘記拿過來了……」

「沒關係，書應該很厚吧？不然我今天下班後去跟妳拿好了，可以嗎？」

何煦一愣，迎上簡姝緣含笑的眼眸，神情真誠。

她想了想，點點頭，「好啊！我剛好就住在咖啡廳樓上，那妳下班跟我說一聲，我下去找妳。」

簡姝緣莞爾一笑，笑容清爽，讓何煦也跟著微笑。

老師走進教室，簡姝緣回過頭，何煦也打開講義準備上課。

何煦不知道，自己的隨口答應，竟在後院播灑了火種。

何煦下課回到家後，碰到了戴語筑，不放過這個好機會，抓著她問起感情的事。

「哎，我肚子好餓，我們邊吃邊講。」戴語筑抱肚哀號，直嚷著餓，「我想去樓下咖啡廳吃，要不要？」

何煦附和：「好啊！等我一下，我去拿些書。」

兩人整理一番後便一同出門，前往樓下咖啡廳用餐。

何煦推門而入，與在櫃檯的簡姝緣對到眼，隨即得到一個燦爛好看的笑容。

在旁的戴語筑見兩人似乎認識，驚愕不已，拉著何煦坐到一旁位子上壓低聲音問：「等等，妳怎麼認識姝緣學姊！」

瞧戴語筑滿臉驚訝，何煦反倒一頭霧水，「她來這裡打工，雖然我是假日班她是平日班，但算同事……而且我們又修同堂課。」

戴語筑的腦袋瓜有些轉不過來，看看簡姝緣又再看向對面好友，覺得驚奇。

「欸，妳知不知道姝緣學姊有多夯？」

何煦頭上冒出三個問號，校園裡的八卦她一概不知，只管上課、報告，連大學生使用的社群論壇她都沒有關注。

戴語筑拍了下何煦的額，嘖嘖兩聲，「姝緣學姊不只是系花，還被人稱為A大校花，更有人說她是學校十年一遇的女神！之前她的照片被人放到表特板上立刻被推爆，超、級、夯！」

「哦……」

何煦一臉呆傻，只管點頭，這些事情她從未聽聞，此刻聽了也是不起波瀾，只當簡姝緣是一個親切的學姊。

兩人選好餐點後，何煦站起身，走向櫃檯朝簡姝緣微笑，再跟廚房內的店長與秋姐打聲招呼。

韓芷晴走出廚房，趁著短暫的出餐空檔給兩個人做介紹：「何煦，她就是我跟妳提過的學姊，姝緣。姝緣，她是何煦，假日班的工讀生。」

韓芷晴邊說邊看著兩人的反應，不像很陌生，問了一下，才知道簡姝緣前幾天就主動加了何煦的LINE，兩人還聊了很多，甚至同修一門課。

「原來如此，挺好的，以後大家就是同事了。」韓芷晴說道，視線停留在簡姝緣側臉半晌後才移開。

何煦回到座位上，問起戴語筑跟胡紹遠的復合過程，配著飲品聆聽。

原來前陣子，高三班級的一群人相約回母校探望老師，有男有女大概十來個。聚餐時，胡紹遠問了與戴語筑感情較好的女同學，十分關心戴語筑的近況。

聚會結束後，女同學便私訊戴語筑，將這件事情告訴她。

戴語筑聽完，默默地解除了一年多前對胡紹遠的封鎖，順道看了對方社群上的限時動態。

胡紹遠發現了，便主動追蹤戴語筑，戴語筑也追蹤了對方。

兩人就這樣有一搭沒一搭地聊起天，重新有了聯繫，往日的感情似乎也一點一點回到心中。

「結果前幾天他去幫朋友慶生烤肉的時候，可能喝了點酒，打了電話過來，那時妳剛好不在，他就說……」戴語筑有些支支吾吾，面色染上曖昧，「一直都很後悔當初跟我吵架，死不低頭道歉和好，如果那時候他道歉了，是不是就不會分手……」

「哇嗚！」何煦雙手掩嘴，驚訝之餘也替好友感到高興，「然後就告白了嗎！」

「沒有啦！」戴語筑嗔她一眼，接著道：「我聽了覺得很尷尬啊！就跟他說，你想說什麼是不會當面說嗎……然後……」

「他不會真的跑上來台北了？」

戴語筑點頭，神情赧然，眼裡盡是藏不住的喜悅。

「太好了！」何煦握住她的手，開心地左右甩動，「好浪漫！恭喜妳！這真的是超棒的好消息！」

「謝謝。」戴語筑也跟著笑了。

這時，簡姝緣端著托盤走到桌旁，將餐點送上並朝她倆一笑，「請慢用。」

「學姊等等！」

何煦叫住簡姝緣，視線自下而上，一雙大眼圓滾滾的，直撞進了簡姝緣眼裡。

「等妳下班，我再把書給妳。」何煦說道。

簡姝緣一愣，揚起唇角，面上歡喜，連嗓音都是暖的，「好啊。」

對面的戴語筑目睹這一切，視線在簡姝緣與何煦身上來回掃視，抬起眉梢，眼裡有戲。

「那我等等——」

何煦的話音在對上戴語筑看戲的視線時，轉為疑惑，「……為什麼這麼看我？」

「我覺得，月老真的挺靈驗的。」

「啊？」

戴語筑沒解釋，也不打算解釋，低頭吃起晚餐，「等等吃完我先上去，妳自己注意安全啊。要是不打算回來也沒關係——」

「說什麼啦！我會回去啊！不回去要去哪！」

「妳可以去的地方很多啊，像是房東姐姐那裡，還有女神學姊那裡……」

何煦頭上冒出三個問號，沒聽明白戴語筑的調侃是怎麼回事，哼哼兩聲，屈服於肚子傳來的飢餓感，跟著享用晚餐。

戴語筑用完餐後，就先回房間裡跟男友通電話，何煦則主動穿上制服幫忙店裡。

忙了一會兒，韓芷晴說道：「剩下我跟秋姐收尾就好，姝緣、何煦，妳們先下班吧。」

拿著抹布擦桌子的兩人互看一眼，相視而笑，脫下制服跟店長道別。

何煦跑到先前用餐的座位，拿起那疊厚厚的多益用書，「這就是我翻出來的全部了，裡面有一些我的筆記，希望學姊不介意。」

「不會，是我要謝謝妳願意借我用。」簡姝緣上前，欲拿走那厚厚一疊參考書時，見到何煦有些猶豫的表情。

簡姝緣不禁問：「怎麼了？」

「學姊，這些太重了，我們各拿一半，我陪妳回宿舍。」何煦道。

「咦？」簡姝緣驚訝地微睜大眼，「真的嗎？」

「嗯！」何煦點點頭。

於是簡姝緣拿走大半的參考書，朝她燦爛一笑，「學妹，真的很謝謝妳。」

見著那笑容，何煦呆了下，這才明白戴語筑那席話是什麼意思。

簡姝緣確實五官精緻，更吸引人的是她散發的爽朗氣質，和她相處很自在，難怪在校園中會是注目焦點。

兩人走出咖啡廳，邊談笑邊往門口走去。聊得歡快的何煦，沒注意到迎面而來的人。可對方一眼就認出何煦，也注意到她身旁那名面容清麗的女孩。

簡姝緣察覺一道視線，停下話向前望去，一名身材高䠷的女人正看著她們，那目光她隱隱覺得不太友善。

何煦注意到簡姝緣的視線，順著望去，見到靳雪她兩眼圓睜，神情一亮。

「靳雪！」

簡姝緣望向何煦，見到她眼裡彷彿落了星點，閃閃發亮。

靳雪雙手插在大衣口袋中，緩步邁向何煦，視線掃過簡姝緣，然後停在何煦臉上，平聲道：「妳要去哪？」

「那個……這位是我的學姊簡姝緣，因為書太重了，我幫她拿一半回宿舍。」

見到靳雪，何煦不由自主地感到高興，但靳雪面色有些微妙，似乎欲言又止，可最後僅是淡淡地嗯了聲，落下一句：「妳……早點回來。」就往大樓走。

靳雪走後，兩人繼續往學校女宿的方向前進。

途中，簡姝緣好奇地問：「剛剛那位是……」

「哦，是我房東！跟我住同一層。」也是……我很重視的人。

原來只是房東。簡姝緣彎彎唇角，又道：「她好漂亮，我以為是哪裡來的模特兒。」

「對吧！我也這麼覺得！」

聽到有人說靳雪的好，何煦不自覺驕傲幾分，開心道：「我第一次見到房東姐姐的時候，也覺得她長得很美。」

簡姝緣的目光深了幾分，凝視何煦，想伸手摸摸她的頭，可她終是忍下來了。

前些時候，和何煦傳訊聊了幾回，發現她的個性純真可愛，那時她已對這個學妹萌生一股好感，在課堂相遇後，有機會近距離觀察何煦，心中那份好感也漸漸加深。

走進女宿大樓，何煦好奇地東張西望，沒來過的她，對一切感到新奇。

「其實我很羨慕妳可以住外面。」簡姝緣邊打開寢室房門邊道：「也許大四我會不住學校宿舍，到時候……」

兩人走進寢室，簡姝緣輕輕關上門，將書籍全數放到書桌上，轉頭朝何煦一笑，「希望能當妳的鄰居。」

何煦一愣，點點頭，「好啊！我們那裡生活機能不錯，有人管理，就是房租稍微高些，但我覺得住得很舒適！妳可以考慮看看。」

簡姝緣望進何煦眼裡，微微瞇起眼，「如果鄰居是妳的話，我會認真考慮的。對了——」她看了下腕上手錶，說道：「我室友這週回家，寢室沒人，妳能不能順便教我一下店裡的事，有些工作的步驟我還不太清楚……」

何煦想了想，因為時間有點晚不禁猶豫，但迎上簡姝緣殷切的目光，她不好意思拒絕，遲疑地點點頭，「嗯……好吧。」

簡姝緣瞇了瞇眼，彎起脣角，「那就麻煩妳了，學妹。」

「學姊是哪些工作不太會？」

簡姝緣替何煦拉過一張空椅，兩人坐在書桌前討論起工作的事。

何煦說得認真，談起工作時眼裡的專注，讓簡姝緣聽著聽著有些失神。

「比例確實比較不好記，需要花一點時間，所以我都會看量杯刻度……」講解到一半，何煦發現簡姝緣有些恍神，馬上停下，「不好意思，是不是我說得太快了？妳還可以消化嗎？」

簡姝緣回過神，連忙擺擺手，「喔！沒事，謝謝妳，妳說得很仔細，我覺得很厲害。」

何煦摳摳臉頰，「也……也沒那麼厲害，我是跟店長學的，多練習幾次就會熟悉。那……從剛剛那邊繼續？」

「嗯嗯，好。」簡姝緣微笑。

時間一分一秒的過去，何煦專注於工作事項的教學，沒留意夜漸漸深了，等教到一個段落，她瞄了眼手錶，發現居然十一點半了。

她一驚，站起身，「啊！這麼晚了，我該回去了……」

簡姝緣立刻提議：「學妹，妳今晚要不要留下來？」

「咦？」

「我是想，現在時間很晚了，妳一個人走回去滿危險的………」

何煦望向窗外，外頭一片漆黑，她確實有點害怕一個人走夜路回去，但住在這裡打擾別人也不妥……

看她一臉天人交戰，簡姝緣繼續遊說：「而且入夜之後外面很冷，今天這裡剛好空一個床位，妳可以先住一晚沒關係。」

何煦蹙眉，一時不知該怎麼辦。

簡姝緣不放棄地說：「明天天亮再回去比較安全，今晚就留下來，好嗎？」

話說到這份上，何煦又考慮了一下，最後才心神不寧地點點頭，「那我就打擾了。」

「不會。」簡姝緣喜出望外，笑道：「這樣我也比較放心。」

這時，靳雪正在社區裡看著眼前空蕩的中庭，心底有些難受。

她一直站在這裡，沒有離開。

她想等何煦回來再一起上樓，卻怎麼盼都沒盼到。儘管這麼做很不像她，也沒有人逼她，但她就是想等。

稍早，她曾傳訊息給何煦，但始終未讀。

靳雪輕嘆口氣，入夜之後溫度驟降，她圍上何煦替她織的圍巾，心底有些冷。

她拿起手機，又傳了一封訊息出去。

另一頭，簡姝緣正在衣櫃前翻找，邊對何煦說道：「妳等等可以先用浴室，衣服我這邊有乾淨的。」

看簡姝緣忙著招呼她，何煦更加不好意思，「喔好……謝謝學姊。」

「我先跟妳說一下沐浴乳跟洗髮精是哪瓶。」簡姝緣站起身，把柔軟乾淨的衣服交給何煦，然後推開浴室門、打開燈，向她介紹會用到的沐浴用品，「就這些，如果還有缺的妳再告訴我。」

何煦再次道謝，然後關上門盥洗。

洗完澡後，她將洗手台注滿水，開始手洗貼身衣物，思緒在腦中徘徊。

如果不是太晚了，她想回去，臨時住外面不習慣也不方便，還是自己的窩好，而且……

何煦腦海裡浮現靳雪的臉。

推開門，何煦走出浴室，氤氳水氣跟著飄出。

「學姊，我好了。」

「好。」簡姝緣放下手機，看向何煦時忍不住輕笑幾聲，何煦頓時感到有些赧然，「怎、怎麼了？」

「沒什麼。」簡姝緣收起幾分笑意，「只是覺得妳穿這件柴犬的衣服滿可愛的。吹風機我放桌上了，妳隨意用。」

然後換她拿著毛巾與衣物走進浴室。

何煦邊擦頭髮邊拿起手機查看，發現了靳雪傳來的訊息。

「妳怎麼還沒回來？」

她立刻放下毛巾，點開視窗，用雙手打字回道：「因為時間晚了，學姊留我住一晚，我明天回去。不用擔心喔！」

收到訊息的靳雪心一沉，深深地吸了口氣。

在別人那？還過夜？

靳雪終是沒忍住，直接按下通話鍵邊走向中庭。

待何煦接起，她有點焦急地問：「妳們宿舍在哪？」

「咦？」何煦一時反應不過來。

低跟鞋走過地面，發出一串清脆的聲響，靳雪快步邁向社區大門口，「我人在外面，現在過去。」

「等等——」

「等什麼？」靳雪步出大門，仰頭張望，走過巷弄朝A大走去。

何煦在電話另一邊訝異地說：「妳現在要過來？可是很晚了，而且外面很冷——」

「我不去，難道妳會回來嗎？」

何煦語塞，眨眨眼，一時間竟不知道該說什麼，可心跳異常地快，彷彿要跳出胸口般難受。

靳雪要來找她……

「妳傳位置過來，到了我再告訴妳，妳先收拾一下吧。」

話落，靳雪掛斷電話，而何煦很快地發來自己的位置，乖巧得讓人心頭柔軟。

寒風之中，靳雪輕吁口氣，朝著何煦所在的地方大步走去。

她已經不管何煦會怎麼看待她、任任得知後會怎麼揶揄她，她只知道，如果現在不去，她今晚會睡不著，無法心安。

有些人看第一眼就能萌生好感，也有些人初次見面就覺得排斥——何煦的學姊對她而言就是後者。

要是把何煦留在那……靳雪微微握拳。

她會怕。就算是她多心也罷，她就是不願意何煦留在那裡。

一定要去帶何煦回家。

浴室門打開，白霧竄出，簡姝緣邊擦頭髮邊走出浴室，望向何煦時，見到她臉上的異色。

「怎麼了？」簡姝緣問。

「呃……」該從何說起才好？

自她被掛電話後，就有些回不了神。她一方面因為讓靳雪擔心而內疚，一方面又因為她願意來接自己而高興。

「我等等……可能要先回去，有人會來接我……」

簡姝緣一愣。

她反坐在椅子上，雙手攀著椅背，注視何煦有點紅的小臉，問道：「男朋友嗎？」願意在深夜外出接人回去應該是很親密的人。

何煦連忙擺手否認，「不、不是！我沒有男朋友！」

「那……是女朋友嗎？」

何煦呼吸一滯，臉色有點複雜，頓了下，才搖頭，「也不算……我應該算單身……」

「那——」簡姝緣語氣放柔，笑意中帶著幾分認真，「要來接妳的人，妳喜歡嗎？」

何煦微愣，抿了下唇，眼神摻雜一絲茫然。

「我……不知道。」

其實答案昭然若揭，可簡姝緣並未多言。

這幾天，她與何煦暢聊生出了好感，在面對面互動之後，好感不斷竄升。原本何煦只是教授點名簿上的名字之一，現在卻變成她在意的名字——

「何煦。」

何煦疑惑地望向簡姝緣，一雙圓滾滾的眼眸乾淨澄澈，讓人有些移不開眼。

好像被某種小動物盯著瞧似的。

「今天我室友不在，如果我希望妳留下來陪我，妳願意嗎？」

簡姝緣並不打算放棄，即便她大概猜到來人會是誰——女人的第六感總是準得可怕，但只要何煦仍單身，她就有機會。

喜歡，就要主動爭取，這是簡姝緣的感情觀。

何煦腦袋當機，還在理解簡姝緣的話語，未關靜音的手機忽然鈴聲大作。

她有些尷尬，簡姝緣仍對她露出溫和笑容，手往前一擺，示意她先接電話。

何煦側過身，接起電話，「喂？」

「我在樓下了。」靳雪的聲音從手機裡傳來，令她感到安心。

「好，那我弄一弄趕快下去——」

「我會送學妹下去，不用擔心喔。」

何煦錯愕地往旁一看，見到簡姝緣的下頷輕靠在她的左肩上，笑吟吟地看著她。

「……十分鐘，十分鐘我要看到人。」靳雪隱含怒氣的聲音透過話筒傳來，何煦還來不及說什麼，靳雪便切斷通話。

一股寒意自脊背直衝後腦，何煦抖了下，來不及細想，便匆匆起身收拾東西。

「我的衣服，啊，好像放在浴室裡還沒拿出來……」

簡姝緣拉住何煦，「妳趕時間吧？衣服就不用換了，我之後幫妳送洗烘乾，再拿去咖啡廳還妳，外套披著，東西收一收，我們下去吧。」

「哦……好吧。」急得有些腦熱的何煦沒法細想，點點頭，將手機跟錢包放進隨身小包，便披上外套，與簡姝緣一同走出寢室。

迎面而來的冷風讓何煦打個哆嗦，一想到靳雪在這種寒天中等她，她不自覺加快腳步，想儘早趕到靳雪身邊，一起回家。

簡姝緣主動挽起何煦的手，挨在一塊，何煦尷尬地看著她，簡姝緣笑道：「好冷，這樣比較溫暖。」

何煦頓時有些歉疚，「抱歉，還讓學姊出來送我下去。」

「沒事，我很樂意。」

兩人下樓，挨得很緊，映在靳雪眼裡很是扎眼。她臉色一沉，要比颳得肌膚生疼的夜風還讓人感到冷寒。

「靳雪！」何煦朝不遠處揮手，簡姝緣未鬆手，神色自若地陪著何煦走向靳雪。

彼此距離拉得越近，簡姝緣越能感覺到那股寒意，縱然面色平淡，可那森冷的目光讓人無法無視。

儘管如此，簡姝緣也不打算放手，畢竟何煦說了，她算是單身，這意味著心無所屬，自己仍有機會。

好不容易遇上一個有好感的對象，簡姝緣不想輕易放棄。

「送我到這裡就可以了，學姊趕快上去吧。」何煦還沒察覺到另外兩人火花不斷的目光交錯，對著簡姝緣感激道：「今天很謝謝妳。」

「不會。」簡姝緣總算放開何煦，瞥了斬雪一眼，突地拉過何煦，在她耳邊放低聲音說：「那妳的內衣我一樣烘乾再拿給妳。」

何煦一愣，這才想到自己曬在人家浴室裡的內衣！

她頓時滿臉驚慌，但想到還好自己穿著厚外套，不至於被發現，才稍微鬆口氣。

可對另外一個人來說，就不是能一笑置之的事了。

斬雪忍無可忍，聽到那句話後立刻拉過何煦，抓得有些大力，向簡姝緣睇了睇眼，卻只見到她燦亮的微笑。

「……斬雪？」

斬雪回過神，連忙鬆開手，發現自己用力過度，悶聲向何煦道歉。

「那我先上去了喔，咖啡廳見。」

話落，簡姝緣便轉身走向宿舍，卻聽到後面有人叫住自己——

「等等。」

簡姝緣停下，回頭一看，有些訝異。

靳雪沉著臉走向簡姝緣，夾帶風雨之勢，站定在對方面前，「我跟妳上去。」

簡姝緣眉梢微抬，雙手插在外套口袋中，毫無閃躲地迎上靳雪。

「為什麼？」

「我的東西掉在妳宿舍裡。」

簡姝緣一頓，視線掠過靳雪的肩頭，看了眼還站在原地的何煦，笑著點頭，「OK，那走吧。」

何煦呆站原地乖巧地等待，看靳雪與簡姝緣一同上樓。

不一會兒，靳雪獨自下來了。

「靳雪！」遠遠見到靳雪的何煦像一隻可愛的狗狗，拚命搖尾巴。

靳雪心底的陰鬱稍稍被驅散了。

走到何煦面前，不想讓她發現自己難看的表情，她快速伸手將小傢伙擁入懷中——

「我們回家。」

送何煦回家之後，靳雪直到進房仍記得簡姝緣那番話。

「我不認為學妹的東西是妳的，而是我不想造成學妹的困擾，請不要誤會了。」

煩躁感油然而生，靳雪輕吁口氣，揉著眉心，走進廚房給自己泡杯無咖啡因的熱茶。

所幸明天是假日，縱然今晚輾轉難眠也不怕進公司沒精神。

拿著茶杯的指腹捏緊幾分，斬雪嘆口氣，一想到簡姝緣那無畏的自信，便感到煩悶。什麼都不懂……

自己的顧慮在簡姝緣眼裡像是笑話。簡姝緣無意隱瞞對何煦有好感，大大方方地表露，但她卻總是小心翼翼，怕一不小心就把自己與何煦的距離拉遠。

斬雪越想越不悅，怒火中燒，但無處發洩。

她拿起手機傳了訊息給好友。

「我知道妳還沒睡。」

收到訊息的任任手機險些滑出手中，她仔細一看，確定斬雪沒傳錯對象後，回道：「下班還傳訊息給下屬，這種上司不道德。」

後面才加個可愛的眨眼貼圖，但斬雪見到只想打她。

「我不是為了公事。」

「那就更可怕了！」

「……」

任任拿著手機大笑幾聲，知道斬雪沒什麼耐心，趕緊接話：「好啦，什麼事？不是公事那就是小朋友的事了？」

「……不算。」

中文的博大精深，在於往往多一字，就不是那麼精確地「是」或「不是」了。

此時也是一樣，「不算」二字，到底是還是不是？

任任不打算糾結文字遊戲，決定直接打電話過去。

「喂？我任任大軍師決定出馬，免費幫妳諮詢一次嘿！」

「……那真是謝謝了。」

面對任任這種歡脫又不按牌理出牌的性子，靳雪時常是忽視與略過，可偏偏此時能問的人，也真只有她了。

於是靳雪梳理一下狀況，將自己的煩躁告訴任任，而任任越聽越覺得不可思議。

「所以……妳到底在拖什麼？妳看妳，煮熟的鴨子都送到嘴邊了，居然還不把握！何煦都要被年輕漂亮的學姊給拐走了！」

靳雪嚥下一股怨氣，悶聲道：「我告訴妳並不是要妳念我。」

「但妳就很欠念啊！」任任瞪大眼睛，語氣有些急迫，反應要比當事人還劇烈，「我以為在宜蘭那次就該在一起了，結果妳們睡兩晚一點事情都沒有！妳會不會太沒出息！」

靳雪一陣無語，想反駁卻又不知道該從何反駁起。

「我沒有十足的把握。」

要不是與這人認識多年，任任大抵難以在第一時間便明白靳雪意思，她頓了下，接道：「意思是，妳沒把握告白會成功，所以才什麼都沒做？」

「……嗯。」

聽到斬雪嗯了一聲，任任差點沒把手機砸出去。要是斬雪在眼前，她大概就會不顧這人是自己的上司，直攀上她的雙肩搖晃。

「真是活該妳出現情敵！問妳一句，要是何煦跟那個學姊跑了，妳無所謂？」

斬雪默著，光是想像那個畫面就渾身不對勁，胸口悶痛，一會兒，她開口道：「不願意。」

「那就是了。」任任覺得自己任重道遠，語重心長地說：「妳所擔心的問題，如妳所見，對另外一個人來說根本不成問題——過不去的，是妳自己。」

斬雪百口莫辯，垂下眼，輕輕地嗯了聲，難辨喜怒，但任任知道，她是會聽進去的。

思索半晌，任任開口：「這樣吧，我提一個想法。妳給自己一個期限，在期限之前，如果妳沒有告白，期限之後就不要再想這件事了，如何？」

斬雪愣了一下，思索半晌，點點頭，「好。今天先這樣吧，我再想想。」

掛上電話後，斬雪輕吁口氣，心情和緩許多。

期限嗎……

斬雪翻開桌曆，翻了頁，拿起紅筆圈起十二月的最後一天，一年之末，就是她給自己的期限。

那一天，一定要給何煦留下很好、很好的回憶。

思緒越漸清明的斬雪，心情穩定下來，打開電腦拿出工作態度開始規劃跨年行程。

在開口邀何煦一起跨年之前，她得有個想法，一個很美好的行程，才能給何煦留下難忘的出遊回憶——原本，斬雪是這麼想的。

可這一切美好想像，在翌日午後，何煦端上那杯屬於她的焦糖鹽之花時，碎了一地。

「跨年？」

靳雪見到何煦目光閃爍，神情慌亂。

「但我才剛答應別人要一起跨年……」

坐在咖啡廳窗邊的靳雪，沐浴在陽光之中，全身的血液卻彷彿凝固。

靳雪想著「沒關係」，可說出的話，卻成了質問。

「妳要跟誰一起過？」

何煦沉默，有點慌，這些全看在店長韓芷晴眼裡。

兩人氣氛有異，工作期間她認為自己不能不管，於是上前，見到靳雪蒼白的臉色。

「還好嗎？發生什麼事了？」

何煦輕抿下唇，微張口欲說些什麼，卻聽到靳雪先道：「沒什麼事。」她的神情已恢復往常的冷靜，方才的失態彷彿只是錯覺。

可何煦沒錯過。

韓芷晴看了眼兩人，點點頭，返回工作崗位。

由於仍在工作，何煦先跟著韓芷晴走回櫃檯，心裡卻忐忑不安。她回頭看了靳雪一眼，有些失神。

自認識以來，何煦第一次見到那樣的靳雪，彷若置身於薄霧之中，看上去有些不真實，還有些……難過。

意識到這點，何煦的心沒來由地扎了下。

那日傍晚，靳雪匆忙地離開咖啡廳，留下空杯在桌上。

當何煦再見到靳雪時，已是半個月後的事。

Chapter 9

「妳還好嗎？」

奔赴外婆家的路上，靳雪收到了何煦捎來的訊息。她正坐在靳宇的轎車後座，看著車窗外的景色發呆。

一切來得措手不及，靳雪毫無心理準備，靳宇也是。

在咖啡廳裡收到靳宇訊息時，靳雪先是錯愕，然後湧上心尖的變成悲傷——外婆過世了。

今早清晨，靳雪的外公醒來，發現一旁的太太沒有反應，緊急叫了救護車送醫急救，同時通知了也住宜蘭的靳父與靳母，但外婆急救後還是走了。

靳母後來才通知靳宇載靳雪一起回來。

靳雪手指敲著螢幕，回了兩個字，而後闔上手機閉起雙眼。

一向話嘮又風趣的靳宇也沉默，車內音響音樂流瀉，誰也沒說話。

靳宇與靳雪回到了宜蘭。

收到靳雪訊息時，何煦正洗完澡踏出浴室。

自戴語筑與胡紹遠復合之後，每逢假日戴語筑就往外跑。聽戴語筑說，胡紹遠有意在暑假考轉學考，考回北部學校，到時若是可以，兩人似乎想在外同居。

這其實是可以預想到的狀況，何煦也很為戴語筑高興，只是租金……

何煦環視房間，十坪空間，適合兩個學生一起生活，分攤下來的房租也很剛好。戴語筑搬走之後，她就得一個人住，負擔全部的房租，想到就有些煩惱。

雖然何煦有穩定的打工、家裡經濟狀況也允許，但她還是覺得花費略高，不希望讓父母負擔太重，畢竟她還有個念高中的弟弟。

再找室友嗎？打開吹風機，何煦心想且看且走，畢竟租約還有半年，隨時都有變數。

吹乾頭髮後，何煦拿著手機躺到床上，點開與斬雪的對話窗，看著上面的兩個字感覺有點空虛。

「沒事。」

斬雪的沒事，總覺得就是有事……何煦想到傍晚斬雪的異樣就放心不下。

認識至今，她還未見過斬雪露出那樣的神情——慌張、震驚、不安、忐忑……彷彿失去了什麼很重要的東西。

儘管好奇，但何煦不願意追問，於是回道：「我們下次再約去北車逛逛？」

直至睡前，何煦都未收到斬雪的回覆，迷迷糊糊地睡著，隔天一早，她才看到斬雪清晨五點捎來的訊息。

「我現在在宜蘭。」

「我外婆過世了，我要在這裡待幾天。」

「等我回去。」

短短三則訊息，讓剛睡醒來有點昏沉的何煦立刻清醒，隨即湧上無數擔憂。何煦想了想，推開窗戶，拍下外頭的陽光傳過去。

「好，妳要保重。」

輕吁口氣，她不知道怎麼幫靳雪，只能守著手機，在靳雪需要她的時候，讓她知道自己不是一個人。

今天是週日，中午得去打工，簡單梳洗後，何煦精神抖擻地下樓，走出大樓時，在不遠處見到熟悉的身影。

「學姊？」

「何煦！」

簡姝緣朝何煦揮揮手，兩人一同走進咖啡廳裡。

她們各自穿上工作圍裙，何煦問道：「學姊今天有班嗎？」

「店長說，最近假日比較需要人手，我今天剛好有空，就過來幫忙了。」簡姝緣一雙深褐色的眼睛含著笑意，見到何煦，神情也跟著明亮。

換好制服的兩人投入工作，各自忙碌。工作期間，簡姝緣總時不時望向何煦，眼神柔和。

工作中的何煦就算忙碌也不忘笑容，對待每一位客人總是笑容可掬，讓人感到很親切。

怎麼現在才認識呢？簡姝緣邊調飲邊想。

咖啡廳內的四個人各司其職，何煦與簡姝緣默契頗好，讓本來有些擔心的韓芷晴放心不少。

不過……她總覺得今天的何煦似乎有心事。

忙到一半，有客人進店，全店只剩下專屬靳雪的空位，這時何煦道：「今天……靳小姐不會來。」

韓芷晴愣了下，便引導客人坐到靠窗的位子。

這話簡姝緣也聽見了，她不禁想，到底是什麼樣的關係，才能知道對方的行蹤？

但沒關係，至少她之前就已約到何煦一起跨年了。

「跨年？」

接收到邀約時，何煦滿臉震驚，簡姝緣暗自緊張，但故作鎮定地說：「對啊，妳有約了嗎？」

「是沒有……」

簡姝緣心一喜，連忙道：「那一起跨年吧，我們可以去KTV、電影院、演唱會，或去露營、泡溫泉什麼的……我覺得都很好。」

跟妳一起，哪裡都很好。

何煦想了想，「嗯……我目前是還沒有約……那好吧，地點我們再討論。」

於是這約就訂下來了，簡姝緣每想一次就感到雀躍，也因為如此，她更篤定自己仍有機會。

晚上收店後，店長單獨喊了何煦過去，問道：「妳還好嗎？看起來沒什麼精神，身體不舒服嗎？」

何煦一愣，連忙搖頭，「我很好，謝謝店長，我只是……擔心靳小姐，她家裡出了一點事。」

店長微抬眉梢，也不追問，輕道：「不是身體不舒服就好。對了，趁著這個機會，有件事情我想先跟妳說。」

何煦直覺認為不是小事，可她沒想到會是這種事——

「之後……可能沒辦法讓妳繼續來上班了。」

咦？

何煦有些錯愕，著急道：「是不是我哪裡做得不好，我可以改！」

「不是不是，妳誤會了。」韓芷晴趕緊揮揮手。

「不……不是嗎？」

那雙大眼有些溼潤，小臉顯得很沮喪，韓芷晴不禁失笑，「妳這樣別人會以為我在欺負妳。」

「唔……」

「我不是要解雇妳，」韓芷晴垂下眼，望向咖啡廳，滿臉不捨，「是因為這間店面的租約到期，沒辦法再續約，所以……」

「什麼？」何煦訝異地睜大眼，「可是這是妳跟秋姐的心血啊！好不容易才做起來的——」

「何煦，謝謝妳。」韓芷晴柔聲打斷她，見何煦為她倆抱不平的樣子，心裡一股暖流流淌而過，「我們也捨不得，但店面是租的，我們也無能為力。」

「怎麼會……」

她知道秋姐與韓芷晴花了多少心思才將這店給做起來，撐到現在才多請第二位工讀生幫忙，一切看似好轉，卻又戛然而止。

何煦為此感到難過，可就如同韓芷晴所說的……無能為力。

「那……什麼時候要搬走？」何煦不捨地問。

「租約到明年二月底，大概春節後就得慢慢開始收了。」韓芷晴微微一笑，「剩下幾個月，再麻煩妳跟姝緣幫忙了。」

何煦點點頭，多希望可以在這裡待久一點，跟在韓芷晴身邊學習……

拖著沉重的步伐回到住處，何煦輕嘆口氣，心情低落。面對空無一人的房間，內心的空虛感更加強烈。

就在這時候，她的手機一陣震動，滑開一看，有些愣住。

「妳在忙嗎？」

捎來訊息的人是靳雪，何煦立刻回自己不忙，電話就打來了。

「喂？」

靳雪略低的嗓音透過話筒傳來，迷人的聲線不損半分，聽得何煦心跳加快，但想到靳雪正在治喪，她立刻收斂心神。

「妳吃飽了嗎？」

何煦連忙道：「吃飽了！剛下班回到房間。妳……現在在外婆家嗎？」

「嗯。」靳雪那頭隱約能聽見風聲。

「妳在外面嗎？不冷嗎？怎麼不待在室內？」

關心如連珠炮，靳雪寒冷的心像碰上爐火有了溫度，嗓音暖了幾分。

「風不大，沒事，而且在屋外才能打給妳。」

何煦點點頭，「那就好……」

然後兩人突然陷入短暫的沉默，靳雪覺得怪異，問道：「妳是不是有心事？發生什麼事了嗎？」

何煦回過神，才緩緩將今天的事情告訴靳雪，而後又說：「我不是擔心以後的打工怎麼辦，而是——」

「我知道。」靳雪略低的嗓音平緩地回應：「妳不必解釋，我懂。妳是一個……」靳雪像是忽然想到什麼，輕笑幾聲，「把別人的心情，放在自己之前的人。」

何煦莫名地紅了臉，有些慌張。坐起身，手不自覺地抓皺棉被。

「那、那妳的心情還好嗎？」

「還好，接受之後就比較平靜了，接下來要再待幾天，幫忙後續的儀式。」

兩人又聊了一會兒，時有笑語，讓何煦放心不少。通話結束前，何煦說道：「這幾天晚上，如果妳想找人說話，都可以打給我。」

靳雪輕輕地嗯了聲，說了聲好。

頓了下，何煦有點不好意思地說：「那……晚安？」

「何煦。」

靳雪忽然出聲，何煦疑惑地嗯了聲，安靜地等待。

握著手機的靳雪，仰起頭望著夜空的零碎星點。

夜已深，可她並不覺得冷。

兩日的紛紛擾擾，讓一切顯得不真實，親人的離去，靳雪的感受有些慢，一切恍然如夢。

是何煦的聲音將她拉回現實，這一切都是真的。思念也是。

靳雪其實捨不得掛電話，但夜已深，明日何煦還得上課，她不該耽誤她的時間，卻又怕這一掛，會不會就有誰能代替自己了。

因匆忙離去而沒能說出口的話，靳雪決定留到回去時再一次說。

「妳可以……等我回去嗎？」

何煦微愣，還沒回答，便聽到靳雪續道：「我有些話想當面跟妳說。」

何煦點頭，這一次，換她說聲好。

何煦不知道靳雪想說什麼，但她的心思全盼著靳雪平安回來。

有所期待的見面，使得分離的日子不那麼難熬。

而在靳雪回來之前，任任的粉絲見面會先到來了。

到來的……還有好久不見的那個人。

任任的粉絲見面會辦在中正區的展演場，可容納三百人，入場資格開賣後，一小時內全數售罄。

她是目前國內最炙手可熱的YouTuber之一，對於這個結果無人感到意外，除了任任自己。

見面會開始的前十五分鐘，任任的經紀人接到斬雪電話，按照指示將手機遞給任任。

開頭的第一句話，讓任任頓時心安。

「晚上，我會盡量趕過去。」

一聽到一向可靠的好友說會趕到，她本有些忐忑的心境慢慢安定下來。

「我不會跟妳說加油，我知道妳做得到，而且會做得很好。」

斬雪毫無起伏的嗓音透過話筒傳來，仍是那樣淡漠、那樣冷靜，可字句中流露的信任不言而喻。

「妳是我拉進公司的人，不會太差。」

任任感動地嗯了一聲，斬雪便掛上電話，讓任任去做上台準備。

斬雪予以任任的肯定，並非是多年的交情，而是客觀的實力認可。在競爭激烈的YT圈，沒有一點本事根本無法長紅，爆紅容易，跌落神壇也容易。

斬雪不敢說任任推出的每支影片都能引起熱烈迴響，但每一步都很穩健，背後還有優秀的企劃團隊，加上任任本身的魅力，令她在這圈子有一席之地。

並非頂尖，但也是前十名內。不過……

「斬雪、斬雪！」

斬雪回過神，迎上後照鏡中斬宇的視線，對於斬宇方才的話沒聽進半句。

綠燈亮起，斬宇視線移回前方，轎車駛進隧道，他不滿地哼了聲，「齁，我說話都不聽！妳剛剛是在想什麼？擔心任任喔？」

「不是。」斬雪雙手抱臂，頭靠車窗，望著窗外，「任任沒什麼好擔心的，她是那種遇強則強的人，臨場反應非常好，縱然上台前好像很緊張，一上台就會變一個人。」

斬雪邊說邊回憶起大學生活，那被任任纏了四年的生活中，唯一一次令她懾服，甚至記到現在的事。

那是無數次課堂報告中的一次，卻是讓斬雪注意到任任的契機。

在此之前，斬雪與任任都是不清不淡的關係，全靠任任單方面維持，而斬雪只是不拒絕她的熱情，從未主動釋出善意。

這情形持續到大三的一次必修課，她們遇上大刀老師，每次上課都戰戰兢兢，不敢怠慢。這位教授尤以重視團隊合作與上台報告，這是眾所皆知的事。

但某次斬雪、任任與另外兩位大四學長姊同組報告時，偏偏臨時出了包。

本該輪到學長上台的時刻，患有腸躁症的學長因為太過緊張而在上台前直奔廁所，報告忽然尷尬地中斷了。

一向游刃有餘的斬雪一時之間也有點慌。

由於報告是分成數份內容，各自進行再統整，每人上台報告自己負責的那部分，若非統整的組員，不清楚其他人的報告內容是常有的狀況。

眼看教授臉色鐵青，準備訓斥時，坐在一旁的任任忽然站起身，將手機放在桌上，神色自若地走上台。

靳雪瞥了一眼任任的手機，螢幕上的簡報正是學長負責的部分。

當任任拿起麥克風時，靳雪本做好了明年重修的準備，可她一開口，這樣的擔憂隨即煙消雲散。

「接下來的報告內容是……」

台上的任任神色沒有一絲慌張，滔滔不絕，內容井然有序，甚至加入自己獨道的見解，一點也不像是臨時上台，她流暢地介紹一張又一張簡報，連最後的結論也納入其中，完美結束這次的報告。

「謝謝各位！」

任任走下台後，教授滿意地點點頭，誇讚任任對這次的理論了解得相當透徹，舉例也得宜，是一組值得當作模範的報告。

任任笑得很開心，可趁教授不注意，一轉頭就對著靳雪垮下臉，壓低聲音說道：「我快嚇死了！我剛剛是不是看起來超緊張、超奇怪的！」

靳雪愣了下，目光拂過任任的臉，她神情真誠，無一絲虛假。

難道……任任真的很緊張？但很快地靳雪便否認這個猜測，於是說：「沒想到妳有看其他人的部分。」

話落，任任一臉茫然，搖搖頭，一邊擺手，「妳太看得起我了吧！我哪是那麼用功認真的人啊！」

「那次之後，我就知道那是她的人格特質，不是意外也不是湊巧。」靳雪閉目養神，聲音聽上去沒有以往的淡漠。

駛出隧道，兩旁一盞盞路燈發出的光線劃過靳雪臉上，彷彿仍有什麼正困擾著她。

靳宇壓了下唇角，開口道：「既然不是任任，那是誰？看妳這表情，也不像是因為小朋友吧。」提及何煦，靳雪睜開眼，目光柔和幾分，可迎上靳宇的視線時，眸中溫度驟降。

「我在想的，是冉然。」

靳宇訝異道：「冉然？那個最近爆紅的YouTuber？」

「她不是爆紅。」靳雪淡淡地打斷靳宇，陳述之中，也在梳理自己的思緒，「是她終於走到所有人面前了。」

並不是被推上神壇，也不是被眾人追捧，而是紮實地、穩健地走到了這裡。

網路世代人人皆有爆紅機會，可不是誰都可以一直發光發熱，或是在適當的時機出現。

「那不是挺好的嗎？妳是YT經紀公司，不就是該網羅這些YouTuber成為重要資產嗎？這些YT就是你們公司命脈，是吧？」

是啊……作為門外漢的靳宇都明白這個道理，靳雪不會不知道，而她底下數名正在活躍的YT當初也都是靳雪一手拉拔起來的，那些成熟的YouTuber，靳雪則會成為他們前進的助力。

但是……

靳雪拿出手機點開，社群論壇處處可見冉然身影，而早在眾人知曉之前，業界已先傳出了一點風聲。

靳雪過去所做的，就是在那些具潛力的YouTuber發光發熱之前，先延攬、再培養，而已成熟的YouTuber若成為夥伴，靳雪則負責鞏固，不讓他們腳下的基底崩盤。

在其餘經紀公司眼裡，冉然炙手可熱，也有幾位前去洽談，可都無果。YT圈縱然雜亂，可都有基本脈絡可尋。

有些YT選擇獨立作業，包攬所有工作；有些YT則是一人作業之後，再招募員工，慢慢成長為工作室，壯大一些的則成為小型公司。另外，也有些YT選擇進入經紀公司，相輔相成。

可冉然除外，態度曖昧不明，遊走在獨立與非獨立之間，讓人摸不著頭緒。

有時出現在藝人的直播或是其他YT的影片，有時出現在時尚圈，偶爾也能在作家的新書座談會上見到她的身影，甚至是同人圈的Coser她也能搭上一腳。

以YT為職業之後，有自己的定位與特色非常重要，沒有能讓人立刻聯想到的特色是種致命傷，遲早淹沒在YT圈裡，黯然退出。

可冉然不同，什麼都會，什麼都可以做得很好。靳雪打聽過，每個看似與YT圈完全獨立的圈子，合作後對冉然的評價都非常好。

其中，幾個稍有交情的合作對象，都告訴靳雪一件事——

「只要妳親自出面，冉然一定會說好。」

靳雪眉頭微皺，這種感覺……簡直像是步入套路似的。

可眼前，顯然有更大的難關在等待斬雪。

☀

「何煦，妳到了之後跟我說一聲，我請同事拿VIP證給妳們。」

見面會當天，任任傳了訊息給何煦。

收到訊息的何煦正與戴語筑在附近的咖啡廳吃難得的下午茶。

「感覺妳打工之後，我們就比較少約下午茶了。」坐在對面的戴語筑感嘆地說。

何煦調侃：「妳確定不是因為妳交男友了嗎？」

「哪有！」一提到這件事，戴語筑赧然地嗔道：「我、我也沒有常常消失吧！」

何煦只是給她一個自己體會的微笑，戴語筑瞪她一眼，清清喉嚨，「不過，真的要謝謝妳帶我一起去耶，而且還是VIP！」

何煦贊同地點點頭，「任任人真的很好。」

「說到男友，妳的紅線還在不在？」戴語筑突然問道。

「咦？」何煦微愣，在好友的注視下，她拿出錢包翻開一看，戴語筑隨即哀嘆一聲。

「好可惜！紅線還在……那妳有沒有認識什麼新朋友？」

何煦搖搖頭，可在開口前想到了簡姝緣，這閃神的瞬間沒逃過戴語筑的眼，她激動地問：「有認識對不對?誰啊?齁,妳都不主動說!」

「唔……」想到戴語筑的男友,再想到自己在意的對象,何煦陷入猶豫,臉色有些複雜。

戴語筑見著了,想了一下說道:「是男是女無所謂喔。」

何煦微愣,一臉被說中心事的樣子讓戴語筑噗哧一聲,「拜託,現在都什麼年代了,喜歡男生還是女生很重要嗎?」

戴語筑雙手一攤,「至少我是覺得無所謂啦!這是很自然的事,沒什麼好顧慮的,我也希望妳可以多跟我聊一些,不然每次都是我纏著妳講胡紹遠的壞話,很孤單欸!」

何煦失笑,心裡那點疙瘩煙消雲散,於是何煦將這段日子與靳雪、簡姝緣之間發生的事,都告訴了戴語筑。

戴語筑聽完之後一臉訝異。

何煦拿起小叉子在戴語筑面前揮了揮,戴語筑才回神,「等一下,妳上大學後同性緣大開是怎麼回事?」

何煦尷尬一笑,「也沒有到這種地步……」

「一下美女房東,一下女神學姊,妳真厲害!」說到後面戴語筑笑出聲,惹來何煦的瞪眼。

「好啦,我也不是什麼戀愛大師,沒辦法給妳專業的意見,不過……」食指指向甜點,戴語筑續道:「要妳天天吃甜點跟天天喝飲料,妳選哪個?」

何煦愣了一下,低頭看了看,「飲料。」

「那就是了。」

何煦抬頭，不明白地看著戴語筑，只見她笑道：「妳的『喜歡』總是很明確，要說出妳不喜歡什麼反而有點難。我知道人與人之間的關係不像是甜點跟飲料這樣簡單，可是喜歡的本質是一樣的吧——對妳來說。」

何煦愣住，一時間語塞。

「並不是要妳二選一，這樣對她們來說太失禮了。我想說的是，心動並非一種選擇，喜歡也是。」戴語筑攪著杯中奶茶，頓了下，「何煦，明年入秋後的第一杯奶茶，妳想跟誰喝？」

隨著問題落下，有個人的身影在腦海中越發清晰。

戴語筑的嘴角上揚幾分，停下攪拌的動作，「那也許就是答案喔。」

夜幕降臨，何煦與戴語筑一起離開咖啡廳，朝任任粉絲見面會的會場走去。

剛抵達，眼前洶湧的人潮讓兩人瞠目結舌。雖然知道任任的高人氣，也知道票券在開賣第一時間就售罄，但親眼見到、並身處人群中才感受到那股來自觀眾的熱情。

人潮陸續湧入會場，何煦憑著與任任不算深厚的交情，與戴語筑可以不用從尾端排隊，直接進入。戴上從工作人員那取得的VIP證，戴語筑興奮地在何煦身邊反覆說道：「有貴賓證真的好棒啊！」

「是是，妳說過好幾次了。」

進入會場之後，戴語筑拿起手機，四處張望不知在尋找什麼，何煦欲開口問時，戴語筑先一步指向前方，一臉雀躍。

「胡紹遠！」

何煦一愣，順著她的目光望去，隨即看到不遠處兩個青年舉起手揮了揮。

在看清楚另一個人是誰時，何煦有些訝異。

「呦，魏書彥，你好像瘦了嘛！」一旁的戴語筑一見到魏書彥便開口損了幾句，「是不是都在畫設計圖沒睡覺啊？」

「別說了……」魏書彥擺擺手，「不要讓我想起我的作業，評圖真的會死人。」

戴語筑大笑，拉著何煦熱情說道：「我們家何煦可是任任的VIP！跟你們這種庶民不同！」

「喂……」何煦回神，推搡戴語筑一把，「別亂說……」

「這代表我們不能坐在一起了？」

發話的是魏書彥，何煦抬頭，迎上他的目光，對方專注凝視著她，愣了幾秒，她頓時有些不自在地別開眼。

「當然！我們是坐前面的！」

話落，戴語筑對男友使個眼色，打算先拉何煦離開，可就在這時，魏書彥再次開口。

「何煦。」

何煦一回頭，便在那雙眼睛中見到更深的感情。

「結束之後，我去找妳。」

何煦未答，轉頭就挽著戴語筑離開，在工作人員的引導下，朝貴賓席走去。

可無論何煦走多遠，有道目光始終穿越人群，緊隨著她。

六點一到，見面會準時開始。

任任走到台上時，全場歡聲雷動，今天安排的活動互動性高，掀起一波波的高潮。

任任的好人緣在圈內有目共睹，這次的粉絲見面會也邀請到許多線上活躍的YouTuber當嘉賓，每一位在國內都廣為人知。

為了這次的見面會，任任所屬團隊準備許多獨家影片在現場公開播映，每一部精心的影片都博得滿堂彩，任任臉上的笑容也越來越自然，整個人散發自信的光彩。

「好厲害啊……」在台下的何煦讚歎連連。

一旁的戴語筑也頻頻點頭附和：「超多驚喜，超用心的！天啊！真的太值得了！」

看著忙進忙出的幕後團隊，每個人都穿著印有斬雪公司LOGO的制服，動作利索，何煦不禁想，這就是斬雪所帶領的公司，如果今天換作是自己，能在職場上展現這麼專業的態度嗎？

瞬間，何煦又一次意識到兩人之間的差距，不只是年紀上的數字，還有她遠遠不及的社會歷練。

這樣的自己……有資格喜歡人家嗎？

「我也得更努力才行。」

「啊？」

聽到何煦的喃喃自語，戴語筑沒聽明白，可見到她眼裡的光芒，那一點擔憂也煙消雲散。

看來沒問題了，何煦已經想清楚，找到她的目標。戴語筑微微一笑，視線轉回舞台上。

中場休息，上半場是任任與其餘YT們帶來一連串的驚喜，下半場則會把焦點轉向觀眾，以互動遊戲為主。

今天來到這裡的觀眾，大多也是為了這點而來。

對於真心喜愛創作者的觀眾來說，沒有什麼比親眼見上一面、甚至能有一些互動來得更讓人高興了。

胡紹遠與魏書彥趁休息時間來找何煦跟戴語筑，四人剛碰上，胡紹遠率先說道：「抱歉，戴語筑借我一下。」隨即拉著女友走到一旁，留下魏書彥與何煦獨處。

何煦有點錯愕。

兩人獨處後，魏書彥心中湧上難以言喻的激動，他不禁往前走一步，何煦則下意識退了兩步。

魏書彥一頓，開口道：「上次的橘子很好吃，謝謝妳。」

何煦搖搖頭，「哦，不客氣……」

其實不過半年不見，期間也時常在何煦的社群上留言，可不知道為什麼，魏書彥總覺得拉不近與何煦的關係。

高中時沒勇氣追何煦，是怕同儕揶揄，儘管何煦之外的人都知道自己的心意，魏書彥始終沒有踏出那一步。

那時的何煦如同現在一般純粹，像冬日裡曬暖的棉被，明明近在咫尺，可他就是退縮了，只敢在畢業後的現在試著接近一些。

高中時的何煦，對任何人都很親切，對他也是，但這樣卻讓他感覺很近也很遠。

大學後，兩人重逢，何煦的笑容仍然能使他心頭一緊，他不想再因為膽怯而錯過，正想再開話題——

「嗯……我想去一下洗手間。」

何煦尷尬地扔下這句話就往外走，後頭的魏書彥頓時有點落寞。

戴語筑與胡紹遠站在遠處觀察兩人的互動，都犯了尷尬癌。

戴語筑搓著手臂上的疙瘩，「你到底是助攻還是阻礙啊？」

胡紹遠摸摸後髮，結果不如預期，可他也愛莫能助，「唉……我也只能幫到這了。」

讓兩人獨處已製造了機會，但看何煦匆匆離開的樣子，顯然是失敗收場了。

戴語筑踮起腳尖，往男友臉上捏一把，嚷嚷道：「你們到底有沒有擬好策略啊？靠不靠譜！」

「我也不知道啊。」

男友就是讓女友胡亂撒野的存在，胡紹遠哎了聲，戴語筑哼哼兩聲才放開手，「難道魏書彥上大學後沒有認識其他對象？」

「也不是沒有，但都不到喜歡。」胡紹遠揉揉自己的臉，看著好友落寞的樣子，有點於心不忍，「他一直喜歡何煦，大概看到我跟妳復合，所以也跟著燃起希望了吧。」

可不是每個人都跟從前一樣。

躲到洗手間的何煦，想到魏書彥熱切的目光不禁嘆口氣。高中時不曾在意的，如今一旦在意，就沒辦法好好面對了。

何煦走到洗手槽前，轉開水龍頭，掬起一把水往臉上輕拍，試圖讓腦袋冷靜一些。

「哈囉。」

聽到身後忽然傳來聲音，何煦回頭見到一名身材高眺、戴著帽子的女生，笑吟吟地看著自己。

「這是妳的嗎？」

她手上拿著一張VIP貴賓證，何煦低頭一看，發現自己的貴賓證不知何時被包包的背帶扯掉了。

「對！好像是我的，謝謝妳！」何煦連忙接過貴賓證，不經意地抬頭看了眼那女生，發現對方的長相有些熟悉。

「不客氣，找到就好。」

這個聲音……何煦頓時雙眼圓睜，「冉然！妳是冉然吧！」

「咦？」女生愣了一下，摘下帽子，露出一張精緻中性的面容，她撥了撥俐落的短髮，彎起唇角，「妳認識我？」

「當然知道！」本就有在關注YT圈的何煦，不可能不知道冉然。

傳聞，冉然並非專職的YouTuber，沒拍影片的時候，就去當模特兒拍雜誌，如今見著本人，也等同坐實了傳聞。

瞧她呆住的樣子，冉然忍俊不住，親切道：「中場休息好像快結束了，妳要不要先回去？」

何煦這才回過神，連忙道謝，離開洗手間大步往會場走去。

好可愛的女孩子，真像某種小動物。冉然彎起脣角，眼裡盡是笑意。

隨著一個個粉絲互動活動，會場氣氛越來越熱鬧。活動進行到最後，來到了萬眾矚目的環節——大聲說愛。

活動方式是抽選幾位觀眾上台告白，但對象不限於任任。

進入這個環節後，任任經紀人收到靳雪捎來的訊息，趕緊走出會場接應上司。

靳雪風塵僕僕下了車，走入展廳與經紀人碰面，再一同上樓進到會場。

「進行到哪了？」靳雪問。

「到『大聲說愛』的部分了，時間有控管，八點可以準時散場。」

靳雪點點頭，「那好，請B組跟C組人員先下樓準備疏導人群，留A組在會場內。」靳雪邊交代邊推開大門，見到了令她扎心不已的畫面——

「大家好，我叫魏書彥。今天，我想藉著這個機會，跟現場的某個女生告白！」站在台上的男孩，手握麥克風，白光打下，照亮他的身影。

「那個女生，叫何煦。」

尖叫聲與歡呼聲四起，隨著話語一落，另一道白光打在另外一個女孩身上，驚慌的小臉投射在會場的大螢幕上。

是何煦。

「何煦，我喜歡妳。」

不會回來的青春、不會再有的勇敢，無人能及的義無反顧，是那個年紀才有的衝勁與勇氣。

這些，全深深烙印在靳雪眼裡，包括何煦的神情，以及泛紅的眼眶。

靳雪的心頭狠狠一緊，電話中想說的被人搶先了一步。

舞台上的任任雙眼圓睜，微張開嘴，慌張地看著台上陌生的男孩，再往底下的何煦望去。

這個何煦，真的是她認識的何煦！是靳雪喜歡的小傢伙啊！

任任猛然往門口望去，見到趕來會場的靳雪時倒抽口氣。

糟糕了！

跟誰告白都可以，怎麼偏偏是何煦！今晚一直做足臨場反應的任任徹底當機，腦海一片空白，不知道該如何是好。

台下觀眾開始起鬨，高喊著「在一起」、「答應他」……

眼看負責控場的任任沒了反應，後方的經紀人正想上台協助時，一道女嗓忽然從另一邊響起。

「這位帥哥小弟弟。」

全場注意力全聚集到舞台另一側，見冉然拿著麥克風走到台上，掛著自然的笑容走到魏書彥身旁，友好地搭上他肩膀，「當眾告白很勇敢啊！你很棒！」

冉然瞥了眼底下人群中的何煦，再望向一旁的任任，彎起唇角道：「任任，妳覺得當眾跟喜歡的女生告白，是不是很青春？」

「咦？」忽然被點名的任任回過神，冷靜下來接話：「是啊！我以前念書的時候也好希望能碰到這種事啊！」

冉然瞇了瞇眼，泰然自若地反問：「那如果今天主角換作是妳，這個告白的回覆，妳會不會希望私底下告訴對方呢？」

冉然眨了下眼，任任立刻意會到對方意思，連忙點頭，「會！畢竟告白之後，就是兩個人之間的事了。」

話落，冉然看向魏書彥，「帥哥弟弟，我很欣賞你喔！關於這位女主角的回覆，就留給你們自己了，OK吧？」

雖然這非魏書彥的本意，但他還是順著點點頭，在工作人員的導引下回到座位。

冉然的再次出現對觀眾而言是個驚喜，眾人情緒相當沸騰，任任回頭看了看工作人員，便臨時與冉然作為搭檔，一同為今天的見面會進行收尾。

「嚇死我了……還好有冉然。」台下的經紀人摀著胸口，冒出冷汗。要不是冉然剛好出現救場，真不知道任任何時會反應過來。

經紀人無意間望向靳雪，不禁一愣。

靳雪的表情……經紀人心裡發寒，往旁一站。在靳雪底下工作數年，她從未見過靳雪露出這樣的表情。

很可怕，又很……難過。

「接下來，我們點最後一位粉絲，想問什麼都可以，有沒有人願意成為壓軸呢？」

話音一落，幾位觀眾舉了手，任任隨意挑了一位。

底下工作人員將麥克風遞給那位觀眾後，她便說道：「我想請問冉然，剛剛那位男生當眾告白的時候，妳說很欣賞他的勇氣，那冉然有沒有也想大聲告白的對象呢？」

問題掀起了最後一波高潮，底下觀眾鼓譟，而台上的冉然仍一派輕鬆愜意，她想了一下，拿高手中的麥克風湊到唇邊。

「有。」

下一秒，全場再次歡聲雷動。

感情一向成謎的冉然不是第一次遇到這個問題，過去被問到感情問題時，不是一笑置之，就是轉移話題巧妙地避開，此刻她卻是第一次正面回應了。

說了有，自然讓人想接著問下去，而她也符合眾人期待地再次開口。

「那個人也在現場。」

一句話輕易地掀起全場氣氛，連一旁的任任也兩眼發光，忍不住八卦，「那個人是怎麼樣的人呢？」

冉然看向任任，兩眼笑得彎彎的，眼裡的深意讓任任有些愣住，隨即聽到冉然接道：「是……業界的高冷女王呢。」

任任的心咯噔了下，立刻想到一個人，而那個人……

斬雪臉色微變。她在賭，賭冉然再怎麼失序，也不至於像個毛躁大學生般直接告白。

「提示就到這嘍！大家要是想知道，那就繼續追蹤任任喔！」

居然把球扔回來……任任笑容微僵，但這是自己的主場，還是硬著頭皮接了幾句話，躁動平息不少後便進行收尾。

而冉然也走往後台，消失在人群之前，當眾人焦點放在台上時，惟有何煦望向後台冉然消失的方向。

半晌，一道熟悉的、許久未見的身影映入眼簾。

「斬雪……」

可一晃眼，斬雪便跟著消失在視線中，跟著冉然一起。

那瞬間，何煦忽然有種非常不好的預感。

「何煦……」

散場之後的人群中，何煦的外套一角忽然被揪住，一回頭便見到滿臉愧疚的戴語筑，她不禁失笑，「怎麼了？」

「唔……我覺得我要跟妳道歉。」說到底，其實也跟戴語筑無關，但扯到自家男友，戴語筑覺得難辭其咎。

何煦眨眨眼，沒明白這意思，「為什麼？妳知道魏書彥會告白？」

「我是不知道，但是──」

「那就對了，再說，就算妳知道也不必道歉。」何煦主動伸手拉過戴語筑，免得在人潮中走散了，「我只是……被嚇到而已，沒有生氣。」

聞言，戴語筑才放下心來，長吁口氣，「我也是被嚇到了，男生做事怎麼這麼衝動！又不是每個女生都喜歡大張旗鼓的告白，魏書彥是不是傻了。」

何煦苦笑，喃喃道：「是啊……」

可會不會有人喜歡這樣呢？何煦望向後台的方向，臉色有些蒼白。

高冷女王──何煦認識一個，那個人不是YouTuber，但也是相關人士。

性子冷、面色冷，令人難以親近，偏偏她一點也不怕她，反而不自覺地被吸引，且在漸長的相處中，目光漸漸地移不開了。

走出會場，便見到兩個眼熟青年站在不遠處，他們的臉色有著同樣的尷尬與不自在，戴語筑憂心地看向何煦，不禁一愣。

當何煦站定在魏書彥面前時，胡紹遠欲說些什麼，卻先一步被女友拉走。

「你還有心力關心魏書彥？怎麼不先擔心自己？」

戴語筑看向胡紹遠，看得他不禁一抖。

她的笑容溫和，卻讓人感到一股寒意，胡紹遠頓時覺得不妙，腰上多一隻手時，他呼吸一滯，被狠狠地捏了一把。

小倆口正壓低聲音打鬧時，聽見了何煦音量不大，卻萬分堅定的聲音。

「對不起。」

本以為會被斥責，魏書彥面色一僵，立刻慌得低下頭，「不、不是，是我的問——」

「高中三年我都沒有發現，抱歉。」

他頓時沒了聲音，怔怔地看著何煦，見到那張乾淨素雅的面容上，讓人安心的、傾心的溫暖笑容。

「其實你一直表現得很明顯，只是我一直不在意……現在我才懂了。」

魏書彥垂下頭，摸摸後髮，壓了下唇，「不……是我沒有勇敢一點，沒有把握住機會，現在才會著急……」

一想到何煦的改變是因為別人，魏書彥心有不甘，所以才會一頭熱地胡亂告白。他總覺得要是今天不說，往後就沒有機會說了。

雖然說了也是無果，但說出口後，至少沒有遺憾。

魏書彥鼓足勇氣，微張開手，眼含淚水顫抖著聲音說：「我知道我們沒有機會……但可不可以，給我一個擁抱？」

何煦張開手，給予他一個純粹的擁抱。

一個輕柔、友善的擁抱。

兩人分開後，胡紹遠走近好友，手一勾把人給拉過去，一邊嚷嚷：「走啦！喝酒！不要再給人添麻煩了！」

兩個青年越走越遠，而戴語筑走向何煦，欲說些什麼時，餘光瞥見了一抹身影。

她愣了一下，隨即彎彎唇角，輕鬆道：「原本我也想拉妳去吃宵夜，不過看來妳是沒那個時間了。」

「咦？」

何煦順著戴語筑的視線望去，見到穿著褐色風衣、圍著眼熟圍巾的靳雪時，心頭一緊。

戴語筑繞到何煦身後，雙手放到她的肩膀上，推著何煦往前走。

四周人潮不斷，可靳雪的目光始終落在何煦身上。彷彿這天地之間，她只看得見何煦。

這一次，她趕上了。

這一次，不能再逃了。

兩人碰上，戴語筑鬆開手，看了眼靳雪，便轉頭朝捷運站走去，在心底無聲地為何煦加油打氣。

四目相迎，許久不見。

一對上靳雪的視線，何煦的心跳就不由自主地加快，渴望接近，卻又不敢往前踏一步。

靳雪先往前走了，伸出手抱住了她——

「我剛剛去找了冉然，因為她的表白。」

何煦心一顫，不安倏然放大，某些臆測被證實的同時，彷彿也撕裂了心。

想掙脫的想法先一步體現在身體上，她在掙扎、在害怕，可靳雪摟得更緊。

「我去告訴她，我有很喜歡的人了。」

何煦一愣，停下了動作。

她抬起頭的剎那，臉被捧住，冷涼的吻隨之落下，落在了她的額心。

「那個人是妳，何煦。我喜歡妳，真的很喜歡妳。」

何煦眼眶一紅，又掙扎起來，斬雪有點慌，雙手箝制住她，慌張地說：「不管妳是不是答應那個人的告白了，我就是不要妳跟別人在一起，我也不管是學姊還是那個男生，我都不准。」

然而，斬雪卻聽到了何煦顫抖的聲音，「冉然那麼好、那麼耀眼，那樣的人才能站在妳身邊，妳、妳喜歡我什麼啊……」

斬雪一呆，停下動作，怔怔地看著眼前的小傢伙，忽然覺得事情有點有趣。

所以，她不是被拒絕？

意識到這點的斬雪忍不住笑意，彎起唇角，綻放了認識至今，最燦爛、最迷人的微笑。

「沒有不喜歡的。」

吻落唇上，何煦頓時沒了聲音，在被吻住之時，也被擁入一個溫暖的、令人眷戀不已的懷裡。

斬雪的吻又輕又柔，略微生澀的吻讓何煦怦然不已。

何煦鬆下身子，瞇起眼，雙手環抱斬雪的脖頸，對這個人的所有愛戀一次傾注在這個吻裡。

分開時，鼻尖磨著鼻尖，何煦見到斬雪眼裡的笑意，腦袋發熱，身體有些軟。

這是真的嗎？美好得不真實。

何煦的茫然寫在臉上，斬雪見著了，便親吻她的臉頰，低聲道：「是我家的小傢伙呢。」

我家的。

聽起來很好，好得讓何煦忍不住撲進她的懷裡，抱得緊緊的。

靳雪彎彎唇角，手放到何煦後背上時，聽到那有些悶，卻無比真切的話語。

「嗯……是妳的。」

在冬日的暖陽中，霜雪消融。

感情的種籽悄然萌芽，花綻樹梢，迎來屬於她們的花期。

Chapter 10

感情有沒有「先來後到」這回事呢？

看著眼前難得主動找上自己的何煦，簡姝緣有些失神，恍然間這麼想。

在校園景觀餐廳中的兩個人相對而坐，簡姝緣從窗上的倒影中，見到自己特意扮裝後的模樣，像極了初次談戀愛的女孩那般赴約。

見到何煦眼中的閃爍時，簡姝緣知道自己還是晚了一步。

「學姊，我不能跟妳去跨年了，對不起……」

「沒關係，不用道歉。」簡姝緣伸出手，輕輕覆在何煦的手背上。

她暗暗深呼吸，調整心情後，抬眼望向何煦，見到她乾淨清澈的眼眸，心頭細微地刺了下。

何煦的手微顫，但沒有抽回，任著簡姝緣的手輕輕覆著自己的，在話音落下之時，微微收緊幾分。

「妳沒有做錯什麼，謝謝妳跟我說。」簡姝緣率先鬆開了手，靜靜地收回，「妳願意告訴我，妳要跟誰去跨年嗎？」

何煦的神情頓時明亮而耀眼，簡姝緣先是一愣，隨即感到舒坦許多，笑容輕鬆不少。

不是先來後到的問題。是只有那個人，可以讓眼前美好的女孩露出這般笑容，這是自己再怎麼努力也做不到的。

「其實，學姊也見過的，就是那個房東姐姐……」

簡姝緣單手支著下頷，勾起的脣角弧度迷人。

何煦誠摯地說：「學姊一定會遇到很喜歡妳的人，因為妳值得被人善待，真的。」

這話語太過溫暖，讓簡姝緣的眼眶有點澀。

她別開頭，閉上眼，再睜開時，她已經調整好情緒，朝何煦一笑，眼裡盡是眷戀。

「嗯，謝謝。」她也想要相信，自己可以遇到跟何煦一樣好、一樣善良的人。

兩人又坐了一會兒才離開景觀餐廳。方走下樓，簡姝緣便注意到不遠處有抹眼熟的高䠷身影站在那，似乎待了半晌。

「靳雪？」

見到靳雪的何煦又驚又喜，正要撲向對方時，想起身旁還有簡姝緣，尷尬地僵住身子，傻笑幾聲。

在情敵面前示弱可不是簡姝緣的風格，她掛上無懈可擊的美麗笑容，大步走向靳雪。

靳雪知道小傢伙今天約了學姊，目的不用言明她也明白，可一想到對象是簡姝緣，她在家就坐不住，直接跑來學校餐廳樓下等人了。

好不容易等到人下樓，見到兩人待在一塊的樣子她就不高興，而這份不悅她也不打算藏，直寫在臉上。

那股讓人退卻的森然寒意，對簡姝緣而言不足畏懼，她泰然自若地走向靳雪，站定在對方面前，昂起下巴，含笑的悅耳聲音響起。

「我沒有放棄。」

靳雪眉頭微皺，雙手抱臂，微瞇起眼，眼裡盡是警戒。

簡姝緣撥了撥髮，目光炙熱，放輕嗓音道：「哪天妳如果讓何煦難過了，我絕對會搶過來喔。」

靳雪神情一寒，伸手就把何煦撈到自己懷裡護得緊實，直視簡姝緣，「不會有那天的。」

見到何煦泛紅的雙頰與慌張的神情，可愛得讓人愛憐，只可惜自己沒有機會擁有。簡姝緣微微一笑，朝何煦揮揮手，在靳雪充滿防備的目光中，挺直身體，傲然離去。

「那個……」

感覺到四周投來的視線，何煦紅了紅臉，微微掙扎，「很多人在看，放開啦……」

靳雪眉梢微抬，低下頭，靠在何煦耳邊低道：「妳害羞的話，可以埋進我胸口。」

何煦嗔她一眼，趁著靳雪失神之際，從她懷裡掙逃而出。

靳雪微微揚起唇角，伸出手握住何煦的手。

她仍舊一身清冷，可眉目間溫和許多。

何煦的視線在靳雪好看的臉上拂過每一吋，初見的驚豔無損半分，在她眼中，靳雪仍舊無與倫比的美麗。

「妳要發呆到回家嗎？」

何煦回神，害羞地別開眼，辯解道：「我沒有！我、我是……覺得妳好看。」

「我知道。」

過去何煦就喜歡看著她的臉發呆，靳雪本以為兩人確認關係後，何煦就不會這麼做了，沒想到習慣成自然，沒有絲毫改變。

甚至，變得更明目張膽了。

靳雪停下，何煦一頓，沒站穩地踉蹌幾步，被靳雪再次拉進懷裡，她聽到那略低的嗓音徘徊在她耳邊。

「我入得了妳眼裡的，應該不只臉吧？其他部分我也可以給妳看喔。」

何煦紅著臉推開靳雪，兀自往前走，靳雪在後揚起唇角，心裡有些癢。

她是逗小傢伙逗上癮了嗎？

靳雪摸摸胸口，有些心情似乎漸漸按捺不住了。

☀

任任的粉絲見面會結束後，所有加班人員週一補假，週二靳雪進公司時，便覺得氣氛有些微妙。

新媒體公司的工作氣氛一向活潑，才能激發出無限創意，靳雪雖然性子冷淡，但也秉持著這項原則，從不主動管理公司氣氛，只要不踰矩，一切都好說。

可今天辦公室裡怎麼如此安靜？

靳雪眉頭皺起，直走向自己座位，與任任對到了眼。

在公司內，兩人極有默契地保持距離，而任任的心焦全寫在臉上，面有難色地看著斬雪，但無法發話。

斬雪眉梢一挑。這裡就屬斬雪職位最高、權限最大，在她之上的……就是股東跟董事會了。

然而，斬雪沒想到，一向只論結果不論策略的頂頭，這一次親自找上了她。

電話響起，斬雪接起，聽著聽著臉色漸沉，應了幾聲便掛上電話，往門口走去。

公司樓下是間咖啡廳，許多商務人士時常在那談生意。

每逢三節與尾牙才會見到的人物，如今就在咖啡廳一隅啜飲咖啡等著自己，讓斬雪覺得有些不真實，可一想到這兩天炸了鍋的各種消息，又覺得不是那麼意外了。

一坐下，對面的王士銘便放下咖啡，雙手支著大腿，身體微傾，朝拘謹的斬雪微微一笑。

「沒想到有一天，斬總的私事會混雜到公事。」

自知理虧的斬雪輕嘆口氣，向服務生點了杯花茶後，便對著男子說：「很抱歉。」

「沒事，妳我都知道，負面行銷也是一種行銷，不全然是壞事。」賺到免費的新聞版面，何樂不為？

如果今天斬雪單身，或許她也不在意，可事實並非如此。

「我就直接說了——這個月要簽下冉然，這是上面的意思。」

斬雪臉色變得萬分難看。

見到斬雪的臉色變化，王士銘大笑幾聲，一臉玩味，「妳也拿冉然沒轍嗎？」

「不只有冉然吧。」

花茶送上，靳雪湊近唇邊啜飲一口，瞥了眼對面男子，自嘲般地道：「很多事情，權限有限。」

王士銘瞇了瞇眼，沒有不悅，彎彎唇角，「我想不用我多說，妳也明白這件事的重要性。」

靳雪默了下，輕聲道：「回去就簽。」

儘管沒有冉然這塊大餅，公司也不會有損失，但商場上，再小的機會都得把握，這是經商之道。

對於這圈子，靳雪一向有敏銳的直覺，在冉然站到所有人面前時，就知道會有這一天，而她卻不同以往，拖到最後一刻才出手。

自然是因為私情。

看著冉然，靳雪直覺認為很麻煩，事實上也是如此。

怎麼不去喜歡那個人來瘋的任任……靳雪離開咖啡廳回到崗位時，幽怨地想。

一回到辦公室，靳雪便喚了任任經紀人過去，兩人在會議室談起了冉然。

「妳現在經營的A級創作者只有任任，妳覺得可以再帶一個嗎？」靳雪問。

任任經紀人思索片刻，沒有立即給出答案，但也不排斥。多一個創作者即多一份抽成，再加上冉然已經是成熟的YouTuber，其實不需要花費太多心思培養任期，但畢竟會多不少業務，她需要仔細思量。

靳雪也明白下屬的考量，於是道：「不急，妳回去想想，這週五前給我答覆。」

不怕簽不下來，怕的是簽下來之後，冉然就會頻繁出現在工作領域中，而自己也將成為她的頂頭上司，叫人不八卦也難。

業界的高冷女王——冉然簡單一句話，卻炸出了兩個巨量訊息。

其一，她喜歡的對象是圈內人，就算不是創作者，也是相關人士。

其二，「女王」二字，直接證實了謠傳不斷的戀愛傾向，直圈了一群粉絲。

事後被人問起，冉然便在社群上大方承認自己是雙性戀，大學時喜歡一個學姊，畢業後交了一個國外模特兒男友，現在喜歡業界一位高冷女王。

那位女王是誰，圈外或許沒有頭緒，但業界人士大抵都猜得到是誰。

備受注目的女王可沒閒下，既然事情已經發展到這個地步，靳雪也不打算再迴避，選擇直面面對，只是她覺得，自己有必要先告訴一個人。

下班前，任任經過靳雪座位，恰巧瞥見靳雪的手機螢幕亮起，上面的聯絡人暱稱令她忍俊不住。

小傢伙。

這是什麼？女王家養一隻小傢伙的概念嗎？

距上次兩人約去北車逛街已有段時日，下課後的何煦難掩興奮，跳上捷運前往地下街。

靳雪晚何煦一些下班，一離開公司她頓時輕鬆不少，連腳步都輕盈許多。

那站在扭蛋機前，兩眼閃閃發亮，笑容明媚的女孩，總能解除她諸多煩惱。

「靳雪！」

何煦的聲音不大,可足夠微扯斬雪胸口,令她的腳步加快。

「等很久了嗎?」

何煦搖搖頭,這點等待一點也沒有關係。

斬雪微笑,抽出插在大衣口袋中的手,掌心打開,一串零錢擱在手上。

「給妳轉。」

何煦喜孜孜地接過零錢,轉了一個柴犬的杯緣子公仔,一打開扭蛋殼,便將公仔放到斬雪手上。

「給妳的!」

斬雪一頓,伸手揉揉何煦的腦袋,「妳轉妳想要的。」

何煦噢了聲,就被斬雪拉進扭蛋店裡晃一圈,再出來時手提袋中多了幾個扭蛋。

兩人走到一旁,斬雪看著何煦開心拆扭蛋殼的模樣,目光柔和。

「妳看!這個好可愛!」

「妳看!這個也好棒!」

「還有、還有、還有——」

無論何煦說什麼,斬雪總是淺淺微笑,眼底漫著溫柔。

全數拆開後,何煦手上多了幾個小公仔,她抬起頭,興奮地朝斬雪問道:「妳最喜歡哪一個?」

「妳。」

斬雪面上仍舊波瀾不驚,何煦的雙頰卻瞬間紅了。

「不、不是啦，我是說扭蛋……」

「妳喜歡扭蛋，我喜歡妳，沒問題吧。」

何煦唔了聲，將手中扭蛋全數放進袋中，左顧右盼了下，忽然張手抱住靳雪。

「有問題啊……我也喜歡妳。」

靳雪輕輕嗯了聲，彎彎唇角，收緊擁抱，輕撫她的背。

一想到這裡是公共場合，何煦很快地放開靳雪，一張小臉像蘋果，彷彿誘人咬上一口。

靳雪瞇了瞇眼，內心蠢蠢欲動，可終究是忍住了。

兩人又逛了一會後便走到車站大廳，上微風二樓吃火鍋。

在蒸騰的白色熱氣中，靳雪望向何煦，見著她的笑容時才開始感到憂慮。

感覺到靳雪視線，何煦停下夾肉的手，問道：「怎麼了？」

「有件事情，我想先跟妳說。」

何煦嗤了下，瞧靳雪一臉嚴肅不禁也跟著緊張。

「之後，冉然可能會進我們公司。」

何煦一呆，眨眨眼，想了一下才說：「呃……這不是好事嗎？」

這下換靳雪愣住了。

何煦再次動筷，將險些煮過熟的牛肉夾到靳雪碗裡，「妳的工作是管理一間YT經紀公司，旗下會有很多創作者。我雖然不太明白實際上是怎麼運作的，但我想應該類似藝人的經紀公司，所以優秀的

YouTuber對妳來說很重要。」

若以公司主管的角度來看確實如此，但要是以小傢伙的主人身分，就是另外一回事了。

「但是——」

「這是妳的工作，我不會因為這樣生氣的。」何煦又夾了些蔬菜到斬雪碗裡，「我……當然會在意冉然，但我更相信妳。」

出乎意料的反應，讓斬雪難得地不知所措。

她本來以為何煦肯定會介意，就算不生氣，也會感到落寞或是鬧點小脾氣，可沒想到何煦這麼理性冷靜。

但這並不代表她就可以什麼都不做了。

斬雪吃著小傢伙煮的肉片與蔬菜，很是美味，想了一下才道：「我告訴冉然自己有喜歡的人，我也想過是否要公開自己已有對象，但我怕妳的生活會受到不必要的干擾，加上我們的父母都還不知道這件事，所以——」

望向何煦時，她迎上一雙燦亮的眼睛，斬雪頓時沒了聲音。

她的憂慮，一碰上何煦像是撞上一團棉花糖似的，似乎……一切都變得柔軟單純許多。

「我喜歡妳談起『我們』的樣子。」何煦忽道。

事情當然煩心，可對何煦來說，有斬雪的喜歡她便能無所畏懼。

儘管有個人明確向斬雪表達愛慕，儘管父母長輩可能會反感，甚至引起家庭革命，兩人的關係公開後也有可能為生活帶來轉變——可靳雪都在。

只要她在，何煦便感到心安。

「我們可以一件一件慢慢來。」何煦笑得兩眼彎彎的，話語如春日溫暖的風輕拂而過，「冉然的事情，我覺得妳會處理好。」

靳雪毫無遲疑地點頭。

何煦的笑容更多了一些，「父母那邊得慢慢來，需要時間。」

我們還會在一起好久、好久，總會找到解決的方式——從何煦眼中，靳雪讀出這麼一句，胸口一熱，不再感到煩躁了。

「而公開戀情這件事，我這幾天都在認真思考。以前我曾想過，哪天有了戀愛對象肯定要大大方方讓所有人知道，可當我有了妳以後，我想的卻是怎麼做對妳而言，才是最好的。」

我有了妳。

聽到這四個字，靳雪頓時有撈過小傢伙狠狠吻上的衝動，不禁有些幽怨兩人談心選在高級火鍋店，什麼也沒法做。

但偷偷搔對方掌心這件事，還是可以的。

靳雪滿意地看著何煦臉紅與慌張的樣子，慢慢有了底氣。靳雪一直是個自我的人，在這段感情上，她努力學習付出、試著為對方著想，可沒想到，對方想的是自己覺得舒心就好。

感受到這心意時，靳雪忍不住微笑，看得何煦有點發愣。

靳雪很快收起笑容，問道：「怎麼了？」

「沒、沒什麼。對了，我也有件事想跟妳說……」

直到回家洗澡上床後，靳雪都在想何煦方才的話。

「妳覺得……我考轉學考，怎麼樣？」

何煦想報考當時未順利考上的K大，校內資源、師資都比現在的A大要好，唯一讓人猶豫的，是K大位於台中。

要是轉學考順利，明年下半年何煦就要搬離台北了，等於要與靳雪談起遠距離戀愛。

靳雪以為自己不會動搖，可當這件事情真的近在眼前時，她發現沒有辦法立即說好，鼓勵何煦往更高的地方走去。

一想到未來沒辦法天天見到何煦，她就難受，於是她逃避地不答反問：「妳是突然有這個想法嗎？」

何煦愣了一下，梳理思緒，「一直都有在想，只是這陣子想法變得更明確……」

事出必有因，而那個「因」也不複雜。

放榜那天，知道自己沒考上K大後，何煦相當失落，但很快就接受這個事實。

進A大時，何煦也有考轉學考的念頭，不過隨著日子一天天過去，想法日漸淡薄。

「那為什麼……」一向聰明伶俐的靳雪一時沒馬上想出答案。

何煦看了靳雪一眼，欲言又止，靳雪微抬眉梢，「怎麼不繼續說下去？」

因為……實在說不出口。

如果她沒有好奇地上網查冉然的資料，可能也不會有這麼強烈的動機想往高處走。

冉然什麼都會、什麼都好，外型才華兼具，還是個學霸。反觀自己……何煦想，至少念書這件事，她現在還有機會努力。

她想要變得更好。

她不想得過且過。

她喜歡的人那麼優秀，何煦希望自己也能變得更好，成為足以站在靳雪身邊的人。

靳雪的偏愛於何煦來說，並非一種安逸，而是一種動力。

只是真要解釋，還真的跟冉然有關……

對於何煦，靳雪一向很有耐心，一直等到吃完火鍋去搭捷運，各自踏上手扶梯時，靳雪微微彎腰，靠在何煦耳邊低聲說了句話，就讓何煦全盤招了。

「妳現在不說，之後讓妳在床上說。」

於是何煦漲紅滿臉，像一隻被拉著尾巴的小狗狗，只能將心裡的想法一五一十全告訴靳雪。

靳雪本來想告訴何煦，不要給自己那麼大的壓力，兩人的差距雖不只有歲數，但她可以等何煦成長。

可一見到何煦堅定的神情，她便將話吞回肚裡。

何煦不會一直示弱撒嬌、或只會討摸摸，她是真的想努力做出改變、去成長，而她想到的第一步，就是重拾當初的志願，再試一次。

思及此，躺在床上的斬雪閉上眼，答案呼之欲出。

自己能做的，就是支持何煦，並將冉然的事情處理妥當。

思及此，斬雪坐起身，打開電腦登入公司信箱，主動寫信給冉然，本想明天進辦公室繼續處理，偏偏很快就收到冉然的回信。

「我明天就可以去找妳喔。」

看著信中的這句話，斬雪覺得頭疼，冉然就像一顆未爆彈，她也想起了那晚獨自去後台找人時，冉然輕鬆愜意的樣子。

「很高興妳來找我。」

在任任場子上隨意扔下震撼彈的冉然雲淡風輕，瞧來人是斬雪時兩眼發光，興奮之情溢於言表。

斬雪也懶得擺出營業用的態度，劈頭直說：「我要是說錯了，妳就當是我在臉上貼金，而我也以這個猜測為前提，跟妳講清楚。」

冉然斂起幾分笑意，目光深沉，像是瞄準獵物的猛禽，企圖心毫無掩飾，「對喔，妳的理解正確，不如說，妳也太晚來找我了——我愛慕妳很久了。」

斬雪臉色森寒，面對種種追求者，她從不給好臉色，即便對方是冉然、公司未來可能的合作對象，既然話已說開，斬雪便不打算客套了。

「感謝抬愛，但我有喜歡的人了。」後面的話常人都懂，靳雪認為不必多說，可偏偏冉然思路非常人。

她毫不在意，語氣輕鬆，「但妳還沒結婚吧？」

靳雪一頓。

冉然拍了下手，眨眨眼，揚起唇角，「那就對啦！況且妳只是現在喜歡別人，不代表以後不會喜歡我啊！」

靳雪忍住翻白眼的衝動，沉默不語懶得多說，冉然卻解讀成另外一種意思。

「妳沒說話我就當是默認了。我真的喜歡妳很久了，要我輕易放棄不可能喔。」

靳雪輕嘆口氣，覺得自己惹上了大麻煩。

「我不管妳現在喜歡誰，反正結婚前我還是有機會的。」

面對冉然昂揚的自信，靳雪煩躁地說：「我喜歡的那個人，妳大概永遠比不上。」

面對靳雪的直接，冉然輕笑幾聲，沒受到一點打擊，反而越挫越勇。

「我不會放棄的。」冉然說。

靳雪沒回應，想到外面的何煦不知道走多遠了，便轉身走出後台，忽視了背後那道炙熱的視線，跑去找何煦，並鼓起勇氣告白。

靳雪揉揉眉心，闔上電腦後站起身，拿起手機見到何煦的訊息。

「年底的跨年……要一起過嗎？」

簡單一則訊息便揮散了斬雪的抑鬱。想到何煦可愛的小臉，斬雪的臉色柔和幾分，很快傳了訊息過去，才關燈躺回床上。

另一邊的何煦，卻因為斬雪的訊息差點睡不著。

「當然一起過。不過，我可以跨年也跨人嗎？晚安。」

☀

翌日下午，結束拍攝工作的冉然直接前往斬雪公司。

她抵達之前，斬雪已備妥相關合約，也確定冉然之後的經紀人就是任任的經紀人艾薇。同時，元旦後公司會有實習生，斬雪也有意讓實習生去擔任冉然的助理。

不過，還得再跟冉然商量過。

下午四點，冉然戴著識別證走進辦公室，立刻引來眾人的注目與竊竊私語。

身為事主之一斬雪坦然而從容，冷淡卻不失禮地與艾薇一起接待冉然。

對於冉然一見到自己就兩眼發光的樣子，斬雪選擇無視到底。

三人走進會客室，甫坐下，冉然便道：「我以為只有妳來跟我談。」話語中摻雜失望。

艾薇面上多了幾分尷尬，她看向斬雪，見BOSS面上波瀾不驚，心安幾分。

斬雪時常商談案子，面對冉然她自然鎮定，逕自道：「這位是艾薇，我安排她擔任妳的經紀人。」

話落，冉然的目光落到艾薇身上，燦爛一笑，「以後麻煩妳了！」視線很快又落回靳雪身上，一臉春暖花開的樣子，看在艾薇眼裡，等同坐實了公司內部的謠傳。

這個冉然……還真喜歡我們BOSS啊！

靳雪拿出合約說明：「上面已載明我們的合作條件，妳不必現在立刻簽名，可以回去好好看過後，沒問題再簽。」

「不必。」冉然從隨身包拿出一隻圓珠筆，正想直接在合約末端簽下自己的名字，一隻手擋住了她。

「等一下。」靳雪瞇起眼，「妳不好好看過再說嗎？」

冉然抬眼，迎上靳雪深沉的目光，彎唇一笑，「不用，我信任妳，既然簽給妳了，就什麼都依妳，相信妳不會虧待我的。」

靳雪抿抿唇，將手拿開，一旁的艾薇一臉不可思議。在兩人的注視下，冉然在一式兩份的合約上簽下自己的名字。

接過合約，靳雪心情複雜，但仍保持專業地說明後續流程：「接下來我方會用印，完成後，我會請艾薇將其中一份合約交還妳留存。」

冉然點頭，笑咪咪地看著靳雪，心情很好，而靳雪仍舊神色冷淡，開口道：「我先跟妳說兩件事，其餘的細節艾薇會再告知妳。第一件事，明年一月公司會來一位實習生，我讓她當妳的助理，協助妳拍攝。」

冉然歡呼一聲，直說好，彷彿能在她頭上見到兩個毛茸茸的耳朵。

「第二，春節後至三月初的某一天，官方會辦一個創作者之夜，妳應該也會收到邀請，既然妳是我們公司的創作者了，到時我們會協助妳。」

重要事項告知完畢後，靳雪轉頭向艾薇交代幾句，便站起身走出會客室，留下冉然跟艾薇。

靳雪看似鎮定如常，可只有她知道自己內心有多煩躁。

靳雪走出會客室，任任瞥了一眼，拿起手機發了訊息給靳雪，下班之前收到了回覆。

冉然離開公司前，刻意走到靳雪位子，打聲招呼才離開，用意並非是單純的社交禮儀，這是告訴所有人，她與靳雪就是有私交。

受限彼此的合作關係，靳雪只好也給了冉然簡單的回應。

冉然走後，靳雪揉揉眉心，覺得頭疼，慶幸至少晚點可以跟任任去酒吧小酌。

六點過後，同事陸續下班，任任與靳雪一前一後離開公司，在餐酒館會合。

晚餐時間，沒有訂位的兩人登記後便坐在餐廳外候位。任任見靳雪低頭在傳訊息，本以為她是在處理公事，於是道：「妳下班還閒不下來啊？」

靳雪摁掉手機，「我是在報備。」

瞧靳雪板了一整天的臉忽然有了淺淡笑意，任任一愣，不禁問道：「報備？等等，不會是小朋友吧？等一下，妳們這是——」任任差點尖叫。

靳雪點點頭，任任歡呼一聲，抓住靳雪的手胡亂揮舞，要不是服務生適時接待，靳雪覺得雙手會先脫臼。

兩人隨著服務生的引導入座，一坐下，靳雪先開口：「先點餐，我餓了。我會說的，不要急。」

點完餐後，任任按捺不住地逼問：「說！」

靳雪無奈地瞅她一眼，將那日活動後的事情簡單跟任任描述一遍，而任任聽完後作勢抹一把淚，感動地說：「終於！磨這麼久總算在一起了，不過……」

兩人對視一眼，似乎想到同一件麻煩事。

靳雪淡淡地道：「我有跟何煦說過冉然的事情。」

「我並不是擔心妳會隱瞞，而是……」話題有些敏感，任任斟酌用詞，「我怕冉然是認真的，她是公眾人物，要是被大肆亂傳，何煦會傷心的。」

靳雪臉色一沉，垂下眼，無法反駁。

「何煦很好、很可愛，我希望她一直開開心心的，也希望妳和她可以好好的。為了妳們彼此，冉然的事情要早日解決。」任任說。

靳雪頷首，餐點與酒品在這時送上，她們便聊起其他話題。

時過八點，兩人步出餐廳，靳雪給何煦捎了訊息，一邊走往捷運站。

何煦很快已讀，可回訊的內容卻讓靳雪倏地停下腳步。

「往前看。」

靳雪抬起頭，見到一抹熟悉的身影正站在捷運出口，朝著自己揮揮手，笑容燦爛。

任任也注意到何煦，不禁揚高音量訝異道：「妳叫妳家的小傢伙來接妳？」可見到靳雪眼中的驚訝，她便知道是小傢伙自己跑來當驚喜了。

靳雪一下子就把好友拋在腦後，大步走向何煦，一站定在她的面前便問：「妳怎麼來了？是不是等我很久了？冷不冷？」

摻雜在話語中的歡喜與擔憂，讓何煦眼神明亮，「我剛到，因為知道妳會喝酒，我就跑來接妳了……」

靳雪失笑，伸手輕輕捏了一下何煦的鼻子，目光溫柔，「我們回去吧。」

「天啊，眼睛好痛！」

任任的聲音引來兩人注意，何煦頓時有些慌，但靳雪自然地握住她的小手，「沒事，任任知道。」

聞言，何煦才心安幾分，朝任任莞爾一笑，「晚上好。」

任任揶揄道：「晚上好啊！靳雪家的小傢伙。」

何煦雙頰一紅，有些手足無措，躲到了靳雪身後。瞧靳雪一臉開心，眼底漫著寵溺，讓任任欣慰不已。

認識靳雪的這麼些年來，總算是等到她願意去愛一個人了。

靳雪與何煦在捷運站與任任分開，各自搭上不同路線的捷運，經過幾十分鐘的車程，回到了住處附近。

出站後，迎面而來的風有些涼，兩人挨得緊，一點也不覺得冷了。

看著何煦，靳雪想到方才席間與任任的聊天，想到了冉然，面色沉了些。

何煦感覺到靳雪的心情起伏，開口輕問：「發生什麼事了嗎？」

靳雪微愣，想了想，停下腳步。

「何煦。」

兩人在大樓樓下，與住處僅有幾步之遙，坐個電梯就到了。何煦也不催促，望著靳雪，給她一個溫暖的笑容。

看著這樣的何煦，靳雪心頭一緊，伸手將她擁入懷。

「如果……有一天我辭職了，妳會認為這樣的我很軟弱嗎？」

何煦一愣。

「軟弱」二字與靳雪是無關的——在此之前，何煦沒想過，也不曾這麼認為。

何煦伸手抱了下靳雪，便往後退些，在靳雪神情茫然之際，直拉著她進電梯。

狹小的空間中，兩人一言不發。靳雪偷偷覷了何煦一眼，瞧她似乎有些著急，她摸不著頭緒，不知道小傢伙在想什麼。

電梯門開，何煦挽著靳雪往前走，腳步有些急，直接走到了靳雪房門。

站在門口，何煦抬頭，看向靳雪時目光閃爍，靳雪頓了下，拿出磁卡感應進門。

燈一開，何煦便拉著靳雪坐到沙發，一張小臉紅撲撲的，欲言又止，最後，她傾身靠往靳雪，趴在她的肩頭上。

靳雪一愣，手輕輕放到何煦的腰上，微微摟緊。

「妳、妳一點也不軟弱！」

趴在她肩頭上、埋在她頸窩的女孩，正認真努力地表達自己的想法。

靳雪垂下眼，嘴角微微揚起。

「去做妳想做的事，辭職也好、創業也好，只要是妳喜歡的都安心去做吧。」

靳雪忍不住笑出聲，手輕放到何煦後背輕輕拍撫，心裡輕鬆許多。放下心來後，感官變得敏銳，包括那一陣又一陣輕吐在脖頸上的熱氣。

好癢。

溫馨的相擁在靳雪心猿意馬之際，多了幾分旖旎。

靳雪稍稍拉開彼此距離，而何煦握住她的雙手，認真地問：「妳能告訴我，為什麼忽然有這種想法？發生了什麼事讓妳想放棄熱愛的工作……」

靳雪默了下，開口道：「我只是不想讓妳難過而已，所以先做最壞的打算。」

何煦聽得似懂非懂，點點頭，而她的手也被靳雪輕輕反握。

大抵是氣氛正好，加上體內殘留些許酒精，靳雪不禁說道：「妳……今天想在這過夜嗎？」

何煦身板一僵，兩眼睜得大大的，滿臉慌張。

靳雪趕緊道：「就是睡覺而已，沒有別的。」可這話怎麼好像越描越黑？眼前的小傢伙臉也更紅了。

「不是，我是說——」靳雪別開眼，輕咳一聲，正經道：「我只是想抱妳睡覺而已……天氣有點冷。」

何煦眨眨眼，對上靳雪的目光，想到自己能被抱著入睡，心頭一軟，唔了聲，點點頭，「……好啊。」

兩人對視，又同時別開視線。

何煦率先站起身，「那我……先回去拿睡衣？」出門前洗過澡了，睡衣倒是沒有準備。

「好，妳去拿過來，之後……就放我這吧。」靳雪說。

何煦紅著臉點點頭，拿過靳雪遞來的磁卡就往門口走，靳雪也先去洗澡。

熱水灑下，靳雪想起晚餐時任任給自己的臨時惡補。

「不就還好我看BL也看百合！」任任驕傲地這麼說，在靳雪向她問這方面的問題時。

「女生的情況嘛……就我自己看過的本本來說喔，都是用手指啊、嘴巴啊，其實跟男女差別也不算大吧？」任任一本正經地說。

靳雪微抬眉梢，覺得這話有說跟沒說一樣。

「齁。」任任搔搔後腦，壓低聲音興奮道：「妳有沒有看過愛情動作片？」

靳雪臉一黑，搖搖頭。

任任一時有些無語，又道：「我覺得用說的太抽象了，我回去給妳找幾部女女電影，包準幫得上忙。」

靳雪進浴室前確實收到了任任的信，信中載著幾部電影，什麼〈藍色是最溫暖的顏色〉、〈下女的誘惑〉，還有〈因為愛妳〉。

片單下，任任還寫道：「臨陣磨槍，不亮也光。」

真不知道是損友還是益友，靳雪想。

洗完澡後，靳雪披上浴袍踏出浴室，隱約聽到外邊有聲響，應該是何煦回來了，於是她也沒多想，側對著門，隨意地解下浴袍。

正脫到一半，門便被推開。

「靳雪，我——」

一進房，何煦後面的話嚇得吞回肚裡，連帶著人都要一起滾出去了，要不是靳雪眼明手快地將人拉住，恐怕小傢伙會直接奔回自己房裡。

門關上，靳雪順勢將人給按在門上，四周靜下。

何煦的心跳不由自主地加快，周身是靳雪沐浴後的熱氣與馨香，正包裹自己。

「妳、妳快穿衣服……只、只穿浴袍會感冒……」

看見何煦這般赧然的模樣，靳雪覺得內心有個地方正極快在崩落。

見靳雪紋風不動，何煦抬起頭，望進那雙彷彿有火光在躍動的眼眸時，心咯噔了下。

何煦無意識地抿脣，這一瞬間，理智崩塌，靳雪低頭吻住何煦的脣，沒有一絲猶豫。

何煦一愣，瞇起眼，雙手環住靳雪的脖子，柔身相貼，吻得綿密繾綣。

靳雪細細地親吻那柔軟的脣，稍稍睜開眼，脣角微揚，主動拉開身上的浴袍，在小傢伙受驚跳開之前，緊緊擁住。

感覺到柔軟滾燙的身軀貼上自己時，何煦倏地睜開眼，下一秒，她連著人被浴袍圈住，哪裡也逃不了。

「捕獲一隻小可愛了。」靳雪說。

何煦臉紅耳熱，沒膽往下看，即便隔著衣料仍描繪某處形狀，她不敢隨意亂瞄，心跳快得彷彿要跳出胸口似的難受。

靳雪微涼的唇湊進耳邊，略低的嗓音輕道：「不喜歡嗎？」

「……喜歡。」

何煦總是很誠實，尤其是喜歡靳雪的這份心意。她閉起眼，蹭了蹭靳雪的脖頸，窩在溫暖的懷裡。

靳雪垂下眼，目光溫和，用浴袍將小傢伙裹得更緊些。

「我也喜歡。」靳雪說。

半晌，靳雪終於願意放開何煦，而何煦也立刻跳走，背對靳雪要她穿上衣服。

靳雪邊應，邊慢條斯理地換上居家服。

折騰了一會，曖昧旖旎的氛圍才消散一些。

靳雪知道何煦慢熟，她有的是耐心與時間來等何煦習慣兩人的親密接觸。

靳雪不著急，況且，她確實還需要做點「功課」。

晚上十一點，翌日有班有課的兩人躺到床上，燈一暗，牆上的小夜燈隨之亮起。

何煦背對靳雪，讓靳雪一手橫過她的脖子與枕頭之間，另一手放在她的腹部上，舒適而溫暖。

「喜歡這樣嗎？」靳雪問。

何煦點點頭，向後往靳雪的懷裡靠近了些，「喜歡，很有安全感。」

靳雪微微一笑，「我也是。」

被人抱著的安心感令睡意湧上，靳雪輕靠在何煦肩上，心裡被填得滿滿的。

「何煦。」

「嗯……」何煦的聲音已染上睡意，柔軟而模糊，「什麼……」

「妳……是從什麼時候喜歡我的？」

斬雪等了一會，以為何煦睡著時，聽到一句軟軟綿綿、無比真切的答案。

「從……妳叫我小傢伙的時候，我就覺得，自己是妳的小傢伙了……」

後面再無話音，不一會兒，傳來了均勻的呼吸聲。

斬雪閉上眼，跟著墜入夢境前，她低喃：「在我忍不住看妳第二眼的時候，我就覺得，自己會喜歡上妳。」

儘管冬夜冷寒，斬雪房間的這一隅，卻溫暖無比。

☀

談戀愛會不會讓人改變呢？

韓芷晴不知道別人是如何，但就眼前忙進忙出的何煦來說，真的顯而易見。縱然何煦沒有特別提，也能輕易感受到那股幸福氛圍。

另外，她也觀察到一些改變。

無論是忽然避開假日班的簡姝緣，還是斬雪到咖啡廳時何煦臉上綻放的光彩，都耐人尋味。

傍晚四點，何煦忽然被斬雪叫去，不知說了些什麼，何煦紅著臉點點頭，不一會兒，就見到斬雪拎著筆電走出咖啡廳。

何煦走回內場時，韓芷晴朝她彎唇一笑，饒富興味地瞅著她，看得何煦有些赧然。

「妳跟靳小姐是……」

何煦唔了聲，心事本就藏不住，何況還是件好事，她害臊地道：「就……上星期……」

韓芷晴噗哧一笑，「恭喜，終於在一起了。」

何煦道了謝，笑容燦爛。韓芷晴感到欣慰，慶幸在閉店之前，她的工讀生找到了幸福。

雖然有點心疼後來認識的簡姝緣，但韓芷晴想，簡姝緣一定能明白，且會遇到一個同樣美好的人。

後來，兩人周遭較親近的親友慢慢得知了消息，讓某天與靳雪約吃飯的靳宇相當不滿。

「我居然比任任還晚知道這件事！怎麼可以——」

靳雪無視靳宇的抗議，優雅地喝著花草茶，瞧他氣得臉紅脖子粗，淡淡道：「但你是家裡第一個知道的。」

靳宇頓了下，笑逐顏開，立刻接受了這件事。

「對！我比家裡的任何一個人都早知道！」

「是是。」靳雪懶得繼續安撫過激的妹控二哥，因為提到家人，便想到父母那關。

「那……爸媽那邊，妳有什麼打算？」靳宇問。

「我是不會因為父母反對就跟何煦分手的，但是……」靳雪壓了下唇，感到頭疼，「我也不想直接刺激他們，畢竟他們都有年紀了。」所以才會搬離台北，改定居宜蘭休養身體。

這幾年到宜蘭生活，兩老的身體狀況明顯改善許多。

若是對日漸年邁的父母直接出櫃，靳雪怕兩人受不住，尤其是靳母，直至今日仍舊盼著紀文旭能成為他們的女婿。

思及此，靳雪覺得難為。一面心疼何煦被自己藏著會受委屈，一面又怕傷害到父母，怎麼想都想不到一個兩全其美的辦法。

「暫時……會先瞞著。」靳雪說。

「但是，不可能瞞一輩子吧？」靳宇接道。

靳雪點點頭，這是她生活中少數無法立即解決的事情。而這問題，連靳宇也覺得難辦。

「那靳陽……妳會告訴他嗎？」靳宇問。

「會。他說下週要來台北出差，順道過來找我吃飯，我會親自跟他說何煦的事。」靳雪回道。

靳宇點點頭，除了兩老之外，靳陽他倒是不怎麼擔心。

兩人又聊起了工作與明年規劃，靳雪一提到公司簽下冉然時，靳宇面露訝異，「我之後有個商案要跟她合作。」

靳雪一頓，她還沒有聽艾薇提到這個合作。

想起冉然，靳雪冷哼一聲，「等你見到本人大概就明白了。」

「啊？什麼？」面對靳雪沒有上下文的發言，靳宇自認領悟力很高，但有時候真的摸不著頭緒，例如現在。

靳雪不打算賣關子，「明白哪天我因為她而離職，並不是件值得驚訝的事。」

「離職？妳說離職嗎！」靳宇不可置信地揚高聲音，思緒打結，「等等，妳不是挺喜歡這份工作的？為什麼要因為冉然——等一下，該不會……」

靳雪淡淡地嗯了聲，「就是你想的那樣。」

靳宇搖搖頭，「她是擺明要追求妳嗎？」

想起冉然的種種行為，靳雪沉下臉，「那叫單方面示愛，很煩。」

有自信是好事，可是多了就叫做自戀。

靳宇是模特兒出身，沒少遇過追求者，無論男女，也遇過手段激進的粉絲，或仗著身分而恣意騷擾的事情，所以他能懂靳雪的兩難，可他一想到靳雪要放棄熱愛的工作，便覺得可惜。

靳宇在想些什麼，靳雪能猜個七七八八，淡淡道：「工作與何煦，我會毫不猶豫地選何煦。工作可以再找，何煦只有一個。」

靳宇彎彎唇角，那點惋惜煙消雲散。

用完餐後，兩人踏出餐廳，各自離開。

靳雪拿出手機，一滑開，見到通知欄推播訊息不禁一愣。

「知名網紅冉然大方認愛！對象是新東家的高層主管……」

然後是任任傳來的訊息。

「欸阿雪，妳明後兩天先不要來公司，我朋友偷偷跟我說，有狗仔會到公司樓下堵妳。」

回到住處的斬雪，第一件事情就是找何煦。

一收到斬雪訊息，房間內寫報告的何煦立刻放下筆電，在戴語筑的調侃下走出房間。推開門，便見到臉色凝重的斬雪，也見到對方在看到自己時柔和許多的目光。

這樣細微的改變，讓何煦歡喜不已，同時也有些赧然，她掩不住喜悅地問：「妳找我嗎？」

斬雪頓了下，感覺何煦還沒看到新聞，內心鬆口氣，「還好我先來了。」

何煦不明白地眨眨眼，難道還有誰會來嗎？

斬雪主動伸手握住她的手，何煦便任由斬雪將自己牽回家。

進到屋內後，斬雪開口：「妳坐一下，我去泡茶，我有事情要跟妳說。」

何煦雖感疑惑，仍乖乖坐到客廳沙發上，不一會兒，斬雪便端著托盤走來。

茶香四溢，斬雪坐到何煦身旁，兩人挨得很近，自然地牽起手。

握住何煦溫暖的小手時，斬雪才有了踏實感。

「其實，妳晚點滑臉書就會看到消息了，但我想要親口告訴妳發生什麼事，我不希望我的事情妳得透過社群媒體才知道。」

只要有這句話就好了，何煦想。

簡單一句話，何煦便能感覺到自己在對方心中的分量，她忍不住微笑，就算接下來的事情有多荒誕，她都可以坦然接受。

因為她知道，那些都不是靳雪可以控制的，也非她本意。

靳雪將她在捷運上閱覽的資訊梳理一遍，簡明扼要地向何煦說明情況。

簡單說，就是冉然有了經紀公司這件事在簽約後傳開，而她在社群上開直播時，被觀眾問到是不是因為新東家有美女主管，一向放蕩不羈的冉然才願意簽約。

一句觀眾玩笑調侃的話，冉然卻大方承認，甚至自爆會簽約都是為了美女主管。

這番言論立刻引爆社群，吃瓜的觀眾搜出美女主管的身分正是靳雪。

事情越演越烈，鬧上了網路新聞版面，大家都在問：靳雪是誰？

所幸靳雪本來就沒有使用社群，所以沒有被起底的擔憂，也因為如此才傳言有狗仔打算直接去公司堵靳雪。

「所以，明後兩天我都會在家，不過妳應該要上課吧？」

何煦愣了下，先是點頭，而後又搖搖頭，惹得靳雪失笑，「什麼意思？」

「明天！我明天的課都是選修跟通識，後天才有必修……」何煦越說越心虛，而靳雪的眼眸深了幾分。

四目相迎，她們見到彼此眼裡的期待，靳雪主動先道：「那……明天要不要去木柵動物園？之前不是因為下雨所以沒去成嗎？」

聞言，何煦眼睛一亮，點點頭，「好啊！我想去！」

靳雪伸手摸摸小傢伙的頭，順了順，輕道：「至於禮拜二……我有個想法。」

何煦舒服地瞇起眼，「什麼想法？」

「如果你們教室夠大、教授不介意的話，或許我可以去旁聽。」

何煦一愣，猛地抬起頭，眼睛一亮，「真的嗎！妳想來嗎！」

「以不干擾到其他人為前提，我是挺想的。」對於何煦的各種樣子，靳雪都想知道，包括她在教室裡上課的樣子。

排好時間與行程後，靳雪便把何煦留下過夜。何煦紅著臉點點頭，給戴語筑捎了訊息。

睡前，兩人窩在床上，靳雪將何煦抱在懷裡，跟她聊起今天與靳宇吃飯的事，以及靳陽下週將會來訪的事。

「我可能會帶靳陽去樓下咖啡廳吃，妳會介意嗎？」

何煦搖搖頭，髮絲搔得靳雪有些癢，「不介意！我會做出好喝的飲料跟鹹派的！雖然不知道他到時候還想吃什麼，太難的我不會……」

靳雪輕笑，蹭蹭她的頸窩，「沒事，我會煮飯。」

「咦？」何煦扭過頭看著靳雪，訝異道：「妳會下廚嗎？」

「我大學就搬出家裡了，有跟我媽學一點。」

瞧何煦面露羨慕，靳雪彎彎唇角，「怎麼？妳想吃嗎？」

何煦用力點點頭，「想！」

「好。」靳雪將懷中溫順的小傢伙抱緊些，「我煮給妳吃——跨年夜我們煮火鍋，隔天煮點簡單的家常菜，好嗎？」

何煦眼睛一亮，兩顆圓滾滾的眼睛像是晶瑩透亮的珠寶。

「好！」

那聲好，柔軟又甜膩，是靳雪喜歡的聲音。

而何煦臉上的表情是她最喜愛的笑容，靳雪不希望有一天，這個笑容因為自己而消失，所以，她得為此付出相應的努力。

靳雪將懷裡的小傢伙抱緊了些，何煦早已迷迷糊糊地睡去。靳雪彎彎脣角，親吻她的臉頰，再伸手關燈。

一室靜謐。

☀

翌日早晨，兩人起床，各自梳洗。

今天陽光燦烈，雖然風大了些，但至少無雨，適合出遊。

何煦欲回到自己房間換衣服時，被靳雪抓過去親了一頓後才紅著臉離開。

不一會兒，兩人在電梯前碰面，手自然地挽在一塊走進電梯，坐上捷運前往木柵動物園。

要去木柵動物園，得先轉乘文湖線，再搭上往動物園的列車，過程中何煦不禁道：「我以前來這是因為校外教學，不知道這邊這麼難轉車。」

靳雪脣角微勾，「不過文湖線這邊有間台菜滿好吃的。」

一提到美食，何煦眼睛一亮，顯然是隻小吃貨。靳雪決定離開園區後一定要帶何煦去吃，而她也真的拿起手機訂位。

「咦？不用這麼麻煩啦——」

「要。」靳雪淡淡地打斷她，「妳喜歡吃好吃的，而我喜歡妳吃到美食的樣子。」

這話好像哪裡不太對，可靳雪說得正經八百，何煦無法反駁，乾脆開心地接受了。

平日的木柵動物園遊客較少，兩人快速地刷卡通關，一進園區，何煦便被一旁的台灣動物區給吸引。

「有梅花鹿！」許久未見野生動物的何煦忍不住興奮，靳雪彎彎脣角，隨她走過去。

木柵動物園面積廣大，不趕時間的兩個人悠閒地逛著，走過一區又一區。

走進熱帶雨林區時，兩人被頭頂上方的樹懶吸引，不只她倆，其餘遊客也駐足觀看，還有人拿出手機攝錄，一邊嚷嚷這像極了某位YouTuber，意會到的兩人相視微笑。

走出熱帶雨林區後，兩人走到一旁的販賣機前，靳雪問：「妳有特別想看的動物嗎？」

何煦想了下，說道：「我想看企鵝！還有熊貓！」

靳雪彎腰從販賣機中拿出瓶裝水，抬起頭時，很快地往何煦脣上啄了一下，滿意地看到何煦慌張又赧然的樣子。

「喝水。」

「哦，好……」何煦接過，轉開瓶蓋大口灌了幾口，才讓頰邊溫度稍微降下。

兩人繼續往下一展區走，何煦偷偷覷了靳雪一眼，對方的側臉仍舊冷淡漂亮，一如初見。

那時，不經意對上視線的兩人，能想到未來有一天會牽起彼此的手嗎？

思及此，何煦伸手挽住靳雪，靳雪轉過頭，瞧那笑容燦爛溫暖，也跟著微微一笑。

靳雪還是有改變的，她一樣的美好，可不再遙不可及了。

走過上坡，兩人終於走到園區末端的企鵝館。一進館內，何煦興奮地東張西望，兩眼亮晶晶的，一見到企鵝本尊便拉著靳雪直呼「好可愛！」、「企鵝會動！」等等，讓靳雪有些哭笑不得。

幸運的兩人剛好碰上企鵝餵食時間，靳雪拉著何煦穿過人群，跟前面小朋友站在一塊，看著飼育員將一條條鮮魚扔給企鵝。

那張因為興奮而紅撲撲的小臉，深深地映在靳雪眼裡。儘管四周嘈雜，但靳雪只聽進何煦的聲音。

一走出企鵝館，來到了禮品區，靳雪毫不猶豫地拿起最大隻的企鵝娃娃就要結帳，何煦連忙攔住她，「這太大隻了啦！」

「可是妳喜歡。」

「我、我是喜歡，但是這真的太大了！」

在何煦的堅持下，靳雪捏了捏手中的企鵝娃娃，不情願地擺回架上，改拿下層比較小隻的企鵝娃娃。

「那這隻？」

明顯感覺到斬雪的不甘願，何煦想了想，拿了一隻大小相同，但顏色相異的企鵝，湊到斬雪耳邊說：

「那買兩隻，妳跟我一人一隻，就……一對的。」

一對的。

斬雪的目光柔和幾分，點點頭，拿著兩隻企鵝娃娃走去結帳。

一路上，何煦抱著兩隻企鵝娃娃快樂地哼歌，直到搭上園區列車才靜下。

從鳥園列車發車到抵達山下不過十五分鐘，剛好趕上熊貓館的最後參觀時間，兩人進去晃了一圈後，走到一旁的禮品店。

店鋪不大，但種類多元。鍾愛可愛企鵝的何煦對其他動物相關禮品都興趣缺缺，惟見到角落的拍照亭才情緒高漲。

但很快地，她的情緒又低盪幾分。

「嗯？怎麼了？」斬雪問。

「唔……沒事，我們走吧！」正想離開的何煦被斬雪拉住，她看了一眼拍照亭，便拉著何煦走進去。

「咦？沒關係啦！妳應該不喜歡拍照——」

「跟妳的話，我喜歡。」斬雪垂下眼，有些生澀地點擊操作面板，努力熟悉，「當紀念。」

何煦又驚又喜，反覆確認後投了一枚五十元硬幣。

一張相片由四張小照片組合，代表可以拍四張，在拍最後一張時，何煦看了眼斬雪，飛快地親吻她的臉頰。

靳雪那一瞬的驚訝與呆愣也被拍下，當照片列印出來後，何煦拿起一看，忍不住大笑幾聲。

靳雪瞇了瞇眼，勾住何煦往她唇上狠狠一親，這才滿意地掀開簾子走出拍照亭。

何煦在後，紅著臉傻笑幾聲，將照片小心翼翼收進包包裡，抱著企鵝大步跟上靳雪。

傍晚五點園區關閉，兩人漫步於人行道上，見到前方的攤販在販售可愛頭飾，有鹿角、熊貓、貓耳等逗趣的造型。

靳雪一眼看中一個兔耳朵髮箍，不顧何煦的羞赧直接買下，再戴到何煦頭上。

「哎，這是小朋友在戴的！好丟臉……」

靳雪淺笑，彎彎眼睛，伸手撥弄那對兔耳朵，「很適合妳，我喜歡。」

何煦一聽到後面的話，便停住摘下的動作，低著頭快步走向捷運站。靳雪輕笑，跟上去挽住她，並在走進捷運站時主動拿下了兔耳朵。

何煦抬頭，便見到一片陰影落下，靳雪微彎腰，湊近她耳邊輕道：「我喜歡，所以只有我能看到。下次給妳床上戴。」

何煦漲紅滿臉，推搡她一把，自己刷卡走進捷運站，又頻頻回頭確認靳雪有沒有跟上。

靳雪彎彎唇角，慢步走向何煦。

下車後，一路都由靳雪帶路，何煦挽著她，兩人往餐廳前進。

走近店門口，忽然有人從後喊住靳雪，何煦下意識鬆開手。

兩人回頭，同時愣住。

「冉然?」

一見到冉然,蕲雪立刻摟住何煦的腰,將小傢伙護得緊實。

何煦看向蕲雪,內心一震。那股寒意明明不是對著自己,可她還是會怕。

似乎感覺到何煦視線,蕲雪的目光放柔一些。

她瞇起眼,朝一臉似笑非笑的冉然說:「妳為什麼在這?」

冉然聳聳肩,雙手一攤,「我老家在這附近,我為什麼不能出現——哎,我肚子好餓,一起吃啊!」

「不要。」蕲雪冷淡地回應,身旁的何煦比什麼都重要,她們不一定要吃這家餐廳。

被拒絕的冉然勾起脣角,視線落到何煦面上,「幹麼這麼冷淡,我又不會吃了妳。」

何煦一顫,有些不知所措,蕲雪往前踏一步,將何煦護在身後,「妳餓妳自己吃吧,位子讓給妳。」又回頭向何煦說道:「我們沒有一定要吃這家,走吧。」

蕲雪才拉過何煦,便聽到冉然悠悠道:「這是心虛所以落荒而逃了?」

蕲雪知道這只是挑釁之言,並沒有動怒,但被人奚落,何煦聽不下去,拉住蕲雪,看向冉然,「那就一起吃吧。」

蕲雪一驚,欲說些什麼,卻被冉然搶話:「對啊!一起吃嘛!就蕲雪妳不合群耶!」

蕲雪抿脣,見到何煦堅定的目光,默了下,伸手輕撫她的頭髮,才牽著她往店裡走。

目睹一切的冉然面上雲淡風輕,可只有她自己知道,心裡正翻湧上一股酸澀。

進入餐廳,蕲雪告知服務生人數異動,三人隨著服務生走到後方半開放式包廂,一路上,蕲雪都沒有鬆開何煦的手。

「這邊請。」

服務生帶她們入座，靳雪與何煦坐在同側，冉然坐在對面長椅，笑容可掬，眼裡都是靳雪。

何煦有些坐立難安，但還是壓抑下來，拿過菜單開始翻閱。她的心神不寧靳雪全看在眼裡，心有點疼，桌下的手輕輕放到何煦的大腿上，臉湊近何煦。

「妳想吃什麼？」

有選擇性障礙的何煦唔了聲，挑了兩道菜，靳雪瞥了冉然一眼，「我們要鳳梨蝦球、芥藍牛肉，妳也選兩道吧。」

「那是小妹妹要的，不是妳。妳想吃什麼？」

何煦身板微顫，手很快地被靳雪握住。

靳雪面上平淡，「她想吃的就是我想吃的，妳不點我就讓她選了。」

冉然癟癟嘴，招來服務生，又點了鮮魚片、季節鮮食蔬與香菇雞片湯。

服務生點完餐離開後，氣氛頓時變得沉悶。

冉然不友好的視線飄向何煦，抿抿唇，又看向靳雪燦爛一笑。

「可惜妳今天沒去公司，不過花束放在妳桌上了！」

靳雪眉頭微皺，「還好我今天沒進公司，不然要增加清潔阿姨的工作量了。」

何煦眨眨眼，沒膽笑出聲，可心情輕鬆許多。

冉然也不氣餒，單手支著下頷，「這兩天超過百萬人知道我喜歡妳了，妳知道吧？」

何煦低下頭，心情有點五味雜陳，一起用餐是她主動提的，可先退縮的人，卻也是自己……

「之後全台都會知道妳被我甩了。」斬雪為自己也為何煦倒杯熱茶，繼續道：「我比妳早進這圈子好幾年，用點方法讓所有新聞版面都是八卦，不難。」

雖然那是斬雪最不樂見、也最不想去運用的方式。

何煦怔怔地望向斬雪，眉間清冷，目光涼薄卻認真，她知道這句話並非威嚇，而是事實。

「我比她還早喜歡妳。」

一直游刃有餘的冉然聲音大了些，看向何煦，目光赤裸，難掩忌妒，「從妳第一次來這裡吃飯，我看到妳的第一眼，我就喜歡妳了啊！」

那個萬人追捧的冉然，在斬雪眼前也只是個鬧脾氣小孩子，她波瀾不驚地抬起手，遮住何煦的視線，淡淡道：「妳不配看她。」

冉然臉上一陣紅、一陣白，劍拔弩張之際，服務生適時地送上菜餚，緩解了一觸即發的緊張感。

斬雪放下手，主動為何煦與自己添飯，又殷勤地將菜往何煦碗裡放。

何煦覺得自己也該做些什麼，可對上斬雪的目光，她讀出了這麼一句——

「交給我就好。」

何煦感到萬分心安，飢腸轆轆的她照著斬雪希望的那樣，認真地低頭扒飯。見何煦的食慾沒有因為冉然而降低，斬雪微微一笑，也跟著吃飯。

冉然壓了壓唇，跟著動筷，卻食之無味。

用餐至一半，冉然拿著手機去了趟洗手間，而靳雪也趁著這個空檔朝何煦唇角舔了下，把小傢伙逗得臉紅耳熱。

不一會兒，冉然便從洗手間返回，用餐時安分許多。

吃完飯後，三人離席。

靳雪瞥了冉然一眼，淡淡道：「我們走了，妳別跟著我了。」

冉然揚起唇角，還是堅持跟著她們一起走出餐廳。

方踏出店裡，何煦慌張地翻了翻口袋，急道：「我的口罩好像放在桌上，我去拿！」便走回了店裡。

靳雪雙手抱臂，戒備著冉然。

冉然無所謂地一笑，在一組客人走出店外時，自然地朝著靳雪走去，忽地，插在口袋中的手伸出——

「妳幹什麼！」

在嘴唇即將吻上來前一刻，靳雪眼明手快地推掉了。

她的怒容讓人膽寒，但冉然強作鎮定，微笑道：「得不到人，至少香吻一枚可以吧？」

靳雪深吸口氣，沉沉地說了句話，便拋下冉然直走向剛踏出店外的何煦，頭也不回地快步離開。

冉然凝視著靳雪與何煦遠去的方向，彎彎唇角，目光深沉。

不一會兒，一旁停車場中的男子拿著相機走近冉然。

冉然瞥了眼螢幕，點點頭。

翌日，各家新聞媒體都在報導同一件事——

「冉然激吻美女上司！餐廳幽會直擊！」

Chapter 11

「何煦，抱歉，我今天臨時被召回公司。晚上找妳，等我。」

清早，有早八的戴語筑已出門，房間內只有何煦。

她睜開眼，伸長手拿過手機，滑開一看，睡意頓時全無。

臨時被召回？

何煦坐起身，手順了順亂髮，見字句有些急迫，她擔憂地傳了關心過去。

現在時間近十點，大抵要中午才會收到回覆了。

何煦打了個哈欠，下床梳洗時，見到桌上放著的國王企鵝娃娃，頓時眉開眼笑，伸手揉了幾把，心情大好。

昨天的約會很美好，除了晚餐有個小插曲，一切都讓何煦回味無窮。

對靳雪來說也是一樣，只有昨晚的事件於她而言並非小插曲，而是惡意落套。

太大意了……

靳雪一早就知道這漫天消息，她立刻回想昨晚在餐廳的一切，想起用餐途中冉然曾拿著手機離席。

那時候就該有所警覺……靳雪知道這次吃了悶虧，且非常不妙。

靳雪怕的並不是工作受到影響，她早已做好離職準備，她怕的是無法澄清這個謠言，因而中傷她與何煦之間的關係。

她才想要好好守護那個溫暖的笑容，隔日就被八卦新聞直接打臉，她輕嘆口氣，心情很糟。

這時，代表董事會下達指示的王士銘笑吟吟地出現在辦公室，身上穿著與上次相同的藍衫。

靳雪心一沉。

「妳應該知道我為何而來。」王士銘說。

靳雪沒吭聲，王士銘彎彎唇角，續道：「上面並沒有震怒，反倒覺得挺好，不如將錯就錯，繼續搏版面。」

靳雪壓了下唇角，早已預料到這個情況，但她不願接受這樣的安排。

「我有對象。」

王士銘喝茶的手一頓，放下杯子，面上仍舊笑著，可笑意未達眼底。

「這不妨礙妳有緋聞對象。」靳雪進公司多久，他就認識靳雪多久，且不只一次表達好感，可靳雪從未理會。雖然不知道靳雪是何時有了對象，但這不會改變什麼。

靳雪皺眉，淡淡道：「我認為有關係。」

「妳……」

靳雪態度強硬，王士銘面上的表情也有些難看。

「這件事情我不會讓步。」靳雪望向王士銘，毫無畏懼地與他對視，「冉然已經越過我的底線，製造假畫面再聯繫狗仔，這些我不會妥協。」

靳雪雙手一攤，面上波瀾不驚，沉聲道：「現階段工作完成後，我就離職。」

王士銘心頭一震，滿臉不可置信。

瞧靳雪神情堅定，王士銘的口氣變得激動，「離職？妳以為離開這裡後能有更好的待遇嗎？這圈子不大，妳應該清楚——」

「事實上，」靳雪淡淡地打斷他，「我不工作也行，這並非我主要收入。我明白公司需要冉然帶來的影響，我不願與她共事，自然是我離開。」

靳雪一走，冉然也會走。

沒有優秀的經理人帶領，底下終究會崩盤，其餘創作者遲早都會離開。

當中有多少創作者是被靳雪扶持起來的，王士銘等人也知道，所以對於靳雪主導的經營策略，他們一向不過問、不干涉，只論結果。

王士銘這才意會到發球權已被靳雪奪走，他咬了咬牙，礙於面子說不出慰留的話，只拋下一句「回去再議」便悻悻然地離開。

靳雪揉揉眉間，這種耗損精力的事，她希望是最後一次了，但靳雪知道，這不過是開始。

短暫拖延了公司頂頭施加的壓力，靳雪接下來要面對的就是家人。

八卦肯定也傳到爸媽那了吧，靳雪想。

今日靳雪提早下班，拖著疲憊的身軀前往住處，被各種消息轟炸了一整天，繃緊的神經隨時會斷裂，現在她只想回家。

走進社區時，靳雪才想到整天都沒有回覆何煦，連忙掏出手機直接打過去，響了幾聲卻沒有回應。

靳雪心中一震，不禁加快腳步上樓，一出電梯直接敲了何煦的房門，卻一樣無人應門。

思緒有些亂的靳雪走向自己房間，正想著要上哪找何煦時，推開門便發現燈亮著。

「咦？這時間妳怎麼——」

熟悉的溫暖嗓音自廚房傳來，靳雪怔怔地看著何煦。

何煦手上拿著湯勺，還沒來得及解釋，啊了一聲便先走回廚房，趕緊關上火。

靳雪脫下大衣，走近廚房聞到一股香味，隨即見到流理臺上的幾樣菜餚。

「妳在煮飯嗎？」

沒想到靳雪會提早到家的何煦看上去有些羞赧，料理的動作也不甚熟悉，可在笨拙中見到了她的努力。

「對啊……這是剝皮辣椒雞湯，妳喝喝看。」何煦打開鍋蓋，拿著小碗舀了點熱湯，小心翼翼地遞給靳雪。

「會太嗆嗎？」何煦擔憂地問。

熱湯下肚，白煙熱了眼眶，靳雪眨眨眼，搖搖頭，「不會，很好喝。」

聽見靳雪這麼說，何煦露出笑容，轉身將菜端到客廳矮桌上。靳雪也跟著幫忙，主動添飯與舀湯。

不一會兒，兩個人坐在客廳裡。

感覺到靳雪疑惑中帶著熱切的視線，何煦刮刮鼻梁，沒膽看靳雪，結結巴巴解釋道：「我想……也許這樣會讓妳開心一點，我覺得妳今天一定很累……」

靳雪一愣，立刻明白何煦話中的深意。

何煦知道冉然跟她的事情了，沒有生氣責怪，反倒心疼擔心她。

意識到這點，靳雪鼻頭有些酸，壓抑整天的情緒似乎忍不住了，她伸手抱住何煦，主動窩進她的懷裡。

何煦微愣，燦爛一笑，也伸手抱了抱她。

「我相信妳。」

簡單四個字，一掃整日的憂愁與不安，靳雪忽然覺得，一切都沒有這麼糟了。

平復心情後，靳雪將來龍去脈說了一遍，配著熱騰騰的晚餐與雞湯，將負面情緒一同嚥下，再全數消化。

「妳……真的不會捨不得嗎？」何煦小心翼翼地問。

靳雪彎彎唇角，低眉淺笑，「會，但我也不想待在那了。我是有選擇的，並非被迫，這點不用擔心。」

「那就好。」何煦點點頭，伸手握住靳雪的手，捏了捏，「只要妳開心就好。」

靳雪伸手摸摸何煦的臉頰，目光憐愛。

在一室的溫馨中，一陣手機鈴聲顯得突兀而刺耳。

靳雪拿起一看，臉色一凝，接起了電話。

「……爸。」

何煦跟著愣住。

靳雪看了何煦一眼，得到她肯定的點頭，伸手摸摸何煦白嫩的臉頰，才站起身走進廚房。

「在忙嗎？」靳父略沉的嗓音溫厚，不急不躁。

靳雪輕嗯了聲，正在想該怎麼解釋跟冉然的報導時，她聽到父親徐緩地說：「妳媽說想給妳燉肉。」

靳雪一愣。

靳父清了清喉嚨，「她覺得妳在外面受了委屈，該給妳補一下。這週回來嗎？」

靳雪眨眨眼，視線模糊。

天底下的人都在談論、撮合她與不喜歡的人在一塊，還是用這種卑劣的方式，她以為父母也會不理解她，但他們卻溫柔地接下這一切。

畢竟是自己養大的小孩，靳父也聽得出那壓抑的、佯裝鎮定的聲音。

過了一會，靳雪情緒平復了些，輕道：「我會回去，但我會帶個人一起回去。」

「好。」靳父沒有追問，應了聲，便掛斷電話。

靳雪反覆深呼吸數次，才轉身走出廚房。

一見到她通紅的眼睛，何煦慌得從沙發上跳起，擔心地上前，「妳怎麼了？還好嗎？是不是被罵了？」

靳雪搖搖頭，聲音有些沙啞，「沒事，我爸媽都懂。」

聞言，何煦鬆口氣，但很快地一口氣又提了上來——

「不過……我可能要帶妳見我爸媽了。」

何煦怔怔地望向斬雪，沒想到在確認關係後，這麼快就要正式見對方父母。

見她怔忡，斬雪心底有些慌，欲開口，何煦便先道：「那我該帶什麼？水果嗎？我應該叫我爸媽寄一箱上來，一箱會不會太多？妳爸媽喜歡什麼水果？等等……我怕我家沒有種啊！」

斬雪微愣，瞧她家那隻小傢伙來回踱步，煩惱要給自己爸媽帶什麼禮盒，她怔怔道：「妳……不排斥嗎？」

何煦望向斬雪，不明白地看著她，「排斥什麼？」

「見我父母。」

「咦？」何煦愣了下，理所當然地說：「為什麼要排斥？那是妳爸媽耶！我很怕會搞砸，要是沒能給他們好印象的話怎麼辦啊——」

斬雪失笑，伸出雙手捧起何煦的小臉，在她來不及反應之時，用脣吻住了她的脣。讓那喋喋不休的小嘴停下，這是最簡單最快速的方式。

脣離開時，一張小臉雙頰通紅。額貼額、鼻尖磨著鼻尖，斬雪含笑的嗓音似融雪春風。

「妳本來就很好了，不用費心。」

何煦眨眨眼，眉開眼笑，隨即像是想起什麼皺了皺鼻子，帶點忐忑地說：「那天晚上，冉然她應該沒有、沒有……」視線落到斬雪水潤的薄脣上，捧起臉，何煦又親了一口。

「消毒，哼哼。」

斬雪輕笑出聲，將小傢伙擁入懷。

「沒有，差一點。不過我想，妳可以幫我全身消毒。」

又被調戲一把的何煦戳了下靳雪的腰，掙逃而出。

靳雪彎彎唇角，走回客廳，主動收拾飯碗。

何煦要幫忙，卻被靳雪攔下，「妳坐著。妳煮飯，我洗碗，剛好。」

拗不過靳雪的何煦乖乖坐到沙發上，忙了一下午，睏意湧上，聽著廚房傳來的水聲，何煦慢慢瞇起眼。

中午沒有收到靳雪的回覆，何煦猜想靳雪應該忙得不可開交，而原因就是那個占據今日新聞版面的八卦。

看到那張偷拍照的當下，何煦的心頓時涼了一截。努力回想，想到自己曾獨自返回餐廳，大抵是那個空檔，給了冉然趁虛而入的機會。

思及此，何煦感到懊惱萬分。那不是靳雪的錯，她不會做出那樣出格的事情，是冉然的問題。可比起責怪冉然，何煦更覺得是自己沒有守護好靳雪，她應該寸步不離的。

懷著這樣的心情，何煦請了假，中午去附近超市買了一些簡單的食材，想煮一頓飯給靳雪吃。

她希望靳雪疲憊地回到家時，至少能讓胃暖和一些。

忽地，一雙微涼的手摸上臉頰，何煦伸手握住，湊近唇邊邊呼氣邊搓揉，待雙手都熱了，她才睜開眼。

「想睡覺了嗎？」靳雪問。

何煦搖搖頭，坐起身，打了個哈欠，「還好……那我們是禮拜六去嗎？」

靳雪沉吟了一會，點點頭，「應該是。我跟家人確認一下，再跟妳說。」

何煦點點頭，又想到冉然的事情，抬起頭望著靳雪，「接下來……該怎麼辦？」

靳雪無法直接將何煦公開在眾人面前，她也不願這般草率行事。

「我不會就這樣算了。」靳雪說。

何煦拉了拉靳雪的衣角，靳雪順勢坐下，兩人窩在沙發。何煦趴在靳雪胸口上，喬了個舒服的姿勢窩著。

「我以為妳會想息事寧人。」何煦說。

靳雪頓了下，誠實地說：「如果今天只有我，我會這麼做，八卦這種東西消散得很快，加上冉然還算不上是超級巨星，但是……」

何煦抬眼，與靳雪四目相迎。在靳雪的眼中，何煦找到了自己。

「有妳，所以我不會退讓。我雖然無法像冉然這樣輕而易舉地將消息傳播出去，但在這圈子，我還有點人脈。」

要是冉然並非無可取代，事情就好辦許多。

倘若靳雪真隨著冉然起舞，那就正中下懷。現今冉然想要的，就是即便是誤會，也要讓人覺得她與靳雪是有關係的。

她想做的，是讓所有人都將她與靳雪綁在一塊。

這點，靳雪不會沒想到。

思及此，靳雪彎彎唇角，她有個既不需要犧牲何煦的隱私，也能達成目的的方法。

「靳雪？」

靳雪回過神，親吻小傢伙的額頭，「放心，我有辦法。」

「那我要做什麼？」何煦問。

「妳嗎？」靳雪順順她柔軟的細髮，唇角微揚，「妳負責開開心心的。」其餘的，都由我來想辦法解決就好。

☀

在回宜蘭之前，靳雪先接到了靳陽的電話。

「妳那能讓我睡一晚嗎？」靳陽問。

靳雪不假思索地說：「可以，你要週五過來？」

「嗯，隔天早上順道載妳跟……何煦一起回去。」

靳雪愣了下，應聲好，約好了週五在樓下咖啡廳用餐。

掛上電話前，靳陽又說：「如果……何煦沒有打工，也可以跟她一起吃，看她方便。」

靳雪覺得有些不可思議，先應了好，結束通話後才傳訊息問何煦的意願。

「我那天要上班，這個月的時數不太夠，真抱歉！(´;ω;`)」

靳雪這才想到這個月確實有部分假日何煦是跟自己過的，再加上跨年她也會請假，是需要補一點時數回來。

理解情況後的靳雪隨手回了句「好，沒事。」便繼續投入工作之中。

王士銘來訪的兩天後，他又出現在辦公室，這次帶著平板而來。

「我們去咖啡廳吧。」一見到靳雪，王士銘的臉色有些微妙，「會客室不好坐。」

靳雪無所謂地聳聳肩，便隨著對方下樓。

走進咖啡廳，點了杯咖啡後，王士銘便直接說道：「我想妳大概也不想跟我多待，我就直接跟妳講重點吧。」

「嗯，謝謝。」

王士銘滑開平板，點開項目，轉向給靳雪，「妳應該多少有聽聞，總公司那邊一直有想擴展子公司。」

靳雪接過平板，快速地閱覽，眉頭跟著一皺。

「上面的意思是，既然妳不想待在現在這間公司，那麼即將開設的分公司，請妳過去坐鎮，可以接受吧？」

靳雪怎麼也沒想到會有這一齣，連離職書都已經備妥，結果上面居然請她去明年即將開業的分公司。

「台中是有段距離，但交通方便，也是大都市。其餘細項我會發給妳，希望下週一前可以收到妳的回覆。」

王士銘接過平板後準備起身離開，斬雪叫住了他。他有些驚奇地看著斬雪，再次坐下。

「我有個想法，與你的提議不謀而合。」

王士銘饒富興味地聽著斬雪的提議，記下幾個重點，便道：「我回去呈報。不過，我覺得應該沒問題。」

斬雪彎彎唇角，這一次，她沒有再攔住王士銘。

事情有了一百八十度的轉變，讓斬雪鬆了口氣，本以為會比想像中更艱鉅，沒想到忽然有這契機。還得感謝冉然這般鬧事，斬雪才會做出改變，也才有了這千載難逢的機會。

只是，台中嗎……

斬雪邊喝著咖啡，邊想起家裡那隻小傢伙。

斬雪想，要是自己答應，也許明年三、四月她就得搬到台中，而何煦若真的順利考上K大，那麼也要等到八月才會過來。

中間長達四、五個月的遠距期，聽起來不長，可對時常膩在一起的兩人來說，還是有點不捨。

雖然能料想到何煦的反應，但斬雪還是決定回去後親自跟她說一聲，再跟家人討論。搬離現在的住處，有太多事情得重新安置，是件大工程。

但總會解決的。

而何煦確實如她所想的全力支持她，甚至比她更高興。

「這樣就可以繼續做妳喜歡的工作了！」何煦開心道。

斬雪彎彎脣角，摸摸她的臉，「但就不能天天看到妳。」

何煦低下眼，唔了聲，又說：「我下學期的打工會找平日的班，這樣假日就可以搭車去找妳了！」

原來何煦已經想那麼遠了。

斬雪微微一笑，伸手摸摸何煦的頭。被人放在心上的感覺很好，足以使她大步向前而不畏懼。

忽地，何煦認真地看著斬雪，一字一句說得斬釘截鐵，再無猶豫。

「我一定會考上K大的！」

斬雪一愣，點點頭，輕拍了下她的頭，「我沒有懷疑過。」

我會等妳。

只是在此之前，兩人還得先去斬雪家作客，且必須先過斬陽這關。

「我真的什麼都不用做嗎？」何煦問。

「嗯。妳平常的樣子就很好了，其餘的交給我。」

何煦點點頭，雖然還是有些緊張，但是不害怕了。

不只斬雪與何煦在討論，另一邊的斬宇也拉著斬陽到川菜館吃飯。

兩人隨著服務生走到預訂座位，一坐下，斬陽便道：「你這是在賄絡我嗎？」

斬宇眨眨眼，擺出無辜俊顏，「哪有！我家大哥喜歡吃川菜，這是大家都知道的事。」

「是是。」斬陽解開袖扣，一折一折地往上捲至手肘，露出一截小麥色的手臂。

「你不就怕我站在爸媽那邊，讓何煦進不了家門？」

「才不會好嗎？」靳宇瞇起眼，「前面那句我不否認，後面那句我就有意見了——何煦那麼可愛，我可不希望她太委屈。」

靳陽揚揚眉宇，招來服務生點了幾道菜後，雙手支在桌上，抵著下頷。儘管黑框後的雙眼透著連日研習的疲憊，可一提到唯一的妹妹，目光仍炯炯有神。

「冉然的事情，你知道多少？」

靳宇頓了下，將他知道的、靳雪陳述的，全數轉告靳陽。靳陽聽完後，搖搖頭，兄妹三人反應無異。

「我並不是那麼排斥何煦。」靳陽清了清喉嚨，「在那之後，我閱讀很多書籍、文章，也詢問過一些人，大概可以稍微知道，就是……為什麼會這樣。」

靳宇知道，靳陽已經用自己的方式去努力理解、肯定，雖然提起這些事時仍有些尷尬，但已經要比最初時好很多。

靳宇饒富興味地望著靳陽，忍住笑，正經問道：「那你有得出什麼結論嗎？」

幾道佳餚送上，靳宇準備動筷大快朵頤時，聽到一句很輕、卻最不容易的話，從靳陽的口中說出了。

「她們只是喜歡彼此而已，就這樣。」

靳宇微微一笑，以茶代酒，兩人相敬一杯，達成了共識。

只是喜歡這個人而已，沒那麼複雜的。

☀

神隱幾天的冉然，終於露面。

這幾天冉然未曾出現在公司，個人頻道也沒有上傳影片，平日活躍的社群也無消無息。

吃瓜群眾的情緒日漸高漲，知道冉然被簽進經紀公司後，社群轉由公司經營，便改從經紀人艾薇這裡下手，詢問冉然八卦的信件海量傳來。

任任一向專注在作品上，雖然難免被人猜測感情八卦，但沒有爆出過這種事，一時之間，艾薇不知道該如何處理，又不敢求助事主之一的斬雪，改向任任求救。

「妳可以直接問BOSS的。」任任聳聳肩，不是不願意幫，只是她太了解斬雪公私分明的個性，「人是她簽進來的，如今出事了，她會負責。」

雖然斬雪也是受害者就是了。

艾薇這才鼓起勇氣詢問斬雪該如何處理這些信件，斬雪很快地下達明確指令給艾薇。

旁觀的任任彎彎唇角，斬雪一向理性，即便事情與自己有關，也能就事論事，妥善解決。

唯一能讓她失去理智的，就是跟小朋友有關的事情了。

當冉然出現在公司時，任任往旁一站。

這次冉然太出格，想必何煦也知道了，一牽扯上何煦……任任不禁為冉然默哀，斬雪絕對睚眥必報，絕對。

見到冉然，斬雪站起身，面色平淡。

冉然臉上仍掛著一派慵懶的笑容，像什麼事都沒發生，主動道：「靳雪，我以為妳這幾天都不會進公司。」

「怎麼會不進公司？」

靳雪答得隨意，卻讓冉然不自覺打個寒顫，心底有點涼。還沒想明白是怎麼回事，靳雪便指了指會客室。

能與靳雪獨處，冉然便開心地跟了進去。

「門關上吧。」

冉然目光多了幾分深意，關上門，欲轉身時，聽到靳雪冷涼的嗓音說道：「我怕妳太難堪。」

冉然揚了揚眉梢，挨著靳雪坐下，正要開口，便見到靳雪忽然比了個「三」的手勢。

「這是妳成名所用的時間。」

冉然收起幾分笑容，說道：「是啊，我是這三個月才真正紅起來，這又如何？」在此之前，經歷幾年乏人問津，冉然已經不想去回想了。

如同她不去想，追逐了靳雪多久，才走到她面前，讓她正視自己。

靳雪的目光冷寒，那三根豎立的手指，一根根收回。

「明年三月，『冉然』這個創作者會消失，妳信嗎？」

冉然一愣，隨即失笑，「不不，妳這玩笑開太大——」

「妳這幾天沒進公司，大概是在等我聯絡妳吧？」

冉然臉色一凝，佯裝輕鬆道：「我一直都在等妳啊，所以才會誰來找我都不簽嘍！」

斬雪無視冉然的笑語，語氣平淡地續道：「妳覺得只要激怒我，我就會跟妳有互動，進而創造更多話題與牽扯不斷的關係。」

冉然臉色微變，這細微的變化斬雪沒有錯過。

「不過妳錯了。我不但不會理妳，還要謝謝妳給我機會，讓我可以將小女友介紹給我父母。」

冉然大驚失色，站起身，雙手放在桌上，激動地說：「怎麼可以？怎麼會？不可以——」

「隨便妳要怎麼編故事，」斬雪也跟著站起身，雙手抱臂，微抬眉梢，「妳記住，明年三月『冉然』就不在了。」

話落，斬雪走出會客室，留下一臉茫然的冉然。

水能載舟，亦能覆舟。入行後，斬雪一直謹守這個原則，步步為營，度過多次難關。

人一但自我膨脹到一定程度，總會自爆的，跟氣球一樣。

斬雪雖然不明白冉然對自己何來如此執念，但只要牽扯上何煦，她就不會放任對方任意踩踏、恣意妄為。

對斬雪來說，什麼都可以退讓、什麼都可以妥協，但何煦不行。

「斬雪！」

斬雪拎著公事包就要離開，冉然忽然衝出會客室，攔住了去路。騷動引起全公司注意，而斬雪餘光瞥見有人偷偷拿起手機側錄。

靳雪腦中靈光乍現，微不可察地彎彎眼睛。

「妳知不知道我喜歡妳多——」

「妳為什麼要這麼傷害我？」

當靳雪的控訴落下時，全場瞬間安靜，只見靳雪眼眶含淚，雙眼通紅，讓人看得不禁心疼。

冉然一愣，一臉茫然，更加深了靳雪的楚楚可憐。

「妳為什麼想拆散我們？再來跟我說妳愛我……妳放過我好不好？我好累……」

冉然一驚，靳雪的眼淚太真實，一時間她啞口無言，像是默認了一切。

靳雪雙肩微顫，眼淚不斷掉落，繼續控訴：「我只喜歡她、只愛她，妳為什麼要傷害我？現在變成這樣，妳滿意了嗎？」

話落，靳雪抹了下眼眶，提著公事包就往外走。她單手捂面，就怕自己笑場給人瞧見。

製造畫面讓人偷拍流傳，她也會。

靳雪彎彎唇角，走進電梯，離開公司，將炸彈留在那。

今天過後，情勢會如何改變，靳雪並不關心，她現在只想趕緊下班回家跟靳陽會合，再去咖啡廳看何煦。

不過半天，網路風向大逆轉。

開始有人跳出來爆料冉然學生時期與人曖昧不斷，還搶過別人女友，私底下的她並不是她所塑造出來的那樣痴情。

網路對於斬雪的聲援逐漸攀升，那樣哭泣的畫面實在讓人心疼，也有不少女孩代入自己，痛批冉然是甘蔗女。

這些，斬雪充耳不聞，她只在乎眼前。

斬陽對何煦露出微笑，友善而平和。而何煦手足無措的樣子，讓斬雪失笑，心底一股暖流流淌而過。

這才是真正重要的事。

「妳這波操作……挺優秀的。」爆出冉然的事情後，一向不關心網紅圈的斬陽難得關注了冉然，在影片上傳的第一時間就得知這個消息。

影片不長，但足夠震撼了。

瞧影片中的妹妹眼淚真切，要不是相處二十幾年，斬陽想，自己大概也會被騙。

「是她的問題。」斬雪不否認這次用了點心機，坦然道：「我不過是用她弄我的方式弄回去。」斬雪冷笑一聲。

斬陽目光一滯，輕咳了聲，「這次是挺好，不過下次……我想妳自己也明白。」

毋須多言，斬雪自然懂斬陽的提醒，於是點點頭，也希望這是最後一次。

之後離開烏煙瘴氣的台北，搬去台中，一切會順利的。

斬雪微抬眉梢，眼裡漫著一絲笑意，她沒漏看放在櫃檯上的馬卡龍禮盒，是斬陽帶來的。

被看得有些不自在的斬陽清清喉嚨，「明天何煦見我們爸媽，那妳呢？什麼時候去人家家裡拜訪？」

斬雪一頓，關於這點她不是沒想到，只是近日雜事繁多，還沒來得及與何煦討論。

靳雪輕吁口氣，答道：「會去的，只是最近事情比較多，時機點還不適合。」

「也好。」靳陽點點頭，「慢慢來。」

聊完何煦，靳陽環視店內，注意到客人不斷，翻桌率高，放低音量說：「妳上次說要收起來的，就是這間店嗎？」

「是啊。」靳雪的聲音多了幾分無奈，「我也是這間店的常客，從何煦那知道要歇業的原因，覺得很可惜。」

靳陽沉吟半晌，沒答話，轉而談起明日的出發時間。

兩人用餐完畢後，何煦趁著空檔來收桌。雖然面對靳陽她仍有些生疏，但已經可以聊上幾句話。

「你們先回去休息吧，我等等就下班了！」

靳雪微微一笑，沒答好，是打算留下來等小傢伙。

何煦回到崗位後，靳雪從包包掏出鑰匙遞給靳陽，「我等等回去，你可以先走。」

靳陽點點頭，拿著鑰匙離開咖啡廳，邊講電話邊往外走。

發現靳雪仍坐在位子上，何煦有點疑惑，可一對上靳雪溫和的目光時，她便明白她是要等自己下班。

「何煦，妳先回去吧。」韓芷晴從後場走出，「剩下一點我跟秋姐負責收尾就好。」

何煦一愣，向韓芷晴連聲道謝，脫下圍裙拿著隨身包走向靳雪。

靳雪望向櫃檯，見到韓芷晴臉上的笑容就明白是怎麼回事了。

「靳雪，店長說讓我先下班！」

靳雪彎彎唇角，朝韓芷晴頷首，便拎著隨時都很快樂的小傢伙走出店外，碰到了剛掛上電話的靳陽。

靳雪停住，問道：「你怎麼還沒上樓？」

靳陽摘下黑框眼鏡，拿出拭鏡布淡淡道：「媽說，先讓妳知道沒關係。」

靳雪一臉不明白，何煦也是。猜到可能是靳雪家事，何煦打算先離開，卻意外被靳陽攔住。

「沒關係，我們家的事情，妳也可以知道。」

何煦愣了幾秒，露出欣喜的笑容，赧然地躲到了靳雪身側，眼裡有著感激的光芒。

靳雪伸手揉揉小傢伙的頭髮，邊道：「什麼事？」

靳陽收起拭鏡布，重新戴上眼鏡，望向一旁的咖啡廳，「這間咖啡廳，之後交給妳了。」

「啊？」

靳雪與何煦雙雙愣住，只見靳陽語氣平淡地繼續說：「媽跟這店面的房東商量好了，之後房屋所有權會轉移給妳，剩下的明天她會跟妳說。」

靳雪知道自己的爸媽很靠譜，既然是由靳母出面，這件事看來已有好結局。

「在妳離開台北之前，應該可以把這間咖啡店的事打點好吧？」

「嗯。」

不可思議的對話，何煦聽著心情振奮。

她看向儼然已擺出工作模式的靳雪，認真的模樣在何煦眼裡，猶如星辰。

何煦眼睛亮晶晶的，靳雪不經意迎上時，有些愣住。

靳陽也注意到何煦一臉崇拜的模樣，淺笑道：「上樓吧。」

何煦回過神，有些赧然，緊跟靳雪，三人一同走進電梯直上八樓。

與靳家兄妹別過後，何煦回到房間，不意外戴語筑不在房內。假日戴語筑不是回家，就是去找男友胡紹遠，感情甜蜜。

何煦為她感到高興，只是在無人的房間裡，還是覺得有些寂寞。

叩叩。

何煦正拿著浴巾要進浴室洗澡，聽到敲門聲傳來。她立刻想起一個人，推開門時，印證所想。

「我想妳室友可能不在，所以過來陪妳。」

何煦唔了聲，撲了過去，抱得緊緊的。

這世上最溫暖、最長情的告白，就是陪伴。

☀

翌日午後，陽光明媚。

經過一小時半的車程，何煦再次來到宜蘭。

上次意外作客，抱著遊玩的心情而來，可這次是來見交往對象的父母，心情自然更加緊張。

靳陽的車一駛進庭院，小熊跟餅乾立刻飛奔而來，先撲了靳雪，再蹭往何煦。

何煦輕笑幾聲，憐愛地順著兩隻狗狗的毛，忐忑隨著小熊餅乾身上紛飛的細毛一同消散於空中。

靳雪走到何煦身旁，拉起她，「先進去吃飯吧，妳應該餓了。」

何煦點點頭，暗自深呼吸數次，隨著靳雪走進家門。

她在內心演練過數千次對話，自認做足了準備——

「何煦！我可愛的妹媳！好久不見！」

靳宇誇張的歡呼，把何煦準備好的台詞都嚇光了。

何煦呆愣在那，靳雪則是抽了下嘴角，上前一把抓著靳宇後頸，將他扔到一邊，「全家你最吵，去飯桌。」

何煦眨眨眼，迎面碰上從廚房走出來的靳父靳母，連忙打了招呼，模樣緊張，惹得靳母一笑。

而後，靳母像想起什麼，臉色有些尷尬，但還是努力表達友善，拉著何煦說道：「肚子餓了吧？一起吃飯。」

何煦點點頭，跟著兩老一同坐到了飯桌前。

一坐下，靳雪便將手放到何煦腿上，給予無聲的安撫。何煦朝她一笑，拿起飯碗與靳家人一起用餐。

其實感覺並不陌生，畢竟上個月她才來訪，只是上次是朋友，這次是……女友。

或許是有靳宇的幽默風趣救場，一頓飯吃下來，何煦並沒有覺得胃疼，那些她以為會被問到的問題，也一個都沒出現。

飯後，一家子到附近公園給小熊、餅乾放風跑跳，氣氛溫馨。恍惚間，何煦覺得好似回到上個月，她只是訪客，來宜蘭玩耍幾天……可當靳雪自然地挽起她的手時，她才回過神來，意識到這一切都是真的。

真的不一樣了。

偌大的公園，湖景優美，他們沿湖邊步道繞了一圈，靳父與靳母、靳陽與靳宇，還有靳雪與何煦，兩兩相伴，歡談不斷。

隨著時間拉長，何煦逐漸放下心來，感到自在許多，靳母注意到她的放鬆，趁著回車上的途中走近何煦。

何煦一顆心剛懸起，便聽到靳母說：「別緊張，我不是要問妳問題，我也沒有想這麼做。」

何煦沒忍住地咦了聲，正有些慌時，聽到靳母輕笑。

「妳是好孩子。」

何煦感激地看著眼前保養得宜、風采迷人的婦人，與靳雪神似的五官，母女關係一眼見得。

或許是因為如此，何煦雖然忐忑，但沒有想像中那樣緊張。

靳母瞥了眼不遠處的靳雪，見到那眼中滿滿的擔憂與寵溺。視線落回何煦清秀的臉龐，她輕聲道：「很抱歉，雖然沒辦法立刻說出支持妳的話，但我與先生也絕不會排斥妳，妨礙妳們交往。妳也是別人家養大的女兒，生來要被疼的——我們是這麼想的。」

何煦眨眨眼，她原本真的很怕靳雪父母不能接受她，不同意她繼續跟靳雪交往。聽到這邊，她已安心大半。

「我們或許還說不上支持，但也不反對，希望妳能多給我們一些時間去理解接受。我想說的就是這些。」

何煦眼眶發熱，鼻頭一酸，她向靳母九十度彎腰鞠躬，靳雪見狀趕緊走來，看到何煦神情滿是喜悅與激動，她愣住，再看向母親。

母女對視，無須多言，靳雪彎彎唇角，伸手抱了下正在用自己的方式去理解的母親。這樣就足夠了。

在旁的男士三人面面相覷，隨即有默契地微笑。

一向木訥的靳父緩緩開口：「靳雪出生時，人家問我，最後一胎是個漂亮的小女生，以後會不會希望她嫁入豪門，享受一輩子？我說——」

「你說，你只盼她未來遇到一個內心溫暖的人就好。」靳陽接道。

靳父淡淡地嗯了聲，轉身走回車上，待大家都上了車，便驅車回家。

三天兩夜的宜蘭行，沒有感人肺腑的出櫃談話、沒有驚心動魄的家庭革命，何煦內心充滿感激，她感覺自己被好好地接住了。

回程的火車上，搖搖晃晃的車廂中，靳雪打起盹。宜人的午後，陽光溫暖，落在靳雪臉上。

何煦伸長手，放到了靳雪眼皮上，為她遮掩一片日光。那因陽光過亮而不適皺起的眉頭，慢慢地鬆開。

何煦想，自己多麼幸運，能被眼前這麼美好、優秀的人喜歡著。

她不知道能陪伴靳雪多長、多久，但她會竭盡所能喜歡她、珍惜她，像是靳雪對她那樣。路遙漫長，兩人一起走就不那麼難熬了。

Final Chapter

春節後，斬雪離開台北。

坐上高鐵商務車廂，隔壁是個空位，讓她能暫放行李。她從台北搭車下去，特意選了非直達車，站站皆停。

高鐵在新竹停下，斬雪往外一看，在候車列隊中瞧見一張清秀小臉，臉上難掩興奮。

看來兩人心情是一樣的。

一月中，何煦放寒假，回老家過年，斬雪也是。這一分離就是一個月。

過年後，斬雪收到正式轉調通知，在此之前，她的重心放在找房與學開車。

「我以為妳早就有駕照了？」知道斬雪開始上駕訓班的何煦有些訝異。

「因為我幾乎都待在台北，捷運跟計程車很方便，所以沒有去考。」她又低聲說了句：「但我自認滿會開車的，各個方面來說……妳之後可以檢驗一下。」

時間再往前推回元旦，那天何煦穿著oversize的白襯衫，一雙纖細白嫩的長腿在斬雪眼前晃來晃去，斬雪忍不住伸手一勾，把小傢伙按進懷裡。

何煦順勢跌坐在斬雪腿上，雙頰泛紅，嗔她一眼。

掌心的炙熱透過襯衫，讓人融化。

何煦不禁想起被這雙手摸遍全身，只差最後一步……頰上熱度蔓燒至耳根子。

「我、我不知道妳說什麼啦！」她紅著臉從靳雪身上爬下，坐到沙發另一邊。

靳雪彎彎唇角，雖然最後打住了，但真讓人意猶未盡。

那便是近期兩人最親密的互動了。

再之後，何煦期末考、靳雪忙交接，各自忙碌好一陣子，度過春節後，總算再相見。

何煦跟著人潮走進未搭乘過的商務車廂，一雙圓滾滾的眼睛四處張望，感到新鮮萬分，可最讓她移不開眼的，仍是那慵懶斜靠車窗、美麗動人的女人。

「靳雪！」怕吵到其餘乘客，她壓低聲音，興奮不損半分。

靳雪伸手撫摸何煦的臉頰，柔嫩的手感依舊讓她愛不釋手。

相迎的目光中思念滿溢，若不是礙於車廂是開放空間，靳雪肯定捧起何煦的臉深深一吻，以解相思。

何煦開心地坐下，託靳雪的福才能坐上一次商務車廂。

「公費就該這麼用。」靳雪說。

今天靳雪下台中，一來是牽新車，二來是簽租約。

「等妳畢業後，遲早會遇到這些。」靳雪伸手摸摸小傢伙的後髮，「先跟著我學，不用太擔心。」

何煦點點頭，沒想到心底那點失落會被靳雪發現。

她覺得自己似乎都沒幫上忙，靳雪自然懂她的心思，畢竟是自己養著的小傢伙。

靳雪彎彎脣角，湊近何煦的耳邊低道：「有些事情，只有妳能做到。」

迎上靳雪幽深雪亮的黑眸，何煦覺得自己好像又被調戲了一把。

從新竹到台中車程約半小時，何煦拿出耳機，跟靳雪一人戴一邊。滑開手機，何煦翻了翻，忽然滑到了冉然的影片。

何煦抬眼，與靳雪對視。

靳雪眉梢微抬，點進影片，看見不過一萬初頭的觀看次數，不禁搖頭。

曾經一週百萬觀看人次，如今萬人都難，令人不勝唏噓。

冉然似乎也因為觀眾銳減而深受影響，近期影片中的她不再光彩奪目，言論也變得消極，自嘲過氣的同時也踩其他創作者，負面心態讓人無法認同。

靳雪不知道未來冉然會不會再次回到百萬觀眾面前活躍，但她知道，無論發生什麼事，她都不會讓別人傷害何煦。

半小時後，高鐵抵達台中站，兩人先在高鐵站內的餐廳填飽肚子，而後招了輛計程車前往車廠。

關於靳雪的新車，何煦知道的不多。靳雪有跟她說過廠牌，但對車毫不了解的何煦聽過就忘了。

抵達車廠後，幾位西裝筆挺、穿窄裙正裝的人員上前接待她倆，何煦有些吃驚，原來買車能受到如此尊榮的待遇。

何煦怯怯地跟在靳雪身旁，四周的人客氣有禮，讓她有些不自在。靳雪瞥了一眼，便對一位女性服務員說：「能麻煩妳帶我女友去貴賓室嗎？」

「沒問題。請跟我來。」

靳雪揉捏何煦的手，輕聲道：「我去驗車，妳去吃點零食餅乾，我很快就過去找妳。」

何煦點點頭，跟著服務員走往低調奢華的貴賓室，順道把這廠牌給記下。

服務員親切地與她介紹設施，又為她泡上一杯熱奶茶才離開。何煦坐到舒適柔軟的沙發上，邊喝奶茶邊拿出手機，上網搜尋廠牌車價。

一看，險些被奶茶嗆到。

這台車近百萬……何煦瞬間明白為何有這麼周到的服務。

過了一會兒，交車完畢的靳雪走到貴賓室找何煦，見她臉上驚魂未定，忍不住問：「怎麼了？發生什麼事？」

何煦拉拉靳雪的衣角，她順勢坐到沙發上，「怎麼啦？」

「妳買的車……很貴嗎？」

靳雪想了想，「因為會載妳，所以這次我確實買得好一些。但對我來說，有價的東西不是真正貴重的。」

何煦眨眨眼，她的脣忽然被親了一口，神色頓時慌張又羞赧，讓靳雪心頭一軟。

「無價的妳，才是最珍貴的。」

何煦唔了聲，看看四周，也往靳雪微涼的脣上快速親了一下，自己害臊不已。

斬雪微微一笑，牽著何煦走出貴賓室，在服務員的熱誠服務下，她們上了車，駛出了車廠。

「接下來要去簽租約，然後就可以直接住進去了，基本的內裝都有，不過……」

還在研究車內配備的何煦抬起頭，斬雪將車停到一旁，解開安全帶，捧起小臉深深一吻。

一月未見，思念濃厚。

貴賓室的吻挑起了壓抑許久的慾望，那吻又熱又燙，可又溫柔綿密，何煦努力回應，像是想告訴她，自己也很想她。

吻了一會，斬雪才放開全身癱軟的小傢伙，揚起脣角道：「我希望那是我們的家。」

何煦一愣。

「所以儘管布置成妳喜歡的樣子。我們可以放好多企鵝的飾品、娃娃，也可以買成對的拖鞋、牙刷跟毛巾。」

讓家裡的每一個角落，都是彼此喜歡的樣子。

半小時後，轎車駛入某社區，在一棟大樓前停下。兩人一下車，便有位穿西裝的仲介在那等候。

接下來的事情都是走固定流程，非常順利。

何煦跟在斬雪身側，看著她在租約的末端簽上名字，在名字後欲蓋上私章時，斬雪忽然看向何煦。

「這是我的私章，給妳蓋。」

何煦與仲介皆是一愣，但秉持著專業，仲介立刻朝何煦簡單解釋了一下，並請何煦在空白處蓋章。

何煦接過靳雪的私章，在靳雪鼓勵的眼神下，顫顫地按下印泥，將章蓋到空白處。前後蓋了多份文件，這是很重要的事，而靳雪讓她參與了。

「妳也是女主人，給妳蓋是應該的。」靳雪直接表明了何煦身分，仲介對何煦自然也是親切有禮。

忽地，靳雪看向何煦，「我的手機好像放在車上，妳可以幫我拿嗎？」

何煦應聲好，拿著車鑰匙快步回到車上，找到落在椅墊上的手機後，趕緊走回去交給靳雪。

簽約流程結束，靳雪牽起何煦的手走往電梯。

電梯直上，停在九樓，何煦隨著靳雪走出電梯，見公共區域裝潢精緻，彷彿走入豪華飯店。就在她驚歎不已時，靳雪忽然停下。

「何煦。」

何煦的視線落到靳雪面上，正感疑惑，靳雪對她微笑，「眼睛閉上。」

她立刻閉上眼，沒有半分遲疑，全心全意地相信對方。

靳雪不禁莞爾，從口袋中掏出片狀物，放到何煦手上。

「可以睜開了。」

何煦睜開眼，立刻攤開掌心，定睛一瞧，不禁愣住。

「這是家裡的感應卡，有兩張，權限一模一樣，是我請仲介多準備一張的。」

何煦驚訝地抬起頭，喜悅之情漫上眼底，一時之間，感動得說不出話。

「何煦。」靳雪輕輕喚她一聲，伸出手，拉過了何煦的手，「妳願意，跟我回家嗎？」

長廊盡處有片落地窗，午後的陽光斜斜照進長廊，將相擁的身影拉得細長。

眼角的淚光晶瑩剔透，似朝露，也似星點。

推開門時，何煦才發現門上鑲嵌四個數字：0901。

那是靳雪與何煦相遇的日子。

臥室的雙人床上，擺著兩隻毛色不同的企鵝娃娃，相偎在一起。

「妳願意讓我一直當妳的小傢伙嗎？」

「我的答案，跟妳是一樣的。」

——願意。

全文完

後記　長途漫漫，日光為伴

《日光為鄰》是我的第六本商業誌，也是我第一篇甜寵長篇小說。

在寫完《與妳的寂寞花火》後，我便開始想新作。那時想的是，寫作的這些年來，我還有什麼沒有寫過？便想到溫馨純粹的甜寵文，我似乎還沒有以此作為題材書寫過長篇小說，於是就有了《日光為鄰》。

不得不誠實地說，這部作品集結了我各種私心愛好（？），有五歲以上的年差、有高冷御姊、有純粹的人——想寫一個溫暖的故事，在初秋微涼之際。

《日光為鄰》出版之時，正值冬季的一月，我想，以一個溫暖的故事作為一年之始，是件很好的事。二〇二〇年是辛苦的一年，能走過寒冬，買下這本書看到這的你／妳，可能曾歷經難以訴說的辛苦，謝謝你努力走到這，並翻閱至此。

這本《日光為鄰》我花了兩個月的時間去寫，與靳雪、何煦相處的兩個月，每天都非常愉快！每完成一小章都在心裡大喊「妳們快點結婚好嗎！」以這樣的心情在幾乎無卡稿的情況下，完成了十五萬字。寫完之後，甚至有些意猶未盡，但要是繼續寫下去，我的編輯可能會被逼瘋（？）所以先收在這……哈哈哈。

故事成形之初，是這樣的——一個人摸著另一個人的頭，喊了聲「小傢伙」，眼裡有寵溺——為了這個簡單平淡的畫面，我寫了一本書，想讓你們也感受到那樣溫暖美好的日常。

構思故事時，我先想到的角色是何煦，再來才是靳雪。何煦是我比較少寫的角色類型，天然、純粹、認真、溫柔……我想寫一個溫暖如陽的主角，有點笨、有點傻，可比誰都珍視靳雪，那樣單純地對一個人好，是最難能可貴的事情。

這個世界很快，什麼事情都講求效率，談戀愛也是。可我想寫一段緩慢的、慢熟的感情，起初的好感並未快速燃成熊熊烈火，兩人也非乾柴烈火，而是清淺、溫和的細水長流。

當真的走在一起時，會覺得水到渠成，我很喜歡那樣自然命定般的緣分，也是這個故事想寫出的感覺。

身為作者，我很喜歡何煦、很喜歡靳雪，也喜歡那些略有遺憾的地方，像是靳家仍未完全接納何煦、像是簡姝緣真的很好，但與何煦的緣分不夠，還有何煦的大學四年，不會一直待在樓下咖啡廳等等，時間不會因為兩人的相愛而停滯不前，也不會去圓滿每一件事，但至少故事的最後，她們有彼此。

而我有你／妳們、有很好的對象、有永遠支持我的家人，還有善待、珍視這些故事的編輯們與出版社，我覺得自己與何煦、靳雪一樣幸運。

今年（二〇二一年）我即將邁入寫作第九年，回想這九年間真的寫了不少故事，回首一望也是十來本了，希望閱讀至此的你／妳，今年於你而言，能是風和日麗的一年。若一路順遂太難，那麼祝你平安，只要平安就好。

謝謝協助我修稿的高高編輯、尤莉編輯，《日光為鄰》能順利出版，妳們功不可沒。謝謝出版《日光為鄰》的POPO原創，今年是出版社營運的第十二年，能堅持一件事情長達十年以上，真的不是易事，而能參與其中的我，既感激也敬佩。

最後謝謝陪伴我到這的你／妳們，寫作是件孤獨的事情，可因為有你們的支持與期待，我才能在寫作這趟旅程中，總是有日光為伴，希望這本書也能陪伴你們一段時光，能讓你們也覺得自己與日光為鄰。

像我從你們身上感受到的那樣。

若有機會，期待與你們相逢於下本書中。

希澄

國家圖書館出版品預行編目資料

日光為鄰 / 希澄作 . -- 初版 . -- 臺北市 :
POPO 出版 : 家庭傳媒城邦分公司發行 , 2021.01
面； 公分 . -- (PO 小說 ； 52)
ISBN 978-986-99230-5-7(平裝)

863.57　　109020885

PO 小說 52

日光為鄰

作　　者／希澄
企畫選書／簡尤莉、高郁涵
責任編輯／簡尤莉、吳思佳
總 編 輯／劉皇佑
行銷業務／林政杰
版　　權／李婷雯

總 經 理／伍文翠
發 行 人／何飛鵬
法律顧問／元禾法律事務所　王子文律師
出　　版／城邦原創 POPO 出版　城邦原創股份有限公司
台北市中山區民生東路二段 141 號 6 樓
電話：(02) 2509-5506　傳真：(02) 2500-1933
POPO 原創市集網址：www.popo.tw　POPO 出版網址：publish.popo.tw
電子郵件信箱：pod_service@popo.tw
發　　行／英屬蓋曼群島商家庭傳媒股份有限公司城邦分公司
聯絡地址：台北市中山區民生東路二段 141 號 11 樓
書虫客服服務專線：(02) 25007718．(02) 25007719
24 小時傳真服務：(02) 25001990．(02) 25001991
服務時間：週一至週五 09:30-12:00．13:30-17:00
郵撥帳號：19863813　戶名：書虫股份有限公司
讀者服務信箱 email：service@readingclub.com.tw
城邦讀書花園網址：www.cite.com.tw
香港發行所／城邦（香港）出版集團有限公司
地址：香港九龍九龍城土瓜灣道86號順聯工業大廈6樓A室
email：hkcite@biznetvigator.com
電話：(852) 25086231　傳真：(852) 25789337
馬新發行所／城邦（馬新）出版集團 Cité(M)Sdn. Bhd.
41, Jalan Radin Anum, Bandar Baru Sri Petaling,
57000 Kuala Lumpur, Malaysia.
電話：(603) 90563833　傳真：(603) 90576622
email：services@cite.my

封面設計／ Gincy
印　　刷／漾格科技股份有限公司
經 銷 商／聯合發行股份有限公司
電話：(02) 2917-8022　傳真：(02) 2911-0053

□ 2021 年 1 月初版　　Printed in Taiwan.
□ 2023 年 11 月初版 3.7 刷

定價／ 280 元
 ISBN 978-986-99230-5-7